D1508120

ML   B+T   3-12-04 $21.95

El secreto de la noche

Mary Higgins Clark

El secreto de la *noche*

PATERSON FREE PUBLIC LIBRARY
250 Braodway
Paterson, New Jersey 07501

Traducción de
Eduardo G. Murillo

PLAZA JANÉS

Título original: *Daddy's Little Girl*

Primera edición: abril, 2003

© 2002, Mary Higgins Clark
   Publicado por acuerdo con Simon and Schuster, Inc.
© de la edición en castellano para todo el mundo:
   2003, Random House Mondadori, S. A.
   Travessera de Gràcia, 47-49. 08021 Barcelona
© 2003, Eduardo G. Murillo, por la traducción

Quedan rigurosamente prohibidas, sin la autorización escrita de los titu-
lares del «Copyright», bajo las sanciones establecidas en las leyes, la re-
producción parcial o total de esta obra por cualquier medio o procedi-
miento, comprendidos la reprografía y el tratamiento informático y la
distribución de ejemplares de ella mediante alquiler o préstamo públicos.

Printed in Spain – Impreso en España

ISBN: 84-01-32987-6
Depósito legal: B. 11.650 - 2003

Fotocomposición: Lozano Faisano, S. L. (L'Hospitalet)

Impreso en A & M Gràfic, S. L.
Santa Perpètua de Mogoda (Barcelona)

L 329876

A la memoria de mi querido padre,
Luke Joseph Higgins

AGRADECIMIENTOS

Este relato, escrito en primera persona, ha significado para mí una experiencia diferente. Por eso agradezco muy especialmente la guía, el aliento y el apoyo de mi editor durante tantos años, Michael Korda, y de su ayudante, Chuck Adams. *Mille grazie*, queridos amigos.

Le doy las gracias como siempre a Eugene Winick y Sam Pinkus, mis agentes literarios, por su cariño, ayuda y amistad constantes.

Lisl Cade, mi querida agente de publicidad, sigue siendo mi mano derecha. Mi gratitud eterna.

Le estoy muy agradecida a la subdirectora de correctores de estilo Gypsy da Silva, con la que he trabajado durante tantos años. Un beso a la memoria de la correctora de estilo Carol Catt, a la que tanto añoraremos.

Loados sean el sargento Steve Marron y el detective Richard Murphy, de la oficina del fiscal de distrito del condado de Nueva York, por su asesoramiento y colaboración en temas de investigación y detección.

Benditas sean mis ayudantes y amigas Agnes Newton y Nadine Petry, al igual que mi lectora de pruebas, mi cuñada Irene Clark.

Judith Kelman, escritora y amiga, acudió en mi ayuda al instante una vez más cuando la reclamé. Te quiero, Judith.

Mi gratitud a Emil Tomaskovic y Bob Warren, hermanos

franciscanos de la expiación en Graymoor, Garrison, Nueva York, por su valiosa ayuda a la hora de ambientar diversas escenas de este libro, y por el maravilloso trabajo que ellos y sus hermanos llevan a cabo por los más necesitados.

Mi amor y gratitud a mi marido, John Conheeney, así como a nuestros hijos y nietos, que no cesan de crecer y multiplicarse. Ellos son lo que más quiero.

Saludos a todos los amigos que han estado esperando a que terminara este libro para «reunirnos pronto».

¡Estoy preparada!

PRIMERA PARTE

1

Cuando Ellie despertó aquella mañana, lo hizo con la sensación de que algo horrible había sucedido.

Buscó instintivamente a Bones, el perrito de peluche que había compartido su almohada desde tiempo inmemorial. El mes pasado, cuando cumplió siete años, Andrea, su hermana de quince, había dicho en broma que ya era hora de retirar a Bones al desván.

Entonces, Ellie recordó lo que sucedía: Andrea no había vuelto a casa la noche antes. Después de cenar, había ido a casa de Joan, su mejor amiga, para preparar un examen de matemáticas. Había prometido que estaría de regreso a las nueve. A las nueve y cuarto, mamá fue a casa de Joan para recoger a Andrea, pero le dijeron que Andrea se había marchado a las ocho.

Mamá había vuelto a casa preocupada y al borde de las lágrimas, justo cuando papá llegaba de trabajar. Papá era teniente de la policía del estado de Nueva York. Al instante, mamá y él empezaron a llamar a las amigas de Andrea, pero ninguna la había visto. Luego, papá dijo que iba a acercarse en coche a la bolera y a la heladería, por si Andrea había ido allí.

—Si mintió cuando dijo que iba a estar estudiando hasta las nueve, no saldrá de casa durante seis meses —dijo irritado, y luego se volvió hacia mamá—. Si no lo he dicho mil veces, no lo he dicho ninguna: no quiero que salga sola después de oscurecer.

Pese al tono de su voz, Ellie adivinó que papá estaba más preocupado que enfadado.

—Por el amor de Dios, Ted, se marchó a las siete. Fue a casa de Joan. Pensaba volver a las nueve, y hasta fui a buscarla allí.

—Entonces, ¿dónde está?

Ordenaron a Ellie que se fuera a la cama, y al final se quedó dormida hasta que se hizo de día. Puede que Andrea ya haya vuelto, pensó esperanzada. Saltó de la cama, salió al pasillo y corrió hacia la habitación de Andrea. Tienes que estar, suplicó. Tienes que estar, por favor. Abrió la puerta. En la cama de Andrea no había dormido nadie.

Ellie bajó la escalera a toda prisa, descalza. Su vecina, la señora Hilmer, estaba sentada con mamá en la cocina. Mamá llevaba la misma ropa del día anterior, y tenía aspecto de haber estado llorando mucho tiempo.

Ellie corrió hacia ella.

—Mamá.

Mamá la abrazó y empezó a sollozar. Ellie notó que la mano de mamá aferraba su hombro, con tanta fuerza que casi le hizo daño.

—Mamá, ¿dónde está Andrea?

—No… lo… sabemos. Papá y la policía la están buscando.

—Ellie, ¿por qué no te vistes y te preparo el desayuno? —preguntó la señora Hilmer.

Nadie dijo que debía darse prisa porque el autobús escolar no tardaría en pasar. Sin necesidad de preguntar, Ellie supo que ese día no iría al colegio.

Se lavó la cara y las manos, se cepilló los dientes y se peinó, se puso ropa cómoda (jersey de cuello de cisne y sus pantalones azules favoritos) y bajó de nuevo.

Justo cuando se sentaba a la mesa, donde la señora Hilmer le había servido cereales y zumo de naranja, papá entró por la puerta de la cocina.

—Ni rastro de ella —dijo—. La hemos buscado por todas partes. Ayer estuvo un tipo en el pueblo que iba pidiendo dinero por las casas para una falsa obra de caridad. Anoche cenó en la cafetería y se marchó a eso de las ocho. Tuvo que pasar por delante de casa de Joan camino de la autopista más o menos a la hora que Andrea se fue. Le están buscando.

Ellie se dio cuenta de que papá estaba a punto de llorar. Ni siquiera había reparado en su presencia, pero no le importó. A veces, cuando papá volvía del trabajo, estaba disgustado porque algo triste había ocurrido mientras estaba trabajando, y se quedaba en silencio durante un rato. En esos momentos tenía la misma expresión en la cara.

Andrea se había escondido. Ellie estaba segura. Era muy probable que se hubiera marchado antes de casa de Joan a propósito, porque iba a encontrarse con Rob Westerfield en el escondite, luego quizá se le hizo tarde y tuvo miedo de volver a casa. Papá había dicho que si volvía a mentir sobre su paradero, la obligaría a dejar la banda del colegio. Lo dijo cuando descubrió que había ido a dar un paseo con Rob Westerfield en su coche cuando, en teoría, debía estar en la biblioteca.

Andrea estaba muy a gusto en la banda. El año pasado había sido la única alumna de primero en ser aceptada en la sección de flautas. Pero si se había ido de casa de Joan antes de lo acordado para ir al escondite y encontrarse con Rob, y si papá lo averiguaba, eso significaría que Andrea debería renunciar a la banda. Mamá siempre decía que Andrea hacía con papá lo que le daba la gana, pero no lo dijo el mes pasado, cuando uno de los agentes estatales contó a papá que había parado a Rob Westerfield para ponerle una multa por exceso de velocidad, y que Andrea le acompañaba.

Papá no dijo nada al respecto hasta después de cenar. Entonces, preguntó a Andrea cuánto tiempo había pasado en la biblioteca.

Ella no contestó.

—Veo que eres lo bastante lista para comprender que el agente que multó a Westerfield me diría que ibas con él —dijo papá—. Andrea, ese chico no solo es rico y malcriado, sino que es una manzana podrida. Cuando se mate por no respetar los límites de velocidad, tú no irás en ese coche. Te prohíbo terminantemente que le sigas viendo.

El escondite estaba en el garaje, detrás de la mansión donde la señora Westerfield, la abuela de Rob, pasaba los veranos. Nunca estaba cerrado con llave, y en ocasiones, Andrea y sus amigas entraban y fumaban cigarrillos. Andrea había llevado a Ellie en un par de ocasiones, cuando se quedó a cuidar de ella.

Las amigas de Andrea se habían enfadado mucho con ella por traer a su hermana, pero ella había dicho: «Ellie es una buena chica. No es una chivata». Esas palabras lograron que Ellie se sintiera muy orgullosa, pero Andrea no permitió que diera ni una calada del cigarrillo.

Ellie estaba segura de que la noche anterior Andrea se había ido antes de casa de Joan para encontrarse con Rob Westerfield. Ellie la había oído el mismo día cuando hablaba con él por teléfono. Y cuando terminó, estaba deshecha en lágrimas.

—Le dije a Rob que iba a ir a la fiesta con Paulie —explicó—, y se ha enfadado mucho conmigo.

Ellie pensó en la conversación mientras terminaba los cereales y el zumo. Papá estaba de pie ante la cocina. Sostenía una taza de café. Mamá estaba llorando de nuevo, pero casi sin hacer ruido.

Entonces, por primera vez, pareció que papá reparaba en ella.

—Ellie, creo que estarás mejor en el colegio. Te recogeré a la hora de comer.

—¿Puedo salir a dar un paseo?

—Sí, pero no te alejes de casa.

Ellie corrió a buscar su chaqueta y salió por la puerta al cabo de pocos momentos. Era 15 de noviembre y las hojas estaban húmedas. Las nubes cubrían el cielo y adivinó que iba a llover de nuevo. Ellie echaba de menos Irvington, donde vivían antes. En ese pueblo se sentía muy sola. La casa de la señora Hilmer era la única que había en esa calle, aparte de la de ellos.

A papá le gustaba vivir en Irvington, pero se habían mudado allí, a cinco pueblos de distancia, porque mamá quería una casa más grande y más terreno. Descubrieron que se lo podían permitir si se trasladaban más al norte de Westchester, a un pueblo que aún no se había convertido en un suburbio de Nueva York.

Cuando papá dijo que añoraba Irvington, donde había crecido y vivido hasta hacía dos años, mamá le dijo que la nueva casa era estupenda. Entonces, él contestó que en Irvington tenían una vista del río Hudson y el puente Tappan Zee que valía un millón de dólares, y no tenía que conducir ocho kilómetros para comprar el periódico o una barra de pan.

La propiedad estaba rodeada de árboles. La mansión de los Westerfield estaba justo detrás de la suya, pero al otro lado del bosque. Ellie miró hacia la ventana de la cocina, para asegurarse de que nadie la había visto, y empezó a correr entre los árboles.

Cinco minutos después llegó al claro y cruzó a toda velocidad el campo donde empezaba la finca de los Westerfield. Con la sensación de estar cada vez más sola, ascendió el largo camino de entrada y rodeó la casa, una figura diminuta perdida en las sombras alargadas de la tormenta inminente.

El garaje contaba con una puerta lateral, que no estaba cerrada con llave. Aun así, a Ellie le costó girar el pomo. Lo logró por fin y se adentró en la penumbra del interior. El garaje tenía capacidad para cuatro coches, pero el único que la señora Westerfield dejaba después del verano era la furgoneta. Andrea y sus amigas habían llevado algunas mantas para sentarse cuando se refugiaban allí. Siempre se acomodaban en el mismo lugar, en la parte posterior del garaje, detrás de la furgoneta, porque si alguien miraba por la ventana no podría verlas. Ellie sabía que encontraría a Andrea en ese rincón, en el caso de que se hubiera escondido en el garaje.

No supo por qué sintió miedo de repente, pero eso fue lo que ocurrió. En lugar de correr, tuvo que arrastrar los pies para obligarlos a moverse hasta la parte posterior del garaje. Pero entonces, lo vio: el borde de la manta, que sobresalía por detrás de la furgoneta. ¡Andrea estaba allí! Sus amigas y ella nunca habrían dejado las mantas a la vista. Cuando se iban, siempre las doblaban y escondían en el armario de los útiles de limpieza.

—Andrea...

Entonces sí que corrió y la llamó en voz baja, para que Andrea no se asustara. Debía de estar dormida, decidió Ellie.

Sí, lo estaba. Aunque las sombras invadían el garaje, Ellie vio que el pelo de Andrea sobresalía por debajo de las mantas.

—Soy yo, Andrea.

Ellie se puso de rodillas al lado de Andrea y retiró la manta que ocultaba su cara.

Andrea llevaba puesta una máscara, una máscara terrible con aspecto pegajoso y gomoso. Ellie extendió la mano para quitarla, y sus dedos se hundieron en un espacio hueco de la frente de Andrea. Cuando los sacó, tomó conciencia del charco de la sangre de Andrea, que empapaba sus pantalones.

Entonces, en algún lugar del enorme garaje, oyó sin la menor duda la respiración de alguien, ronca, profunda, que se quebraba en una especie de risita.

Aterrorizada, intentó levantarse, pero sus rodillas resbalaron en la sangre y cayó sobre el pecho de Andrea. Sus labios rozaron algo suave y frío: el medallón dorado de Andrea. Después, logró ponerse en pie, dio media vuelta y se puso a correr.

No supo que estaba chillando hasta casi llegar a casa. Ted y Genine Cavanaugh salieron al patio trasero y vieron que su hija menor salía corriendo del bosque, con los brazos extendidos, su pequeña forma cubierta con la sangre de su hermana.

2

Excepto cuando su equipo entrenaba o jugaba un partido durante la temporada de béisbol, Paulie Stroebel, de dieciséis años, trabajaba en la estación de servicio de Hillwood después de clase y los sábados todo el día. La alternativa consistía en ayudar a sus padres, durante aquellas mismas horas, en la charcutería que tenían a una manzana de Main Street, algo que había hecho desde que cumplió los siete años.

Mediocre en los estudios, pero buen mecánico, le gustaba reparar coches y sus padres habían comprendido su deseo de trabajar para otra persona. Paulie, de rebelde cabello rubio, ojos azules, mejillas redondas y un cuerpo robusto de metro setenta, era considerado un buen empleado por su jefe del taller y una especie de zopenco por sus compañeros de Delano High. Solo destacaba por pertenecer al equipo de rugby.

El viernes, cuando la noticia del asesinato de Andrea Cavanaugh llegó al colegio, fueron enviados tutores a todas las clases para informar a los estudiantes. Paul se encontraba en mitad de un período de estudio cuando la señorita Watkins entró en su aula, susurró algo al profesor y golpeó con los nudillos el pupitre para atraer la atención.

—He de comunicaros una noticia muy triste para todos —empezó—. Acabamos de saber…

Con frases entrecortadas, les informó de que la estudiante de segundo año Andrea Cavanaugh había sido asesinada. La reacción fue un coro de exclamaciones ahogadas y protestas llorosas.

Después, un «¡No!» estentóreo silenció a los demás. El tranquilo y plácido Paulie Stroebel, con el rostro desfigurado por el dolor, se había puesto en pie de un salto. Mientras sus compañeros le miraban, sus hombros empezaron a temblar. Violentos sollozos estremecieron su cuerpo y salió corriendo del aula. Cuando la puerta se cerró a su espalda, dijo algo con voz demasiado ahogada, que casi nadie pudo oír. Sin embargo, el estudiante sentado más cerca de la puerta juró que sus palabras habían sido: «¡No puedo creer que esté muerta!».

Emma Watkins, la tutora, ya bastante conmocionada por la tragedia, experimentó la sensación de que la habían apuñalado. Sentía afecto por Paulie y comprendía el aislamiento del entusiasta estudiante que tanto se esforzaba por complacer.

Por su parte, estaba convencida de que las palabras fueron: «No pensé que estuviera muerta».

Aquella tarde, por primera vez en los seis meses que llevaba trabajando en la estación de servicio, Paulie no hizo acto de presencia, ni tampoco llamó a su jefe para justificar su ausencia. Cuando sus padres llegaron a casa aquella noche, le encontraron tumbado sobre la cama, con la vista clavada en el techo, rodeado de fotos de Andrea.

Tanto Hans como Anja Wagner Stroebel habían nacido en Alemania y emigrado a Estados Unidos con sus padres cuando eran pequeños. Se habían casado ya adentrados ambos en la treintena y utilizaron sus ahorros en común para abrir la charcutería. Reservados por naturaleza, protegían a su único hijo con uñas y dientes.

Todo el mundo que entraba en la tienda hablaba del asesinato y se preguntaban mutuamente quién habría podido cometer un crimen tan horrible. Los Cavanaugh eran clientes habituales de la charcutería y los Stroebel participaron en la discusión sobre si Andrea había planeado encontrarse con alguien en el garaje de los Westerfield.

Se mostraron unánimes en que era guapa, aunque un poco testaruda. En teoría, iba a estar estudiando con Joan Lashley hasta las nueve de la noche, pero se marchó antes de forma inesperada. ¿Había quedado con alguien o la atacaron camino de casa?

Anja Stroebel reaccionó instintivamente cuando vio las fotografías desperdigadas sobre la cama de su hijo. Las recogió y guardó en su bolso. Negó con la cabeza al ver la mirada inquisitiva de su marido, para indicarle que no debía hacer preguntas. Después, se sentó al lado de Paulie y le rodeó con los brazos.

—Andrea era una chica muy bonita —dijo con tono apaciguador y aquel acento que se hacía más marcado cuando estaba preocupada—. Recuerdo que te felicitó cuando hiciste aquella estupenda parada que salvó el partido, la primavera pasada. Estás muy triste, como sus demás amigos.

Al principio, Paulie tuvo la sensación de que su madre le estaba hablando desde muy lejos. Como sus demás amigos. ¿A qué se refería?

—La policía buscará a todo aquel que haya sido amigo especial de Andrea, Paulie —dijo la mujer, poco a poco pero con firmeza.

—La invité a una fiesta —dijo el muchacho, vacilante—. Dijo que iría conmigo.

Anja estaba segura de que su hijo nunca había pedido a una chica que saliera con él. El año pasado se había negado a asistir al baile de los nuevos alumnos de segundo.

—¿Te gustaba, Paulie?

Paulie Stroebel se echó a llorar.

—La quería mucho, mamá.

—Te gustaba, Paul —insistió Anja—. Intenta recordarlo.

El sábado, Paulie Stroebel fue a trabajar a la estación de servicio y pidió disculpas por no haber aparecido el viernes por la tarde.

El sábado por la tarde, Hans Stroebel en persona fue a entregar un jamón de Virginia y diversas ensaladas a casa de los Cavanaugh, y pidió a la señora Hilmer, la cual abrió la puerta, que les transmitiera su más sentido pésame.

3

—Es una pena que tanto Ted como Genine sean hijos únicos —oyó decir Ellie un par de veces a la señora Hilmer el sábado—. En momentos así, las cosas son más fáciles cuando hay un montón de familia alrededor.

A Ellie le daba igual tener más familia. Solo quería que Andrea volviera; quería que mamá dejara de llorar y que papá hablara con ella. Apenas le había dirigido la palabra desde que llegó corriendo a casa, él la agarró por los brazos y ella consiguió decirle dónde estaba Andrea y que le habían hecho daño.

Más tarde, después de que papá fuera al escondite y viera a Andrea y toda la policía llegara, él le dijo:

—Ellie, anoche sabías que tal vez ella había ido al garaje. ¿Por qué no nos lo dijiste?

—Nadie me lo preguntó y luego me enviasteis a la cama.

—Sí, en efecto —admitió papá, pero más tarde le oyó decir a uno de los policías—: Ojalá hubiera sabido que Andrea estaba allí. Es posible que a las nueve aún estuviera viva. La habría encontrado a tiempo.

Alguien de la policía habló con Ellie y le hizo preguntas acerca del escondite y quién iba por allí. Ellie oyó en su cabeza las palabras de Andrea: «Ellie es una buena chica. No es una chivata».

Pensar en Andrea, sumado al hecho de saber que jamás volvería, provocó que Ellie empezara a llorar con tal violencia que el policía desistió de interrogarla.

Después, el sábado por la tarde, un hombre que se presentó como detective Marcus Longo fue a su casa. Se llevó a Ellie al comedor y cerró la puerta. Ella pensó que tenía una cara agradable. El detective le dijo que tenía un hijo de su misma edad y que eran muy parecidos.

—Tiene los mismos ojos azules —dijo— y su pelo es del mismo color que el tuyo. Siempre le digo que me recuerda a la arena cuando le da el sol.

Luego, le explicó que cuatro amigas de Andrea habían admitido haber ido al escondite con ella, pero ninguna había estado allí aquella noche. Dijo el nombre de las chicas.

—Ellie —preguntó—, ¿sabes si alguna otra chica acudía al garaje con tu hermana?

No era como chivarse si ellas ya lo habían confesado.

—No —susurró—. No iba ninguna más.

—¿Andrea se citaba con alguna otra persona en el escondite?

Ellie vaciló. No podía hablar de Rob Westerfield. Eso sí que sería traicionar a Andrea.

—Ellie —dijo el detective Longo—, alguien hizo tanto daño a Andrea que la mató. No protejas a esa persona. Andrea querría que nos dijeras todo lo que sabes.

Ellie se miró las manos. De aquella granja vieja enorme era su habitación favorita. El anterior papel pintado era feísimo, pero en la actualidad las paredes estaban pintadas de un amarillo suave y había una lámpara nueva sobre la mesa y bombillas que parecían velas. Mamá había descubierto la araña en una subasta de artículos de segunda mano y dijo que era un tesoro. Había tardado mucho tiempo en limpiarla, pero todas las visitas se quedaban prendadas de ella.

Siempre cenaban en el comedor, aunque papá decía que era absurdo tomarse tantas molestias. Mamá tenía un libro que enseñaba a disponer la mesa para una comida de gala. Cada domingo, la misión de Andrea era poner la mesa, aunque solo estuvieran ellos. Ellie la ayudaba, y se lo pasaban en grande mientras colocaban los cubiertos y platos buenos.

—Lord Malcolm Culogordo es el invitado de honor de hoy

—decía Andrea. Luego, mientras leía el libro de etiqueta, le situaba a la derecha del asiento de mamá—. Oh, no, Gabrielle, hay que colocar la copa de agua un poco a la derecha del cuchillo.

El verdadero nombre de Ellie era Gabrielle, pero nadie la llamaba así, salvo Andrea cuando bromeaba. Se preguntó si, en adelante, le tocaría a ella poner la mesa de aquella manera. Confió en que no. Sin Andrea no sería un juego.

Le resultaba raro pensar así. Por una parte, sabía que Andrea estaba muerta y la enterrarían el martes por la mañana en el cementerio de Tarrytown, junto con el abuelo y la abuela Cavanaugh. Por otra, todavía esperaba que Andrea entrara en casa de un momento a otro, la atrajera hacia sí y le contara un secreto.

Un secreto. A veces, Andrea se encontraba con Rob Westerfield en el escondite. Pero Ellie había prometido no revelarlo.

—Ellie, la persona que hizo daño a Andrea tal vez haga daño a alguien más si no le detenemos —dijo el detective Longo, con voz serena y cordial.

—¿Cree que Andrea está muerta por mi culpa? Papá sí lo cree.

—No, él no cree eso, Ellie —dijo el detective Longo—. Pero cualquier cosa que puedas contarnos sobre los secretos que Andrea y tú compartíais puede sernos de ayuda.

Rob Westerfield, pensó Ellie. Tal vez no equivaldría a romper una promesa hablar al detective Longo de él. Si Rob había sido el verdugo de Andrea, todo el mundo debería saberlo. Se miró las manos.

—A veces se encontraba con Rob Westerfield en el escondite —susurró.

El detective Longo se inclinó hacia delante.

—¿Sabes si iba a encontrarse con él allí la otra noche? —preguntó.

Ellie se dio cuenta de que la mención de Rob le había puesto en alerta.

—Creo que sí. Paulie Stroebel le había pedido que fuera con él a la fiesta de Acción de Gracias, y ella aceptó. En realidad, no quería ir con él, pero Paulie le había dicho que sabía lo de sus encuentros a escondidas con Rob Westerfield, y Andrea tenía miedo de que se lo dijera a papá si no iba con él. Pero luego, Rob se enfadó con ella, y Andrea quería explicarle el motivo de que hubiera accedido a ir con Paulie, para evitar que se chivara a papá. Quizá por eso se fue antes de casa de Joan.

—¿Cómo sabía Paulie que Andrea se veía con Rob Westerfield?

—Andrea pensaba que a veces la seguía hasta el escondite. Paulie quería que fuera su novia.

4

Habían utilizado la lavadora.

—¿Tan importante era que no pudieron esperar a que yo volviera, señora Westerfield? —preguntó Rosita en un tono algo a la defensiva, como temerosa de haber olvidado alguna tarea. El jueves se había ido del pueblo para visitar a su achacosa tía. Era sábado por la mañana y acababa de regresar—. No debería molestarse en lavar, ya tiene bastante trabajo con decorar todas esas casas.

Linda Westerfield no supo por qué se disparó una repentina alarma en su cabeza. Por algún motivo, no contestó de una manera directa a los comentarios de Rosita.

—Oh, de vez en cuando, si estoy echando un vistazo a la pintura decorativa y la toco, es tan fácil echar la ropa de faena a lavar como dejarla tirada por ahí —dijo.

—Bien, a juzgar por la cantidad de detergente que ha utilizado, debía de haber un montón. Ayer me enteré de lo de la hija de los Cavanaugh por las noticias, señora Westerfield. No puedo dejar de pensar en ella. Es increíble que algo así haya sucedido en este pueblo tan pequeño. Te parte el corazón.

—Pues sí.

Tenía que ser Rob quien había utilizado la lavadora, pensó Linda. Vince, su marido, jamás la habría tocado. Lo más probable era que no supiera ni cómo funcionaba.

Los ojos oscuros de Rosita brillaron, y se pasó la mano sobre ellos.

—Esa pobre madre.

¿Rob? ¿Tan importante era lo que tenía que lavar?

Era uno de sus viejos trucos. Cuando tenía once años, intentaba eliminar el olor a humo de cigarrillo de sus ropas de deporte.

—Andrea Cavanaugh era una monada. ¡Y su padre es teniente de la policía estatal! Lo normal es pensar que un hombre así sería capaz de proteger a su hija.

—Sí, tienes razón.

Linda estaba sentada ante la encimera de la cocina, repasando los bocetos que había hecho para embellecer las ventanas de la nueva casa de un cliente.

—Pensar que alguien destrozó la cabeza de esa chica... Tuvo que ser un monstruo. Espero que le cuelguen cuando le encuentren.

Rosita hablaba para sí, como si no esperara respuesta. Linda guardó los bocetos en la carpeta.

—El señor Westerfield y yo vamos a comer al hostal con unos amigos, Rosita —dijo, mientras bajaba del taburete.

—¿Rob se quedará en casa?

Buena pregunta, pensó Linda.

—Ha salido a correr y volverá de un momento a otro. Pregúntale cuando llegue.

Creyó detectar un temblor en su voz. Rob había estado nervioso y malhumorado durante todo el día de ayer. Cuando la noticia de la muerte de Andrea Cavanaugh corrió por el pueblo, supuso que le entristecería. En cambio, se mostró indiferente. «Apenas la conocía, mamá», dijo.

¿Se trataba de que Rob, como muchos jóvenes de diecinueve años, eran incapaces de asimilar la muerte de alguien de su edad? ¿Había tomado conciencia de su propia mortalidad?

Linda subió la escalera con parsimonia, abrumada de repente por la sensación de que se avecinaba un desastre. Seis años antes se habían mudado del piso de la calle Diecisiete Este de Manhattan a esa casa de antes de la guerra de Secesión, cuando Rob fue a un internado. Para entonces, los dos sabían que deseaban vivir de manera permanente en el pueblo donde pasaban los veranos, en casa de la madre de Vince. Vince dijo que existían grandes oportunidades de ganar dinero allí y había empezado a invertir en bienes raíces.

La casa, con ese aire de estar suspendida en el tiempo, era una continua fuente de tranquilos placeres para ella, pero ese día Linda no se detuvo a sentir el tacto de la madera pulida de la balaustrada, ni a disfrutar de la vista del valle desde la ventana situada al final de la escalera.

Se dirigió sin vacilar a la habitación de Rob. La puerta estaba cerrada. Hacía una hora que había salido a correr y regresaría de un momento a otro. Abrió la puerta presa del nerviosismo y entró. La cama estaba sin hacer, pero el resto de la habitación presentaba una curiosa pulcritud. Rob era meticuloso con su ropa, incluso a veces planchaba los pantalones nada más salir de la lavadora para marcar más la raya, pero era muy descuidado con las prendas ya usadas. Linda esperaba ver las ropas que había llevado el jueves y el día anterior tiradas en el suelo, a la espera del regreso de Rosita.

Cruzó a toda prisa la habitación y miró en el cesto del cuarto de baño. También estaba vacío.

En algún momento entre el jueves por la mañana, cuando Rosita se fue, y esa mañana, Rob había lavado y secado las ropas que usó el jueves y el día anterior. ¿Por qué?

A Linda le habría gustado registrar su ropero, pero sabía que corría el riesgo de que la pillara in fraganti. No estaba preparada para una discusión. Salió de la habitación, se acordó de cerrar la puerta y se encaminó al dormitorio principal, que Vince y ella habían añadido cuando ampliaron la casa.

Consciente de repente de que estaba a punto de sufrir el asalto de una migraña, dejó caer la carpeta sobre el sofá de la sala de estar, entró en el cuarto de baño y buscó en el botiquín. Mientras tragaba dos píldoras, se miró en el espejo y contempló con asombro su semblante pálido y angustiado.

Llevaba el conjunto deportivo porque había pensado ir a correr un rato después de trabajar en los bocetos. Una goma elástica ceñía su cabello castaño corto y no se había molestado en maquillarse. Para su mirada hipercrítica, aparentaba más de sus cuarenta y cuatro años, y diminutas arrugas se estaban formando alrededor de sus ojos y en las comisuras de la boca.

La ventana del cuarto de baño daba al patio delantero y el camino de entrada. Cuando miró, vio que un coche desconocido se acercaba. Un momento más tarde, sonó el timbre de la puerta. Esperaba que Rosita utilizara el intercomunicador para informarle de quién era, pero Rosita subió la escalera y le entregó una tarjeta.

—Quiere hablar con Rob, señora Westerfield. Le he dicho que Rob había salido a correr y ha contestado que esperará.

Linda era casi veinte centímetros más alta que Rosita, la cual apenas rebasaba el metro y medio, pero casi tuvo que apoyarse en la menuda mujer para sostenerse, después de leer el nombre de la tarjeta: detective Marcus Longo.

5

Fuera a donde fuera Ellie, se sentía de más. Después de que el simpático detective se marchara, intentó localizar a mamá, pero la señora Hilmer dijo que el médico le había dado algo para ayudarla a descansar. Papá pasaba casi todo el tiempo en su estudio con la puerta cerrada. Dijo que quería estar solo.

La abuela Reid, que vivía en Florida, llegó el sábado por la tarde, pero lo único que hizo fue llorar.

La señora Hilmer y algunas amigas del club de bridge de mamá se acomodaron en la cocina. Ellie oyó que una de ellas, la señora Storey, decía:

—Me siento tan impotente…, pero al mismo tiempo creo que, al vernos a su lado, Genine y Ted se darán cuenta de que no están solos.

Ellie salió de la casa y se subió al columpio. Con la fuerza de sus piernas logró elevarlo cada vez más. Quería dar una vuelta completa. Quería caer al suelo desde lo alto y hacerse daño. Tal vez entonces dejaría de sentir dolor por dentro.

La lluvia había parado, pero el sol no había salido y hacía frío. Al cabo de un rato, Ellie comprendió que era inútil: el columpio no daría la vuelta. Volvió a entrar en casa, por el pequeño vestíbulo situado junto a la cocina. Oyó la voz de la madre de Joan. Se había reunido con las demás señoras y Ellie comprendió que estaba llorando.

—Me sorprendió que Andrea se marchara tan pronto. Estaba oscuro y se me pasó por la cabeza acompañarla en coche a su casa. Ojalá…

Después, Ellie oyó a la señora Lewis.

—Ojalá Ellie les hubiera dicho que Andrea iba con frecuencia a ese garaje que las chicas llamaban «el escondite». Tal vez Ted habría llegado a tiempo.

—Ojalá Ellie…

Ellie volvió a subir la escalera, con mucho sigilo para que no la oyeran. La maleta de la abuela estaba sobre la cama. Qué raro. ¿No iba a dormir la abuela en la habitación de Andrea? Desde lo ocurrido estaba vacía.

O quizá la dejarían dormir a ella en la habitación de Andrea. Así, si se despertaba de noche, podría fingir que Andrea regresaría de un momento a otro.

La puerta de la habitación de Andrea estaba cerrada. La abrió con el mismo sigilo de los sábados por la mañana, cuando se asomaba a ver si Andrea seguía durmiendo.

Papá estaba de pie ante el escritorio de Andrea. Sostenía en las manos una foto enmarcada. Ellie sabía que era el retrato de bebé de Andrea, el del marco plateado con la inscripción «La niña de papá» grabada encima.

Mientras miraba, papá levantó la tapa de la caja de música. Era otro regalo que había comprado para Andrea después de su nacimiento. Papá decía que Andrea nunca quería irse a dormir cuando era pequeña, así que él daba cuerda a la caja de música y bailaba en la habitación con ella al compás de la canción, la cantaba en voz baja, hasta que ella se dormía.

Ellie había preguntado si hacía lo mismo con ella, pero mamá dijo que no, porque ella siempre dormía bien. Desde el día en que nació, no había dado el menor problema.

Parte de la letra de la canción pasó por la mente de Ellie mientras la música sonaba en la habitación. «Eres la niña de papá… Eres el espíritu de Navidad, la estrella de mi árbol… Eres la niña de papá.»

Mientras miraba, papá se sentó en el borde de la cama de Andrea y empezó a llorar.

Ellie retrocedió y cerró la puerta con tanto sigilo como la había abierto.

SEGUNDA PARTE

VEINTITRÉS AÑOS DESPUÉS

6

Mi hermana, Andrea, fue asesinada hace casi veintitrés años, pero siempre me parece que fue ayer.

Rob Westerfield fue detenido dos días después del entierro y acusado de asesinato en primer grado. Casi únicamente por la información que yo proporcioné, la policía pudo obtener una orden de registro de la casa de los Westerfield y el coche de Rob. Encontraron la ropa que había llevado la noche que la mató, y aunque la había lavado con lejía, el laboratorio de la policía identificó manchas de sangre. El gato que había sido el arma homicida fue encontrado en el maletero de su coche. También lo había limpiado, pero aún llevaba pegados algunos cabellos de Andrea.

La defensa de Rob se basó en que había ido al cine la noche que Andrea fue asesinada. El aparcamiento del cine estaba lleno y dejó su coche en la estación de servicio de al lado. Dijo que los postes estaban cerrados, pero encontró a Paulie Stroebel trabajando en el garaje cerrado. Dijo que fue a ver a Paulie y le explicó que dejaba el coche allí y que ya lo recogería después de la película.

Afirmó que mientras estaba viendo la película, Paulie Stroebel debió de acercarse al escondite con su coche, mató a Andrea y después volvió a dejar el coche en la estación de servicio. Rob dijo que había dejado el coche en el taller al menos una docena de veces para que le arreglaran abolladuras y que en una de dichas ocasiones Paulie pudo hacerse un duplicado de su llave.

Para explicar la sangre de sus ropas y sus zapatos, declaró que

Andrea le había rogado que se viera con ella en el escondite. Dijo que le había acosado con llamadas telefónicas y le había telefoneado a la hora de la cena la noche que murió. Le dijo que iba a una fiesta con Paulie Stroebel y no quería que se enfadara con ella.

—A mí me daba igual con quién salía —explicó Rob cuando testificó en el juicio—. Solo era una chica del pueblo que estaba colgada de mí. Me seguía a todas partes. Iba a dar un paseo y me la encontraba al lado. Iba a la bolera y aparecía de repente. La pillé a ella y a sus amigas fumando un cigarrillo en el garaje de mi abuela. Quise ser amable, le dije que no había problema. Siempre me rogaba que la llevara a pasear en mi coche. Siempre me estaba llamando.

Tenía una explicación para su visita al garaje de aquella noche.

—Salí del cine —testificó— y me fui en dirección a casa. Entonces, empecé a preocuparme por ella. Aunque le había dicho que no pensaba acudir a la cita, Andrea dijo que me esperaría de todos modos. Pensé que lo mejor sería pasarme a echar un vistazo y comprobar que volviera a casa antes de que su padre se enfadara. La bombilla del garaje se había fundido. Avancé a tientas y pasé por detrás de la furgoneta. Allí era donde Andrea y sus amigas se sentaban sobre mantas y fumaban cigarrillos.

»Sentí la manta bajo mi pie. Distinguí apenas que había alguien tendido sobre ella y supuse que Andrea se había quedado dormida mientras me esperaba. Después, me arrodillé y noté que tenía la cara ensangrentada. Huí.

Le preguntaron por qué huyó.

—Porque tenía miedo de que alguien pensara que había sido yo.

—¿Qué creyó que le había pasado?

—No lo sé. Estaba asustado, pero cuando descubrí que el gato de mi maletero estaba manchado de sangre, comprendí que era Paulie quien la había matado.

Era muy hábil y el testimonio estaba bien ensayado. Era un chico apuesto y producía una fuerte impresión. Pero yo fui el castigo de Rob Westerfield. Recuerdo que subí al estrado y contesté a las preguntas del fiscal.

—Ellie, ¿Andrea llamó a Rob Westerfield antes de ir a estudiar con Joan?

—Sí.

—¿Él solía llamarla?

—A veces, pero cuando contestaban papá o mamá, colgaba. Quería que Andrea le llamara porque tenía un teléfono en su cuarto.

—¿Había alguna razón especial para que Andrea le llamara la noche de su muerte?

—Sí.

—¿Oíste la conversación?

—Solo un poco. Entré en el cuarto de Andrea. Estaba a punto de llorar. Estaba diciendo a Rob que no podía evitar ir a la fiesta con Paulie, que debía hacerlo. No quería que Paulie contara a papá que a veces se encontraba con Rob en el escondite.

—¿Qué pasó después?

—Dijo a Rob que iba a estudiar a casa de Joan y él le dijo que fuera a verle al escondite.

—¿Le oíste decir eso?

—No, pero la oí a ella decir: «Lo intentaré, Rob», y cuando colgó, dijo: «Rob quiere que me vaya de casa de Joanie temprano y me vea con él en el escondite. Está enfadado conmigo. Ha dicho que no debía salir con nadie más que él».

—¿Andrea te dijo eso?

—Sí.

—¿Qué pasó después?

Entonces desvelé el último secreto de Andrea y rompí la sagrada promesa que le había hecho, la promesa de que nunca hablaría a nadie del medallón que Rob le había regalado. Era dorado y en forma de corazón, y tenía piedrecitas azules. Andrea le había enseñado que Rob había mandado grabar las iniciales de ambos en la parte de atrás. Yo me eché a llorar en aquel momento, porque echaba mucho de menos a mi hermana y me dolía hablar de ella. De modo que, sin que nadie me lo pidiera, añadí:

—Se puso el medallón antes de salir, por eso me quedé convencida de que iba a verse con él.

—¿Un medallón?

—Rob le regaló un medallón. Andrea lo llevaba debajo de la blusa, para que nadie pudiera verlo, pero yo lo noté bajo mis dedos cuando la encontré en el garaje.

Recuerdo que estaba sentada en el estrado de los testigos. Recuerdo que intentaba no mirar a Rob Westerfield. Él tenía la vista clavada en mí. Yo sentía el odio que proyectaba.

Juro que podía leer los pensamientos de mis padres, sentados detrás del fiscal: Ellie, tendrías que habérnoslo dicho; tendrías que habérnoslo dicho.

Los abogados de la defensa se cebaron en mi declaración. Sacaron a colación que Andrea llevaba con frecuencia un medallón que mi padre le había regalado, que estaba sobre su tocador después de que el cuerpo fuera descubierto, que yo estaba inventando historias o repitiendo las historias que Andrea había inventado sobre Rob.

—Andrea llevaba el medallón cuando la encontré —insistí—. Lo palpé —estallé—, por eso sé que era Rob Westerfield quien estaba en el escondite cuando encontré a Andrea. Volvió a buscar el medallón.

Los abogados de Rob se enfurecieron y el comentario fue eliminado del acta. El juez se volvió hacia los jurados y dijo que no debían tenerlo en cuenta.

¿Creyó alguien lo que dije sobre el medallón que Rob regaló a Andrea? No lo sé. El caso quedó en manos del jurado y estuvieron deliberando durante casi una semana. Averiguamos que algunos miembros se inclinaban al principio por un veredicto de homicidio sin premeditación, pero los demás insistieron en una condena por asesinato. Creían que Rob había ido al garaje con el gato porque su intención era matar a Andrea.

Volví a leer la transcripción del juicio las primeras veces que Westerfield fue propuesto para la libertad condicional y escribí vehementes cartas en contra de su puesta en libertad. Pero como ha cumplido casi veintidós años de condena, sabía que esta vez podían concederle la libertad condicional; por eso he vuelto a Oldham-on-the-Hudson.

Tengo treinta años, vivo en Atlanta y trabajo como reportera de investigación en el *Atlanta News*. El jefe de redacción, Pete Lawlor, considera una afrenta personal que alguien del equipo se tome sus vacaciones anuales, de modo que esperaba verle dar saltitos cuando le dije que necesitaba unos días libres de inmediato y quizá necesitaría otros más adelante.

—¿Te vas a casar?

Le dije que eso era lo último que tenía en mente.

—Entonces, ¿qué pasa?

No había contado nada de mi vida personal a nadie del periódico, pero Pete Lawlor es una de esas personas que dan la impresión de saberlo todo sobre todo el mundo. Treinta y un años, alopécico y siempre luchando para quitarse de encima esos cinco kilos de más, era probablemente el hombre más inteligente que he conocido en mi vida. Seis meses después de que yo empezara en el *News* y cubriera el reportaje de una adolescente asesina, me dijo como si tal cosa:

—Te habrá resultado duro escribir esto. Sé lo de tu hermana.

No esperaba una respuesta, ni yo se la di, pero sentí su empatía. Fue útil. Había sido una tarea muy exigente desde el punto de vista emocional.

—El asesino de Andrea va a solicitar la libertad condicional. Temo que esta vez pueda conseguirla y quiero ver si puedo hacer algo por impedirlo.

Pete se reclinó en su silla. Siempre vestía una camisa con el cuello desabrochado y un jersey. A veces, me he preguntado si tendrá una chaqueta.

—¿Cuánto tiempo lleva encerrado?

—Casi veintidós años.

—¿Cuántas veces ha solicitado la condicional?

—Dos.

—¿Algún problema mientras estuvo en la cárcel?

Me sentía como una colegiala sometida a interrogatorio.

—No que yo sepa.

—En ese caso, lo más probable es que salga.

—Ya lo supongo.

—Entonces, ¿para qué molestarse?

—Porque debo hacerlo.

Pete Lawlor no cree en perder tiempo o palabras. No hizo más preguntas. Se limitó a asentir.

—De acuerdo. ¿Cuándo es la vista?

—La semana que viene. El lunes he de hablar con alguien de la junta.

Pete devolvió la atención a los papeles de su escritorio, un gesto que indicaba el fin de la conversación.

—Adelante —dijo, pero cuando me di la vuelta, añadió—: Ellie, no eres tan dura como crees.

—Sí que lo soy.

No me molesté en darle las gracias por las vacaciones.

Eso ocurrió un viernes. Al día siguiente, sábado, volé desde Atlanta al aeropuerto del condado de Westchester y alquilé un coche.

Podría haberme hospedado en un motel de Ossining, cerca de Sing Sing, la prisión donde ha estado encarcelado el asesino de Andrea. En cambió, conduje veintitrés kilómetros más hasta mi pueblo natal, Oldham-on-the-Hudson, y conseguí localizar el pintoresco Parkinson Inn, que recordaba vagamente como un lugar al que íbamos a comer o cenar de vez en cuando.

Era evidente que el hostal marchaba viento en popa. En ese frío sábado por la tarde de octubre, las mesas del comedor estaban llenas de gente vestida con informalidad, en su mayoría parejas y familias. Por un momento, sentí una intensa nostalgia. Así recordaba mi vida anterior, los cuatro comiendo allí el sábado, y que a veces papá nos dejaba a Andrea y a mí en el cine. Ella se encontraba con sus amigas, pero no le importaba que yo la acompañara.

—Ellie es una buena chica, no es una chivata —decía.

Si la película terminaba pronto, todas corríamos al escondite del garaje, donde Andrea, Joan, Margy y Dottie compartían un cigarrillo apresurado antes de volver a casa.

Andrea tenía una respuesta preparada por si papá percibía el olor del tabaco en su ropa.

—No puedo evitarlo. Tomamos una pizza después de la película y había mucha gente fumando.

Después, me guiñaba el ojo.

El hostal solo contaba con ocho habitaciones, pero aún quedaba una libre, un espacio espartano que albergaba una cama con cabecera de hierro, una cómoda de dos cajones, una mesita de noche y una silla. Estaba encarada al este, la dirección en que se encontraba la casa donde vivíamos. El sol de aquella tarde era inseguro, asomaba entre las nubes y desaparecía, cegador en un momento dado, oculto por completo al siguiente.

Miré por la ventana; me dio la impresión de que volvía a tener siete años y veía a mi padre sujetar la caja de música.

Recuerdo aquella tarde como el día decisivo de mi vida. San Ignacio de Loyola dijo: «Entregadnos al niño hasta que cumpla siete años y yo os enseñaré el hombre».

Supongo que también se refería a las mujeres. Me quedé allí, silenciosa como un ratón, contemplando al padre que adoraba, el cual sollozaba y abrazaba la foto de mi hermana muerta contra su pecho, mientras los frágiles sonidos de la caja de música flotaban a su alrededor.

Miro hacia atrás y me pregunto si en algún momento se me ocurrió correr hacia él, rodearle entre mis brazos, absorber su dolor y dejar que se fundiera con el mío. Pero la verdad es que incluso entonces comprendí que su dolor era personal e intransferible, y que pese a mis esfuerzos, jamás podría mitigar su pena.

El teniente Edward Cavanaugh, agente condecorado de la policía del estado de Nueva York, héroe de una docena de situaciones peligrosas, no había podido impedir el asesinato de su hermosa y testaruda hija de quince años, y no podía compartir su angustia con nadie, ni siquiera con alguien de su propia sangre.

Con los años llegué a comprender que cuando el dolor no se comparte, la culpa va pasando de mano en mano como una patata caliente, arrojada de uno a otro, y al final va a parar a las manos de la persona menos preparada para quitársela de encima.

En este caso, la persona era yo.

El detective Longo no perdió el tiempo después de que yo

traicionara la confianza de mi hermana. Le había dado dos pistas, dos posibles sospechosos: Rob Westerfield, que utilizaba sus encantos de playboy rico, guapo y sensual para seducir a Andrea, y Paul Stroebel, el tímido y retrasado adolescente colado por la encantadora miembro de la banda que había vitoreado con entusiasmo su actuación decisiva en el campo de rugby.

Vítores y aplausos para el equipo de casa: ¡nadie superaba a Andrea en esas habilidades!

Mientras se analizaban los resultados de la autopsia de Andrea y preparábamos el entierro en el cementerio Gate of Heaven, junto a los abuelos paternos que yo apenas recordaba, el detective Longo interrogaba a Rob Westerfield y Paul Stroebel. Ambos afirmaban que no habían visto a Andrea el jueves por la noche y que no habían hecho planes para verse con ella.

Paul estaba trabajando en la estación de servicio, y aunque cerró a las siete, afirmó que se había quedado un rato más en el taller para acabar unas reparaciones de poca importancia en algunos coches. Rob Westerfield juró que había ido al cine local, y hasta exhibió el resguardo de una entrada como prueba.

Recuerdo que yo estaba de pie ante la tumba de Andrea, con una sola rosa de tallo largo en mi mano, y después de las oraciones, me dijeron que la depositara sobre el ataúd de Andrea. Recuerdo también que me sentía muerta por dentro, tan muerta e inmóvil como estaba Andrea cuando me arrodillé a su lado en el escondite.

Quería decirle que lamentaba muchísimo haber revelado sus citas secretas con Rob, y quería decirle con idéntica pasión que lamentaba no haberlos revelado en cuanto supimos que se había ido de casa de Joan y no había llegado a la nuestra. Pero no dije nada, claro. Tiré la flor, pero resbaló sobre el ataúd y, antes de que pudiera recuperarla, mi abuela se adelantó para depositar su flor sobre el ataúd y aplastó con el pie mi rosa sobre la tierra fangosa.

Un momento después salimos en fila del cementerio y en esa multitud de caras solemnes percibí miradas de furia dirigidas a mí. Los Westerfield se ausentaron, pero los Stroebel no, uno a cada lado de Paulie, tocándole con los hombros. Recuerdo la sensación de culpa que me rodeaba, me abrumaba, me asfixiaba. Era una sensación que nunca me ha abandonado.

Había intentado decirles que, cuando estaba arrodillada junto al cadáver de Andrea, oí respirar a alguien, pero se mostraron escépticos porque yo estaba histérica y asustada. Mi respiración, cuando salí huyendo del bosque, era tan dificultosa y entrecortada como cuando me acatarraba. Pero a lo largo de los años me he despertado muchas veces por culpa de la misma pesadilla: estoy arrodillada sobre el cadáver de Andrea, resbalo en su sangre y escucho la respiración ronca, como de un animal, y la risita aguda de un depredador.

Sé, con el instinto de supervivencia que ha salvado a la humanidad de la extinción, que Rob Westerfield posee una bestia al acecho en su interior y que si le dejan en libertad, atacará de nuevo.

Cuando noté que las lágrimas se agolpaban en mis ojos, me volví de la ventana, cogí mi mochila y la tiré sobre la cama. Casi sonreí cuando saqué mis cosas y me di cuenta de que había tenido la desfachatez de criticar el atavío informal de Pete Lawlor. Yo vestía tejanos y un jersey de cuello alto. En la mochila, aparte de un camisón y ropa interior, solo había metido una falda larga de lana y dos jerséis más. Mis zapatos favoritos son zuecos, lo cual es estupendo porque mido menos de un metro setenta y cinco. Mi cabello ha conservado su tono color arena. Lo llevo largo y, o bien me lo recojo sobre la cabeza, o lo ciño en la nuca.

La bonita y femenina Andrea se parecía a mamá. He heredado las facciones bien definidas de mi padre, que sientan mejor a un hombre que a una mujer. Nadie me llamaría la estrella de su árbol de Navidad.

Aromas tentadores llegaban desde el comedor y me di cuenta de que estaba hambrienta. Había salido de Atlanta en un vuelo de madrugada y había tenido que presentarme en el aeropuerto mucho antes de la hora de partida. El servicio de cocina (perdón, el servicio de bebidas) había consistido en una taza de café horrible.

Era la una y media cuando entré en el comedor y la sala ya se estaba vaciando. Fue fácil conseguir una mesa, un pequeño reservado cerca del fuego de la chimenea. No me di cuenta del frío que sentía hasta que el calor penetró en mis manos y pies.

—¿Le apetece una bebida? —preguntó la camarera, una mujer sonriente de cabello gris cuya placa de identificación anunciaba que se llamaba Liz.

¿Por qué no?, pensé, y pedí una copa de vino tinto.

Cuando regresó, le dije que me había decidido por sopa de cebolla y ella contestó que siempre había sido su plato favorito.

—¿Hace mucho que trabajas aquí, Liz? —pregunté.

—Veinticinco años. Me cuesta creerlo.

Era muy posible que nos hubiera servido años atrás.

—¿Todavía preparáis bocadillos de mantequilla de cacahuete y jalea? —pregunté.

—Por supuesto. ¿Ya los conocía?

—Sí.

Me arrepentí al instante de haberlo mencionado. Lo último que deseaba era que los veteranos se dieran cuenta de que yo era la «hermana de la chica que fue asesinada hace veintitrés años».

Pero era evidente que Liz estaba acostumbrada a que los clientes comentaran que habían comido en el hostal años antes, y se alejó de la mesa sin más comentarios.

Sorbí el vino y empecé a rememorar poco a poco ocasiones concretas en que habíamos estado allí en familia, cuando éramos una familia. Cumpleaños, por lo general, y cuando parábamos a cenar después de ir a dar un paseo en coche. La última vez que estuvimos allí creo que fue cuando mi abuela nos visitó, después de haber vivido en Florida casi un año. Recuerdo que mi padre fue a recogerla al aeropuerto y nos reunimos en el hostal. Habíamos encargado un pastel para ella. Las letras rosa del glaseado blanco decían: «Bienvenida a casa, abuela».

Ella se echó a llorar. Lágrimas de felicidad. Las últimas lágrimas de felicidad derramadas en nuestra familia. Ese pensamiento me retrotrajo a las lágrimas derramadas el día del entierro de Andrea y el terrible enfrentamiento público entre mi madre y mi padre.

Después del entierro, volvimos a casa. Las mujeres del barrio habían preparado un tentempié y había acudido mucha gente: nuestros antiguos vecinos de Irvington, las nuevas amigas de mi madre, los miembros de su club de bridge de los miércoles y sus compañeras voluntarias del hospital. También se encontraban presentes muchos amigos y compañeros de mi padre, algunos uniformados y de servicio, con el tiempo justo para darle el pésame.

Las cinco amigas más íntimas de Andrea, con los ojos hinchados de tanto llorar, estaban apelotonadas en un rincón. Joan, en cuya casa pasaba muchos ratos Andrea, estaba afligida en particular y las otras cuatro la consolaban.

Yo me sentía alejada de todo el mundo. Mi madre, con semblante muy triste y vestida de negro, estaba sentada en el sofá de la sala de estar, rodeada de amigas, que apretaban su mano o le pasaban una taza de té.

—Te sentará bien, Genine. Tienes las manos muy frías.

Mantenía la compostura incluso cuando sus ojos se llenaban de lágrimas y varias veces la oí decir: «No puedo creer que esté muerta».

Mi padre y ella no se habían separado ni un momento en el cementerio, pero en esos momentos se encontraban en habitaciones diferentes, ella en la sala de estar y él en el porche trasero cerrado que se había convertido en una especie de estudio para él.

Mi abuela estaba en la cocina con algunas de sus antiguas amigas de Irvington, reviviendo con tristeza épocas más felices de su vida.

Paseé entre ellos y si bien no cabía duda de que la gente me hablaba y alababa mi valentía, me sentía sola por completo. Deseaba la compañía de Andrea. Quería subir a la habitación de mi hermana, encontrarla allí y aovillarme en la cama con ella, mientras conversaba sin cesar con sus amigas o con Rob Westerfield.

Antes de llamarle, decía: «¿Puedo confiar en ti, Ellie?».

Pues claro que sí. Él casi nunca la llamaba a casa, porque habían prohibido a Andrea relacionarse con Rob y siempre existía la preocupación de que si contestaba al teléfono por su supletorio, mi padre o mi madre descolgaran el teléfono de abajo y escucharan la voz de él.

¿Mi padre o mi madre? ¿O solo mi padre? ¿Se habría disgustado mi madre? Al fin y al cabo, Rob era un Westerfield, y las dos Westerfield, madre e hija, acudían de vez en cuando al Club Femenino, al cual pertenecía mi madre.

Volvimos a casa a eso del mediodía. A las dos, la gente empezó a decir cosas como «Después de todo lo que habéis pasado, necesitáis un descanso».

Sabía lo que eso significaba, que después de haber presentado sus respetos a los afligidos y haber dado su más sincero pésame, tenían ganas de volver a casa. La reticencia a marcharse se debía al hecho de que también estaban ansiosos por encontrarse en nuestra casa cuando se produjeran novedades en lo referente a la identificación del asesino de Andrea.

Para entonces, todo el mundo estaba enterado del ataque de histeria de Paulie Stroebel en el colegio y de que Andrea iba en el coche de Rob Westerfield cuando le multaron por exceso de velocidad el mes anterior.

Paulie Stroebel. ¿Quién habría adivinado que un chico silencioso e introvertido como él estaría enamorado de una chica como Andrea, o que ella accedería a ir al baile de Acción de Gracias con él?

Rob Westerfield. Había cursado un año en la universidad y no era tonto, eso era evidente. Pero corría el rumor de que le habían invitado a renunciar. Por lo visto, había dilapidado todo ese primer año. Tenía diecinueve años cuando se encaprichó de mi hermana. ¿Por qué se había fijado en Andrea, una estudiante de segundo año de instituto?

—¿No decían que tuvo algo que ver con lo sucedido a su abuela en casa de esta?

Justo cuando oí ese comentario sonó el timbre de la puerta y la señora Storey, del club de bridge, que ya estaba en el vestíbulo, fue a abrirla. La señora Dorothy Westerfield, abuela de Rob y propietaria de la finca donde se encontraba el garaje donde Andrea había muerto, estaba en el porche.

Era una mujer atractiva e impresionante, de hombros anchos y abundante busto. Se erguía muy tiesa, lo cual producía el efecto de que pareciera más alta de lo que era. Su cabello grisáceo poseía un ondulado natural y lo llevaba retirado de la cara. A los setenta y tres años, sus cejas eran todavía oscuras y resaltaban la expresión inteligente de sus ojos castaño claro. La firme línea de la mandíbula impedía que se la pudiera considerar guapa, pero por otra parte, aumentaba la impresión general de energía dominante.

Iba sin sombrero, vestida con un abrigo oscuro muy bien cortado. Entró en el vestíbulo y sus ojos barrieron el interior en busca de mi madre, que estaba liberando las manos de sus amigas, al tiempo que se esforzaba por ponerse en pie.

La señora Westerfield se encaminó sin vacilar hacia ella.

—Estaba en California y no he podido volver hasta ahora, pero quería decirte, Genine, lo mucho que lamento lo sucedido. Hace muchos años perdí a un hijo adolescente en un accidente de esquí, de modo que comprendo lo que estáis sufriendo.

Mientras mi madre asentía en señal de agradecimiento, la voz de mi padre resonó en la estancia.

—Pero no se trata de un accidente, señora Westerfield —dijo—. Mi hija fue asesinada. La mataron a golpes y es posible que su nieto haya sido el asesino. De hecho, a tenor de su reputación, ha de ser consciente de que es el principal sospechoso. Así que haga el favor de largarse. Tiene mucha suerte de seguir con vida. Aún no se acaba de creer que estuvo implicado en aquel robo, cuando usted recibió varios disparos y la dieron por muerta, ¿verdad?

—Ted, ¿cómo puedes decir eso? —suplicó mi madre—. Le pido perdón, señora Westerfield. Mi marido…

Fue como si la casa estuviera vacía, a excepción de los tres. Todo el mundo se había quedado petrificado, como en el juego de estatuas que yo tenía de niña.

Mi padre parecía una figura del Antiguo Testamento. Se había quitado la corbata y llevaba el cuello de la camisa abierto. Su cara estaba tan blanca como la camisa y sus ojos azules eran casi negros. Conservaba toda la mata de espeso pelo castaño oscuro y en aquel momento parecía todavía más espeso, como si la ira proyectara rayos de electricidad a través del cuero cabelludo.

—No te atrevas a disculparte en mi nombre, Genine —gritó—. No hay policía en esta casa que no sepa que Rob Westerfield está podrido hasta la médula. Mi hija, nuestra hija, está muerta. En cuanto a usted —se acercó a la señora Westerfield—, salga de mi casa y llévese sus lágrimas de cocodrilo.

La señora Westerfield se había puesto tan pálida como mi padre. No le contestó, sino que apretó la mano de mi madre y se dirigió con parsimonia hacia la puerta.

Cuando habló, mi madre no alzó la voz, pero su tono restalló como un latigazo.

—Quieres que Rob Westerfield sea el asesino de Andrea, ¿verdad, Ted? Sabes que Andrea estaba loca por él y no lo podías soportar. ¿Quieres saber una cosa? ¡Estabas celoso! Si hubieras sido razonable y la hubieras dejado salir con él, o con cualquier otro chico, no tendría que haberse citado a escondidas con nadie.

Entonces, mi madre imitó la forma de hablar de mi padre.

—Andrea, solo puedes ir a una fiesta del colegio con un chico del instituto. No subirás a su coche. Yo te recogeré y yo te dejaré en el sitio.

La piel que cubría los pómulos de mi padre enrojeció, aunque no sé si de vergüenza o de furia.

—Si me hubiera obedecido, aún estaría viva —dijo en voz

baja, pero amarga—. Si tú no hubieras ido besuqueando la mano de cualquiera apellidado Westerfield...

—Menos mal que no eres tú quien investiga el caso —le interrumpió mi madre—. ¿Qué me dices de ese chico, Stroebel? ¿Qué me dices de ese chapuzas, Will Nebels? ¿Y del viajante de comercio? ¿Ya le han encontrado?

—¿Y el Ratoncito Pérez? —replicó mi padre con tono despectivo.

Dio media vuelta y volvió al estudio, donde sus amigos estaban reunidos. Cerró la puerta a su espalda. Por fin, se hizo un silencio absoluto.

10

Mi abuela había pensado alojarse con nosotros aquella noche, pero convencida de que era mejor dejar solos a mis padres, hizo las maletas y se marchó con una amiga de Irvington. Pasaría la noche en dicha población y la acompañarían en coche al aeropuerto a la mañana siguiente.

Su esperanza de que se produjera una especie de reconciliación entre mis padres después del amargo intercambio de palabras no se cumplió.

Mi madre durmió en la habitación de Andrea aquella noche y todas las noches de los siguientes diez meses, hasta después del juicio, cuando ni todo el dinero de los Westerfield ni su poderoso equipo de abogados defensores lograron salvar a Rob Westerfield de que fuera declarado culpable del asesinato de Andrea.

Después, vendieron la casa. Mi padre volvió a Irvington y mi madre y yo iniciamos una vida nómada, empezando por Florida, cerca de mi abuela. Mi madre, que había trabajado de secretaria una breve temporada antes de casarse, consiguió un empleo en una cadena de hoteles nacional. Siempre muy atractiva, también era lista y diligente, y ascendió con rapidez hasta convertirse en una especie de mediadora en todo tipo de conflictos, lo cual significó mudarse cada año y medio o así a un hotel diferente de una ciudad diferente.

Por desgracia, aplicó la misma diligencia a ocultar a todo el mundo (excepto a mí) el hecho de que se había convertido en una alcohólica, pues no dejaba de beber ni un solo día desde el momento en que llegaba a casa del trabajo. Durante años logró mantener el suficiente control para trabajar, salvo ocasionales brotes de «gripe», cuando necesitaba varios días para recuperar la sobriedad.

En ocasiones, la bebida la convertía en una persona silenciosa y malhumorada. En otras, se mostraba locuaz, y fue durante estos arranques cuando me di cuenta de que seguía muy enamorada de mi padre.

—Ellie, me volví loca por él en cuanto le vi por primera vez. ¿Te he contado alguna vez cómo nos conocimos?

Tropecientas, mamá.

—Tenía diecinueve años y llevaba trabajando seis meses de secretaria, mi primer empleo. Compré un coche, una caja naranja sobre ruedas con un depósito de gasolina. Decidí ver qué velocidad máxima alcanzaba en la autovía. De repente, oí una sirena y vi por el retrovisor una luz que destellaba detrás de mí; después una voz me ordenó por un megáfono que parara. Tu padre me puso una multa y me soltó un sermón que me hizo llorar. Pero cuando apareció en el juicio, anunció que iba a darme lecciones de conducir.

Otras veces se lamentaba:

—Era formidable en muchos aspectos. Es licenciado universitario. Tiene buena pinta y cerebro. Pero solo estaba a gusto con sus viejos amigos y no le gustaba cambiar. Por eso no quería mudarse a Oldham. El problema no residía en dónde vivíamos. Era demasiado estricto con Andrea. Aunque nos hubiéramos quedado en Irvington, ella habría continuado citándose en secreto.

Estos recuerdos casi siempre concluían con:

—Ojalá hubiéramos sabido dónde buscar cuando no llegó a casa.

O sea, ojalá les hubiera hablado del escondite.

Cursé el tercer grado en Florida. El cuarto y quinto en Luisiana. El sexto en Colorado. El séptimo en California. El octavo en Nuevo México.

La pensión alimenticia de mi padre llegaba con estricta puntualidad todos los primeros de mes, pero solo le vi de vez en cuando durante aquellos primeros años y después nunca más. Andrea, su niña adorada, había muerto. No quedaba nada entre él y mi madre, salvo un amargo resentimiento y amor helado, y lo que sintiera por mí no era suficiente para que deseara mi presencia. Estar bajo el mismo techo conmigo parecía abrir las cicatrices que habían cerrado sus heridas. Ojalá hubiera hablado del escondite.

A medida que me hacía mayor, la adoración por mi padre dio paso al resentimiento. ¿Y si te plantearas: «Ojalá hubiera interrogado a Ellie en lugar de mandarla a la cama»? ¿Qué te parece, papá?

Por suerte, cuando empecé la universidad habíamos estado el tiempo suficiente en California para establecernos y estudié periodismo en la UCLA. Mi madre murió de cirrosis a los seis meses de licenciarme, y como quería empezar de nuevo, solicité y conseguí el empleo de Atlanta.

Rob Westerfield hizo algo más que asesinar a mi hermana aquella noche de noviembre de hace veintidós años. Mientras Liz dejaba la sopa humeante ante mí, empecé a preguntarme cómo serían nuestras vidas si Andrea no hubiera muerto.

Mi madre y mi padre seguirían juntos, aún vivirían allí. Mi madre tenía grandes planes para mejorar la casa y mi padre se habría conformado sin duda. Mientras atravesaba en coche el pueblo, observé que la población rural que recordaba había crecido considerablemente. Presentaba el aspecto de un pueblo de Westchester de clase alta, justo lo que mi madre había previsto. Mi padre ya no tendría que recorrer ocho kilómetros para ir a buscar un cartón de leche.

Tanto si nos hubiéramos quedado allí como si no, no cabía duda de que si Andrea hubiera vivido, mi madre seguiría con vida. No habría necesitado buscar consuelo y olvido en el alcohol.

Mi padre tal vez habría tomado conciencia de mi adoración por él y con el tiempo, quizá cuando Andrea hubiera ido a la universidad, me habría prestado algo de la atención que yo tanto ansiaba.

Probé mi sopa.

Sabía igual a como la recordaba.

11

Liz volvió a la mesa con una cesta de panecillos crujientes. Remoloneó un momento.

—Por lo que ha dicho de los bocadillos de mantequilla de cacahuete y jalea, imagino que venía por aquí.

Había picado su curiosidad.

—Hace mucho tiempo —dije, como sin darle importancia—. Nos mudamos cuando era pequeña. Ahora vivo en Atlanta.

—Estuve una vez. Una bonita ciudad.

Se alejó.

Atlanta, la Puerta del Sur. Para mí, fue una buena decisión. Cuando muchos de mis compañeros de clase solo estaban interesados en entrar en la televisión, yo siempre supe que, por algún motivo, era la letra impresa lo que más me atraía. Y por fin, empecé a saber lo que era la estabilidad.

Los periódicos no pagan mucho a los empleados recién salidos de la universidad, pero mi madre poseía un modesto seguro de vida que me concedió la libertad de amueblar un pequeño piso de tres habitaciones. Compré con mucha prudencia en almacenes de muebles de segunda mano y en liquidaciones de existencias. Cuando el piso estuvo amueblado, casi me sentí consternada al darme cuenta de que había recreado, de manera inconsciente, el aspecto general de la sala de estar de nuestra casa de Oldham. Azules y rojos en la alfombra. Un sofá y una butaca tapizados de azul. Incluso una otomana, aunque eso era un poco forzado.

Me trajo muchísimos recuerdos: mi padre dormitando en la butaca, con sus largas piernas apoyadas sobre la otomana; Andrea apartándolas sin la menor ceremonia; los ojos de mi padre al abrirse, su sonrisa de bienvenida a su descarada y bonita niñita adorada...

Yo siempre andaba de puntillas cuando dormía, porque no quería molestarle. Cuando Andrea y yo estábamos despejando la mesa después de cenar, yo escuchaba con atención cuando él empezaba a relajarse con la segunda taza de café y contaba a mi madre lo que había ocurrido aquel día en el trabajo. Yo sentía una gran admiración por él. Mi padre salvaba vidas, me jactaba.

Tres años después del divorcio, volvió a casarse. Para entonces, yo le había ido a ver por segunda y última vez a Irvington. No quise asistir a su boda y me quedé indiferente cuando escribió para anunciarme que tenía un hermanito. Su segundo matrimonio le había dado el hijo varón que yo debía ser. Edward James Cavanaugh hijo, que en la actualidad tendrá unos diecisiete años.

Mi último contacto con mi padre se produjo cuando le escribí para informarle de que mi madre había muerto y de mi deseo de que sus cenizas fueran enterradas en el cementerio Gate of Heaven, en la tumba de Andrea. De no haber contado con su aprobación, la habría enterrado con los padres de ella en su panteón del cementerio.

Me escribió, expresando sus condolencias, y me dijo que había tomado las medidas que yo solicitaba. También me invitó a ir a verle a Irvington.

Envié las cenizas y decliné la invitación.

La sopa de cebolla me había reconfortado y los recuerdos me habían producido cierta desazón. Decidí subir a mi habitación, coger la chaqueta y dar una vuelta en coche por el pueblo. Solo eran las dos y media y ya empezaba a preguntarme por qué no había esperado hasta el día siguiente para ir. Tenía una cita con alguien llamado Martin Brand, de la junta de libertad condicional, a las diez de la mañana del lunes. Haría todo lo posible por convencerle de que Rob Westerfield no debía ser puesto en libertad, pero como Pete Lawlor ya me había anticipado, era probablemente un gesto inútil.

El piloto del contestador de mi habitación estaba parpadeando. Había recibido el mensaje urgente de llamar a Pete Lawlor. Descolgó al primer timbrazo.

—Parece que posees el don de estar donde debes cuando es necesario, Ellie —dijo—. Nos ha llegado por teletipo. Los Westerfield celebran una conferencia de prensa dentro de quince minutos. La CNN va a cubrirla. Will Nebels, el chapuzas que fue interrogado cuando el asesinato de tu hermana, acaba de hacer unas declaraciones en las que afirma que vio a Paul Stroebel en el coche de Rob Westerfield la noche que Andrea fue asesinada. Afirma que le vio entrar en el garaje con algo en la mano, y que diez minutos más tarde salió corriendo, subió al coche y se largó.

—¿Por qué Nebels no contó esa historia antes? —repliqué con brusquedad.

—Dice que tenía miedo de que alguien intentara echarle la culpa de la muerte de tu hermana.

—¿Cómo es que vio todo eso?

—Estaba en la casa de la abuela. Había hecho algunas reparaciones y conocía el código de la alarma. También sabía que la abuela tenía la costumbre de dejar dinero suelto en los cajones de la casa. Estaba sin blanca y necesitaba dinero. Había entrado en el dormitorio principal, cuyas ventanas dan al garaje, y cuando se abrió la puerta del coche, vio con claridad la cara de Stroebel.

—Está mintiendo —dije.

—Mira la conferencia de prensa —dijo Pete—, y luego cubre la historia. Eres una reportera de investigación. —Hizo una pausa—. A menos que te resulte demasiado duro.

—De ninguna manera —dije—. Te llamaré más tarde.

12

La conferencia de prensa se celebraba en la oficina de White Plains de William Hamilton, el abogado criminalista contratado por la familia Westerfield para demostrar la inocencia de Robson Parke Westerfield.

Hamilton abrió el acto presentándose. Se erguía entre dos hombres. A uno lo reconocí por las fotos como el padre de Rob, Vincent Westerfield. Era una figura distinguida de unos sesenta y cinco años, con cabello plateado y facciones aristocráticas. Al otro lado de Hamilton, visiblemente nervioso, había un individuo de ojos algo hinchados, de una edad indefinida comprendida entre los sesenta y los setenta años, que no cesaba de abrir y cerrar sus dedos entrelazados.

Le presentaron como Will Nebels. Hamilton hizo un breve resumen de sus antecedentes.

—Will Nebels ha trabajado durante años en Oldham como factótum. Trabajaba con frecuencia para la señora Dorothy Westerfield en su casa de campo, en cuyo garaje fue encontrado el cadáver de Andrea Cavanaugh. Junto con otras muchas personas, el señor Nebels fue interrogado respecto a su paradero aquel jueves por la noche en que Andrea perdió la vida. El señor Nebels declaró en aquel tiempo que había cenado en la barra del restaurante local y luego se fue directamente a casa. Le habían visto en el restaurante, de modo que no hubo motivos para dudar de su historia.

»No obstante, cuando el famoso escritor de sucesos Jake Bern, que está escribiendo un libro sobre la muerte de Andrea Cavanaugh y la declaración de inocencia de Rob Westerfield, habló con el señor Nebels, salieron a la luz nuevos hechos.

Hamilton se volvió hacia Will Nebels.

—Will, le ruego que cuente a los medios de comunicación lo que dijo con exactitud al señor Bern.

Nebels se removió, nervioso. No parecía muy cómodo con la camisa, corbata y traje que sin duda le habían puesto para la ocasión. Es un viejo truco de la defensa, lo he visto centenares de veces en los tribunales. Viste bien al acusado, córtale el pelo, procura que se afeite, dale una corbata y una camisa, aunque nunca se haya abrochado el botón del cuello en su vida. Lo mismo se puede decir de los testigos de la defensa.

—Me siento mal —empezó Nebels con voz ronca.

Observé que estaba muy pálido y delgado, y me pregunté si estaba enfermo. Apenas le recordaba. Había hecho algunos trabajos esporádicos para nosotros, pero creía que estaba bastante entrado en carnes.

—Es algo con lo que he vivido y cuando el escritor empezó a hablarme del caso, supe que tenía que quitarme ese peso de encima.

A continuación, contó la misma historia que había llegado por teletipo. Había visto a Paul Stroebel llegar al garaje en el coche de Rob Westerfield, y entrar en el escondite portando un objeto pesado. Sus palabras insinuaban, por supuesto, que el objeto era el gato utilizado para matar a golpes a Andrea, el mismo que habían encontrado en el maletero del coche de Rob Westerfield.

Le tocó el turno de hablar a Vincent Westerfield.

—Durante veintidós años mi hijo ha estado encerrado en una celda de la cárcel entre criminales de la peor calaña. Siempre ha proclamado ser inocente de ese terrible crimen. Aquella noche fue a ver una película. Aparcó en la estación de servicio contigua al cine, donde suelen repostar los coches y donde pudo duplicarse con suma facilidad la llave de su automóvil. Había ido al taller al menos en tres ocasiones durante los meses anteriores, para que repararan algunas abolladuras de escasa importancia.

»Paul Stroebel estaba trabajando allí aquella noche. Los surtidores de gasolina habían cerrado a las siete, pero él estaba reparando un coche en el área de servicio interior. Rob habló con Paul y le dijo que dejaba el coche en el aparcamiento de la gasolinera mientras veía la película. Sabemos que Paul siempre ha negado este punto, pero ahora tenemos la prueba de que mintió. Mientras mi hijo estaba viendo la película, Stroebel cogió su coche, fue a lo que ellos llamaban el escondite y mató a esa chica.

Se irguió en toda su estatura y habló con voz más profunda y alta.

—Mi hijo se presenta ante la junta de libertad condicional. Por lo que se nos ha dado a entender, saldrá de la prisión. Eso no es suficiente. Con esta prueba recién descubierta pediremos un nuevo juicio y creemos que esta vez Rob será absuelto. Solo podemos confiar en que Paul Stroebel, el verdadero asesino, sea llevado a juicio y encerrado durante el resto de su vida.

Estaba viendo la conferencia de prensa en el televisor del salón del hostal, situado en la planta baja. Estaba tan furiosa que me entraron ganas de arrojar algo a la pantalla. La situación era ideal para Rob Westerfield. Si le declaraban culpable de nuevo, no podrían devolverle a la prisión. Ya había cumplido su sentencia. Si le absolvían, el estado jamás llevaría a juicio a Paul Stroebel basándose en la palabra de un testigo tan poco fiable como Will Nebels. Sin embargo, a los ojos del mundo, sería el asesino.

Supongo que más personas se habían enterado de la conferencia, porque en cuanto encendí el televisor, comenzaron a entrar. El recepcionista fue el primero en hacer un comentario.

—Paulie Stroebel. Anda ya, ese pobre chico sería incapaz de matar a una mosca.

—Bien, mucha gente piensa que hizo algo más que matar a una mosca —dijo una de las camareras que yo había visto en el comedor—. Yo no estaba aquí cuando ocurrió, pero he oído muchas cosas. Te sorprendería saber cuánta gente cree que Rob Westerfield es inocente.

Los enviados de los medios de comunicación a la rueda de prensa estaban asediando a preguntas a Will Nebels.

—¿Se da cuenta de que puede ir a la cárcel por robo con escalo y perjurio? —oí que preguntaba un reportero.

—Permita que sea yo quien conteste a eso —dijo Hamilton—. El delito ha prescrito. El señor Nebels no corre el peligro de ser encarcelado. Se ha decidido a enmendar un yerro. No tenía ni idea de que Andrea Cavanaugh estaba en el garaje aquella noche, ni supo en aquel momento lo que le había pasado. Por desgracia, le entró el pánico cuando comprendió que su testimonio le situaba en el lugar de los hechos y decidió callar.

—¿Le han prometido dinero a cambio de este testimonio, señor Nebels? —preguntó otro reportero.

Eso mismo me preguntaba yo, pensé.

Hamilton intervino de nuevo.

—De ninguna manera.

¿El señor Nebels se interpretará a sí mismo en la película?, me pregunté.

—¿El señor Nebels ha prestado declaración ante el fiscal del distrito?

—Todavía no. Queríamos que el público imparcial conociera su declaración antes de que el fiscal pudiera tergiversar sus palabras. La cuestión estriba en que, y sé que es terrible decirlo, si Andrea Cavanaugh hubiera sido atacada sexualmente, Rob Westerfield habría salido de la cárcel hace mucho tiempo, gracias a la prueba del ADN. Tal como están las cosas, fue su propia preocupación lo que le perdió. Andrea le había rogado que se encontrara con ella en el escondite. Le dijo por teléfono que había accedido a salir con Paul Stroebel solo porque pensaba que era la última persona que provocaría celos a un joven como Rob Westerfield.

»La cuestión es que Andrea Cavanaugh estaba persiguiendo a Rob Westerfield. Le llamaba con frecuencia. A él le daba igual con quién saliera. Era una chica coqueta, loca por los chicos, una chica «popular».

Me estremecí al escuchar la insinuación.

—La única equivocación de Rob fue ser presa del pánico cuando descubrió el cadáver de Andrea Cavanaugh. Fue a casa, sin darse cuenta de que transportaba en su coche el arma homicida, y de que la sangre de Andrea ya estaba manchando el maletero de ese coche. Aquella noche metió en la lavadora sus pantalones, camisa y chaqueta, porque estaba asustado.

No tan asustado como para lavarlos con lejía en un esfuerzo por borrar las manchas de sangre, pensé.

Las cámaras enfocaron al presentador de la CNN.

—Siguiendo esta entrevista con nosotros desde su casa de Oldham-on-the-Hudson se encuentra el detective retirado Marcus Longo. Señor Longo, ¿qué opina de la declaración del señor Nebels?

—Es una mentira de principio a fin. Robson Westerfield fue declarado culpable de asesinato porque es culpable de asesinato. Puedo comprender la angustia de su familia, pero intentar cargar las culpas a una persona inocente y de capacidades limitadas es más que despreciable.

Bravo, pensé. El recuerdo del detective Longo, sentado conmigo en el comedor años atrás, diciéndome que era correcto revelar los secretos de Andrea, revivió con nitidez en mi mente. Longo tenía en la actualidad unos sesenta años, un hombre de cara larga con cejas pobladas y oscuras y nariz aguileña. El cabello que le quedaba era una orla veteada de gris alrededor de su cabeza, pero su aspecto poseía una dignidad innata que intensificaba el efecto de su evidente desdén por la pantomima que acabábamos de presenciar.

Todavía vivía en Oldham. Decidí que, en algún momento, le llamaría.

La conferencia de prensa había terminado y la gente empezó a salir de la sala. El recepcionista, un joven de aspecto estudioso que parecía recién salido de la universidad, se acercó a mí.

—¿Ha encontrado la habitación a su gusto, señorita Cavanaugh?

La camarera pasó junto al sofá donde yo estaba sentada. Se volvió y me miró con atención; supe que estaba ansiosa por preguntar si yo era pariente de la joven asesinada en el caso Westerfield.

Fue la primera indicación de que tendría que renunciar al anonimato que tanto anhelaba si me quedaba en Oldham.

Qué le vamos a hacer, pensé. No habrá otro remedio.

13

La señora Hilmer aún vivía en la misma casa. En la actualidad había cuatro casas que la separaban de aquella en que habíamos vivido tan pocos años. Era evidente que los nuevos habitantes de nuestra antigua casa habían cumplido el sueño de mamá. La habían ampliado por ambos lados y por detrás. Siempre había sido una casa tipo granja de buen tamaño, pero se había convertido en una vivienda encantadora, sólida pero elegante, con tablas de chilla de un blanco reluciente y postigos verde oscuro.

Aminoré la velocidad cuando pasé por delante y luego, pensando que nadie se fijaría en aquella tranquila mañana de domingo, me paré.

Los árboles habían crecido, por supuesto. El otoño de ese año había sido cálido en el nordeste, y aunque ese día hacía frío, todavía abundaban las hojas doradas y escarlata en las ramas.

No cabía duda de que habían ampliado la sala de estar de nuestra casa. ¿Y el comedor?, me pregunté. Por un instante me encontré allí, sosteniendo en mis brazos la caja de cubiertos de plata (¿o eran de alpaca?), mientras Andrea disponía con meticulosidad los platos. «Lord Malcolm Culogordo será nuestro invitado de honor de hoy.»

La señora Hilmer había estado atenta a mi llegada. En cuanto bajé del coche, la puerta principal se abrió. Un momento después sentí su firme abrazo. Siempre había sido una mujer menuda, algo regordeta, de rostro maternal y vivaces ojos castaños. En la actualidad, su cabello castaño se había teñido de plata por completo, y había arrugas alrededor de sus ojos y su boca. No obstante, seguía estando tal como yo la recordaba. Durante años había enviado a mamá una tarjeta de felicitación por Navidad, acompañada de una larga nota, y mi madre, que nunca enviaba felicitaciones, hacía una excepción en su caso, adornaba la realidad de nuestro último traslado y alababa mis progresos en el colegio.

Le había escrito para comunicarle la muerte de mamá, y recibí una nota cariñosa y consoladora. No la avisé cuando me mudé a Atlanta, por tanto imagino que sus felicitaciones o notas le fueron devueltas. La oficina de correos ya no retiene la correspondencia demasiado tiempo.

—Ellie, qué alta estás —dijo, con algo entre una sonrisa y una carcajada—. Eras una cosita tan pequeña…

—Sucedió durante el tiempo que pasé en el instituto —expliqué.

Había café sobre los fogones y panecillos de arándanos recién salidos del horno. Ante mi insistencia, nos quedamos en la cocina y tomamos asiento para hacer los honores al banquete. Me habló de su familia durante unos minutos. Yo apenas conocía a su hijo y su hija. Los dos estaban casados cuando nos mudamos a Oldham.

—Ocho nietos —dijo con orgullo—. Por desgracia, ninguno vive aquí, pero aun así los veo con cierta frecuencia. —Sabía que había enviudado muchos años antes—. Los chicos me dicen que esta casa es demasiado grande para mí, pero es mi casa y me gusta. Cuando ya no pueda valerme por mí misma, supongo que la venderé, pero de momento no.

Le hablé brevemente de mi trabajo y luego abordamos el motivo de mi regreso a Oldham.

—Ellie, desde el día en que Rob Westerfield salió esposado de la sala del tribunal, los Westerfield han insistido en que es inocente y han luchado para que le concedieran la libertad. Han convencido a mucha gente de ello. —Compuso una expresión preocupada—. Una vez dicho esto, Ellie, debo admitir algo. Empiezo a preguntarme si Rob Westerfield no fue condenado en parte debido a su reputación de alborotador. Todo el mundo le consideraba un mal chico y estaban dispuestos a creer lo peor.

Había visto la conferencia de prensa.

—Algo sí he creído de la declaración de Will Nebels —dijo—, y es que entró a robar en casa de la señora Westerfield. ¿Estuvo allí aquella noche? Es posible. Por una parte, me pregunto qué le van a dar por contar esa historia, y por otra, me acuerdo de que Paulie se quedó destrozado en clase cuando anunciaron que Andrea había muerto. Vi a esa tutora testificar en el tribunal. Nunca había visto un testigo tan reticente. Tenía muchas ganas de proteger a Paulie, pero se vio forzada a admitir que, cuando salió corriendo del aula, creyó haberle oído decir: «No pensé que estuviera muerta».

—¿Cómo está ahora Paulie Stroebel? —pregunté.

—Le va todo muy bien, la verdad. Durante los diez o doce años posteriores al juicio se mostró muy reservado. Sabía que algunas personas creían que él había asesinado a Andrea y eso estuvo a punto de destruirlo. Empezó a trabajar en la charcutería con sus padres y por lo que tengo entendido era muy callado. Pero desde que su padre murió y tuvo que asumir muchas más responsabilidades, es como si hubiera florecido. Espero que esta historia de Will Nebels no le afecte.

—Si Rob Westerfield consigue un nuevo juicio y le absuelven, será como si hubieran declarado culpable a Paulie —dije.

—¿Podrían detenerle y llevarle a juicio?

—No soy abogada, pero lo dudo. El nuevo testimonio de Will Nebels podría bastar para facilitar un nuevo juicio y la absolución a Rob Westerfield, pero nunca le concederían suficiente credibilidad para condenar a Paulie Stroebel. Pero el daño estaría hecho y Paulie sería otra víctima de Westerfield.

—Quizá sí, quizá no. Por eso es tan dura la situación. —La señora Hilmer vaciló y luego prosiguió—. Ellie, ese tipo que está escribiendo un libro sobre el caso vino a verme. Alguien le dijo que yo era amiga íntima de tu familia.

Intuí una advertencia en sus palabras.

—¿Cómo es?

—Educado. Hizo muchas preguntas. Estuve pendiente de cada palabra que salía de mis labios, pero ya te puedo decir que Bern tiene una opinión inamovible y va a conseguir que los hechos encajen con ella. Preguntó si el motivo de que tu padre fuera tan estricto con Andrea era que se escapaba para verse con montones de chicos diferentes.

—Eso no es verdad.

—Lo presentará de tal manera que parezca cierto.

—Sí, estaba colada por Rob Westerfield, pero al final también tenía miedo de él. —Era algo que no había esperado decir, pero al hacerlo, comprendí que era cierto—. Y yo tenía miedo por ella —susurré—. Estaba enfadado con ella por lo de Paulie.

—Yo estaba en tu casa, Ellie. Estuve presente cuando prestaste testimonio ante el tribunal. Nunca dijiste que Andrea o tú tuvierais miedo de Rob Westerfield.

¿Estaba insinuando que yo podía estar creando un recuerdo falso para justificar mi testimonio infantil? Pero entonces añadió:

—Ve con cuidado, Ellie. Ese escritor me dijo que eras una niña emocionalmente inestable. Es algo que va a insinuar en su libro.

Así que esa es la orientación que va a tomar, pensé: Andrea era un pendón, yo era emocionalmente inestable y Paulie Stroebel es un asesino. Si no hubiera estado segura antes, en esos momentos sabía que había elegido el trabajo perfecto para mí.

—Puede que Rob Westerfield salga de la cárcel, señora Hilmer —dije, y después añadí con firmeza—: Pero cuando yo termine de investigar y escribir hasta el último detalle sucio de su sórdida vida, nadie querrá pasear por la acera con él, de día o de noche. Y si consigue un segundo juicio, ningún jurado le absolverá.

14

El lunes a las diez de la mañana tenía la entrevista en Albany con Martin Brand, miembro de la junta de libertad condicional. Era un hombre de aspecto cansado de unos sesenta años, con bolsas bajo los ojos y una espesa mata de pelo gris que reclamaba a gritos la atención de su barbero. Se había abierto el botón superior de la camisa y aflojado la corbata. Su tez rubicunda indicaba problemas de hipertensión.

No cabía duda de que había oído muchas versiones de mi protesta a lo largo de los años.

—Señorita Cavanaugh, a Westerfield le han negado la condicional en dos ocasiones. Esta vez, creo que la decisión será dejarle en libertad.

—Es un reincidente.

—No puede estar segura de eso.

—Ni usted de lo contrario.

—Le ofrecieron la libertad condicional hace dos años, si admitía haber asesinado a su hermana, aceptaba la responsabilidad del crimen y expresaba remordimiento. No aceptó la oferta.

—Venga ya, señor Brand. Tenía demasiado que perder si decía la verdad. Sabía que no le podían retener mucho más.

El hombre se encogió de hombros.

—Había olvidado que es usted una reportera de investigación.

—También soy la hermana de la chica de quince años que no tuvo ocasión de celebrar su fiesta de dieciséis.

La expresión cansada del señor Brand abandonó sus ojos un momento.

—Señorita Cavanaugh, albergo pocas dudas de que Rob Westerfield es culpable, pero creo que debe usted resignarse al hecho de que ha cumplido su condena y de que, después de un par de incidentes durante los primeros años, se ha reformado.

Me habría encantado saber en qué consistían aquel par de incidentes, pero estaba segura de que el señor Brand no me los iba a revelar.

—Otra cosa —continuó—. Aunque sea culpable, fue un crimen pasional dirigido contra su hermana y las posibilidades de que repita este tipo de crimen son casi nulas. Lo dicen las estadísticas. Los casos de reincidencia disminuyen después de los treinta años y casi desaparecen después de los cuarenta.

—Hay personas que nacen sin conciencia y en cuanto salen de la cárcel se convierten en bombas de relojería andantes.

Empujé la silla hacia atrás y me levanté. Brand también se puso en pie.

—Señorita Cavanaugh, voy a darle un consejo aunque no quiera seguirlo. Tengo la sensación de que ha vivido toda su vida con el recuerdo del brutal asesinato de su hermana. Pero no puede devolverla a la vida y no puede retener a Rob Westerfield en la cárcel por más tiempo. Si solicita un nuevo juicio y es absuelto, se acabó. Es usted joven. Vuelva a Atlanta y trate de olvidar esta tragedia.

—Es un buen consejo, señor Brand, y es probable que lo siga algún día —dije—. Pero ahora no.

15

Hace tres años, después de escribir una serie de artículos sobre Jason Lambert, un asesino múltiple de Atlanta, recibí una llamada de Maggie Reynolds, una editora de Nueva York a la que había conocido en un debate sobre la delincuencia. Me ofreció un contrato para convertir los artículos en un libro.

Lambert era un asesino del tipo Ted Bundy.* Deambulaba por los recintos universitarios, se hacía pasar por estudiante y después convencía a chicas jóvenes de que subieran a su coche. Como las víctimas de Bundy, esas chicas desaparecían sin más ni más. Por suerte, no tuvo tiempo de acabar con su última víctima cuando fue capturado. En la actualidad está en una cárcel de Georgia, le quedan 149 años de condena y no tiene la menor posibilidad de conseguir la libertad condicional.

El libro funcionó sorprendentemente bien, incluso se coló durante varias semanas en los últimos puestos de la lista de libros más vendidos del *New York Times*. Llamé a Maggie después de salir de la oficina de Brand. Tras describir el caso y la línea de investigación que pensaba seguir, accedió a firmar un contrato por un libro sobre el asesinato de Andrea; prometí que el libro apor-

* Famoso psicópata criminal estadounidense; sus víctimas eran mujeres y perpetró sus asesinatos en la década de 1970. Fue condenado a muerte y ejecutado en Florida en 1989. Hay una película basada en su historia real: *Ted Bundy* (2002), dirigida por Matthew Bright. *(N. del E.)*

taría pruebas incontestables sobre la culpabilidad de Rob Westerfield.

—El que Jake Bern está escribiendo ha levantado mucha polvareda —me dijo Maggie—. Me gustaría contraatacar con tu libro. Bern rompió su contrato con nosotros después de que gastáramos una fortuna en publicidad para su último libro, con la intención de aumentar las ventas.

Calculé que el proyecto me ocuparía unos tres meses de investigación intensiva y redacción, y si Rob Westerfield conseguía un nuevo juicio, varios meses más. El hostal sería demasiado claustrofóbico y caro para alojarme en él durante tanto tiempo, de modo que pregunté a la señora Hilmer si sabía de pisos para alquilar en la zona. Desechó con un ademán mi idea, e insistió en que ocupara el apartamento de invitados situado sobre su garaje.

—Lo añadí hace años, por si alguna vez necesitaba compañía permanente —explicó—. Es cómodo, Ellie, es tranquilo, y seré una buena vecina, no te molestaré.

—Siempre fue una buena vecina.

Era una estupenda solución y tal vez el único inconveniente consistía en que tendría que pasar con regularidad por delante de nuestra antigua casa. Di por sentado que la repetición acabaría por apagar el destello instantáneo de dolor que me asaltaba cada vez que pasaba ante aquel pedazo de terreno.

«La pequeña tierra de Dios.»* Mi madre lo llamaba así en broma. Estaba encantada de poseer tanto terreno y había tomado la decisión de cultivar un jardín que sería una de las atracciones principales de la gira de primavera del Oldham Garden Club.

Me fui del hostal, me trasladé al apartamento de invitados de la señora Hilmer y el miércoles volé de nuevo a Atlanta. Llegué a la oficina a las seis y cuarto de la tarde. Sabía que no existía la menor posibilidad de que Pete se hubiera ido a casa. Estaba casado con su trabajo.

Alzó la vista, me vio, sonrió un momento y dijo:

* Título de una novela de Erskine Caldwell. (N. del T.)

—Vamos a charlar mientras tomamos unos espaguetis.

—¿Y esos cinco kilos que querías perder?

—He decidido no pensar en ellos durante las dos horas siguientes.

Pete posee tal energía que proyecta rayos de electricidad hacia la gente que le rodea. Entró en el *News*, un diario privado, nada más salir de la facultad, y al cabo de dos años era director ejecutivo. A la edad de veintiocho años ostentaba dos cargos, redactor jefe y director, y el «diario agonizante», tal como lo habían etiquetado, resucitó de repente.

Contratar a una reportera de investigación criminal fue una de las ideas de Pete que reactivaron la circulación y conseguir el empleo seis años antes fue un golpe de suerte para mí. Me acababan de aceptar como periodista novata. Cuando el tipo que Pete quería para el puesto renunció en el último momento, me dijeron que lo ocupara yo, hasta que encontraran un sustituto permanente. Pero un día, sin más comentarios, Pete dejó de buscar aquel sustituto. Yo me quedé con el puesto.

El Napoli es el tipo de restaurante de barrio que encuentras en cualquier sitio de Italia. Pete pidió una botella de Chianti y se zampó un pedazo del pan recién hecho que habían depositado sobre nuestra mesa. Mis pensamientos se remontaron al semestre que había pasado en Roma durante mis años universitarios. Fue uno de los períodos más felices de mi vida adulta.

Mi madre intentaba dejar la bebida y no le iba nada mal. Fue a verme durante las vacaciones de primavera y lo pasamos muy bien juntas. Le enseñé Roma y pasamos una semana en Florencia y las colinas de Toscana. Rematamos la jugada con una visita a Venecia. Mi madre era una mujer muy guapa y durante el viaje, cuando sonreía, parecía la que había sido antes. En virtud de un acuerdo no verbalizado, los nombres de Andrea y mi padre jamás salieron a colación.

Me alegro de conservar ese recuerdo de ella.

Llegó el vino, Pete dio su aprobación y lo descorcharon. Tomé un sorbo y dije lo que debía.

—Me he dedicado a hacer los deberes. Es muy posible que

terminen rehabilitando a Westerfield. Jake Bern es un buen escritor. Ya ha escrito un artículo sobre el caso que saldrá el mes que viene en *Vanity Fair*.

Pete cogió otro trozo de pan.

—¿Qué puedes hacer al respecto?

—Estoy escribiendo un libro que se publicará en primavera, la misma semana que lancen el de Bern. —Le hablé de mi llamada a Maggie Reynolds. Pete la había conocido en la fiesta de presentación de mi libro—. Maggie piensa acelerar la publicación, pero entretanto, he de contrarrestar los artículos de Bern y las declaraciones a la prensa de la familia Westerfield.

Pete esperó. Hay que decir algo más acerca de él: nunca se precipitaba a darte palmaditas en la espalda. Ni llenaba los tiempos muertos de la conversación.

—Pete, soy muy consciente de que una serie de artículos sobre un crimen cometido hace veintidós años en el condado de Westchester, Nueva York, no serán de gran interés para un lector de Georgia, y además, no creo que sea el lugar adecuado para publicarlos. La familia Westerfield se identifica con Nueva York.

—Estoy de acuerdo. ¿Qué propones?

—Que me concedas un permiso, si puedes. Y si no es posible, dimitir, escribir el libro y a ver qué pasa después.

El camarero volvió a la mesa. Pedimos canelones y una ensalada verde. Pete vaciló unos segundos, pero al final se decantó por un acompañamiento de gorgonzola.

—Ellie, te guardaré el puesto mientras pueda.

—¿Qué quiere decir eso?

—Yo tampoco voy a durar mucho tiempo. Tengo un par de ofertas que estoy meditando.

Me quedé estupefacta.

—Pero el *News* es la niña de tus ojos.

—Estamos creciendo demasiado para la competencia. Se rumorea que ofrecen mucho dinero por la venta. La familia está interesada. A la generación actual le importa un pimiento el periódico. Lo único que cuenta son los beneficios.

—¿Adónde piensas ir?

—Es muy probable que el *L. A. Times* me haga una oferta. La otra posibilidad es Houston.

—¿Cuál prefieres?

—Hasta que no haya una oferta consistente, no voy a perder el tiempo en darle vueltas.

Pete no esperó a mis comentarios.

—Ellie, he efectuado algunas averiguaciones sobre tu caso. Los Westerfield están utilizando una buena estrategia defensiva. Han reunido un equipo de abogados impresionante, todos ansiosos por la oportunidad de ganar una fortuna. Cuentan con Nebels, y aunque sea una sabandija, algunas personas van a creer su historia. Haz lo que debas, pero por favor, si Westerfield va a juicio y sale absuelto, júrate que lo olvidarás.

Me miró a los ojos.

—Ellie, sé lo que estás pensando: Ni por asomo. Ojalá pudiera meterte en la cabeza que, por más libros que Bern y tú escribáis, algunas personas irán a la tumba convencidas de que Westerfield consiguió un trato de favor, mientras otras seguirán creyendo que es culpable.

Las intenciones de Pete eran excelentes, pero aquella noche, mientras hacía el equipaje para una estancia prolongada en Oldham, caí en la cuenta de que incluso él creía que, culpable o inocente, Rob Westerfield había cumplido su condena, que las opiniones de la gente sobre el caso estarían divididas y que había llegado la hora de que yo lo dejara correr.

La santa ira no es reprobable, pensé. Excepto cuando se prolonga demasiado.

Volví a Oldham y la semana siguiente concedieron la libertad condicional a Rob Westerfield, tal como yo suponía, y anunciaron que saldría de la cárcel el 31 de octubre.

Halloween, pensé. Muy apropiado. La noche en que los demonios andan sueltos sobre la tierra.

16

Paulie Stroebel estaba detrás del mostrador cuando abrí la puerta de la charcutería y sonó la campanilla.

Mi vago recuerdo de él se circunscribía a la antigua estación de servicio, donde había trabajado años antes. Ponía gasolina en el depósito de nuestro coche y limpiaba el parabrisas hasta que relucía. Recuerdo que mi madre decía: «Paulie es un chico muy amable», una frase que nunca volvió a repetir cuando ingresó en la lista de sospechosos de la muerte de Andrea.

Creo que mis recuerdos de su aspecto físico se basaban en parte (o tal vez únicamente) en las fotos de él que veía en los periódicos que mi madre guardaba, periódicos que documentaban hasta el último detalle la muerte de Andrea y el juicio. No hay nada que despierte más el interés del público lector que la historia del hijo de una familia rica e importante acusado del asesinato de una hermosa adolescente.

Había fotos que acompañaban al texto, por supuesto: el cadáver de Andrea cuando lo sacaron del garaje; el ataúd al salir de la iglesia; mi madre, con las manos entrelazadas y el rostro deformado por el dolor; mi padre, con expresión de inmenso pesar; yo, pequeña y perdida; Paulie Stroebel, perplejo y nervioso; Rob Westerfield, arrogante, apuesto y desdeñoso; Will Nebels, con una sonrisa servil inapropiada.

Los fotógrafos ansiosos por captar una emoción humana en estado puro habían disfrutado de un día excepcional.

Mi madre nunca me había dicho que conservaba todos esos recortes de periódico, ni la transcripción del juicio. Después de su muerte, me quedé de una pieza al descubrir que la abultada maleta que nos acompañaba en todos nuestros desplazamientos era una caja de Pandora que solo contenía desdicha. Sospecho ahora que, cuando la bebida sumía a mi madre en un sopor depresivo, abría la maleta y revivía su crucifixión particular.

Sabía que Paulie y la señora Stroebel debían de estar enterados de mi regreso al pueblo. Cuando él alzó los ojos y me vio, se sobresaltó, pero después compuso una expresión cautelosa. Aspiré el maravilloso aroma mezcla de jamón, buey y condimentos que parece ser inherente a los buenos productos alemanes, nos miramos y examinamos.

El cuerpo robusto de Paulie parecía más propio de un hombre maduro que del adolescente plasmado en las fotos de los periódicos. Sus mejillas rechonchas se habían afinado y sus ojos ya no conservaban la mirada perpleja de veintitrés años antes. Faltaban pocos minutos para las seis, la hora de cierre, y tal como yo esperaba, ya no había clientes rezagados.

—Paulie, soy Ellie Cavanaugh.

Me acerqué a él y extendí mi mano sobre el mostrador. Me la estrechó con firmeza, incluso con excesiva fuerza.

—Me dijeron que habías vuelto. Will Nebels miente. Yo no estuve en el garaje aquella noche.

Su voz era una protesta dolida.

—Lo sé.

—No es justo que diga eso.

La puerta que separaba la cocina de la parte delantera de la tienda se abrió y la señora Stroebel salió. Tuve la inmediata impresión de que siempre estaba al acecho de lo que pudiera pasarle a su hijo.

Había envejecido, por supuesto, y ya no era la mujer de mejillas sonrosadas que yo recordaba. Su cuerpo había adelgazado. Su pelo era gris, con apenas una insinuación del tono rubio que yo recordaba, y caminaba con una leve cojera. Cuando me vio, dijo «¿Ellie?», y cuando yo asentí, su expresión de preocupación dio paso a una sonrisa de bienvenida. Salió de detrás del mostrador corriendo para abrazarme.

Después de que yo prestara declaración ante el tribunal, la señora Stroebel se acercó a mí, tomó mis manos y, al borde de las lágrimas, me dio las gracias. El abogado de la defensa había intentado obligarme a decir que Andrea tenía miedo de Paulie, y creo que fui muy precisa en el estrado.

«No he dicho que Andrea tenía miedo de Paulie, porque no es verdad. Tenía miedo de que Paulie dijera a papá que a veces se encontraba con Rob en el escondite.»

—Me alegro de verte, Ellie. Ahora estás hecha toda una mujer, y yo soy una vieja —me dijo la señora Stroebel mientras sus labios rozaban mi mejilla. El acento de su país de origen fluía como miel a través de sus palabras.

—No es cierto —protesté.

El afecto de su bienvenida, como el afecto del recibimiento que me había dispensado la señora Hilmer, era un dardo de luz que destellaba en la irreductible tristeza que me acompaña siempre. La sensación de haber vuelto a casa, con gente que me quiere. En su presencia, pese al tiempo transcurrido, no soy una extraña y ya no estoy sola.

—Pon el cartel de «Cerrado» en la puerta, Paulie —dijo al instante la señora Stroebel—. Ellie, vendrás a casa a cenar con nosotros, ¿verdad?

—Me encantaría.

Les seguí en mi coche. Vivían a eso de un kilómetro y medio de distancia, en una de las zonas más antiguas del pueblo. Todas las casas eran de finales del siglo XIX y relativamente pequeñas, pero parecían acogedoras y bien cuidadas, y era fácil imaginar a generaciones de familias sentadas en aquellos porches al llegar el verano.

El perro de los Stroebel, un labrador canela, acogió con entusiasmo nuestra llegada. Paulie fue a buscar de inmediato su correa y le llevó a dar un paseo.

Su casa era justo lo que yo esperaba: invitadora, inmaculada y confortable. No quise aceptar la propuesta de la señora Stroebel de que me sentara en una butaca de la sala de estar y mirara las noticias de la televisión, mientras ella preparaba la cena en la cocina. La seguí y me senté en un taburete ante la encimera, mientras observaba sus preparativos. Le ofrecí mi ayuda, pero la rechazó.

—Una comida sencilla —advirtió—. Ayer preparé estofado de buey. Siempre está mejor al día siguiente. Mejor así. Mucho más sabroso.

Sus manos trabajaban con celeridad mientras fileteaba las verduras que se añadirían a última hora al estofado, amasaba pasta para bollos, partía lechuga para la ensalada. Yo guardaba silencio, pues sospechaba que la mujer quería dejar lista la cena antes de hablar.

Tenía razón.

—Bien —dijo un cuarto de hora después, con un cabeceo de satisfacción—. Antes de que Paulie vuelva, dime una cosa: ¿pueden hacer esto los Westerfield? Después de veintidós años, ¿pueden acusar de nuevo a mi hijo de ser el asesino?

—Pueden intentarlo, pero no lo conseguirán.

Los hombros de la señora Stroebel se hundieron.

—Ellie, Paulie ha mejorado mucho. Ya sabes cómo era de joven, todo le costaba bastante. No sirve para estudiar. Hay un tipo de conocimiento que no es para él. Su padre y yo siempre estábamos preocupados. Paulie es una persona excelente. En el colegio siempre estaba solo, excepto cuando jugaba a rugby. Solo entonces tenía la sensación de que le apreciaban. —Le resultó difícil continuar—. Paulie estaba en el segundo equipo, así que no jugaba mucho. Pero un día le sacaron al campo y el otro equipo marcó; después... No entiendo nada de esos deportes. Si su padre estuviera vivo, te lo explicaría. En el último minuto, Paulie se apoderó de la pelota y logró un tanto que ganó el partido.

»Tu hermana tocaba en la banda, la más bonita de todas, según recuerdo. Fue ella la que cogió el megáfono y saltó al campo. Paulie me lo ha contado cientos de veces, el homenaje que le rindió Andrea. —La señora Stroebel hizo una pausa, ladeó la cabeza como si escuchara y después, en voz baja pero exuberante, cantó—: Vitorearemos a Paulie Stroebel, el mejor de todos. Es alegre, divertido, por Dios que le queremos, vitorearemos a Paulie Stroebel, el mejor de todos. —Sus ojos brillaron—. Fue el momento más maravilloso de la vida de Paulie, Ellie. No sabes lo mucho que sufrió después de que Andrea muriera y los Westerfield intentaran echarle la culpa. Creo que habría muerto por salvarla. A nuestro médico le preocupaba que tratara de atentar contra su propia vida. Cuando eres un poco diferente, un poco retrasado, es muy fácil deprimirse.

»Ha mejorado mucho en los últimos años. Cada vez toma más decisiones en la tienda. Ya sabes a qué me refiero. Como el año pasado, cuando decidió poner unas cuantas mesas y contratar a una camarera. Desayunos y bocadillos por la tarde, nada complicado. Se ha hecho muy popular.

—Me fijé en las mesas.

—Paulie nunca lo ha tenido fácil. Siempre tendrá que esforzarse más que los demás. Todo irá bien, a menos que…

—A menos que la gente empiece a señalarle con el dedo de nuevo y a preguntarse si es él quien tendría que haber pasado veintidós años en la cárcel —la interrumpí.

La mujer asintió.

—Sí. Eso es lo que quería decir.

Oímos que la puerta principal se abría. Los pasos de Paulie y los ladridos del labrador anunciaron su llegada.

Paulie entró en la cocina.

—No es justo que ese hombre diga que yo hice daño a Andrea —dijo, y subió la escalera al instante.

—Está empezando a consumirle otra vez —dijo la señora Stroebel.

17

El día después de ver a los Stroebel intenté localizar a Marcus Longo, el detective que había investigado el asesinato de Andrea. Respondió el contestador automático y dejé un mensaje en el que explicaba quién era y le daba el número de mi móvil. Pasaron los días sin tener noticias de él.

Me sentía terriblemente decepcionada. Después de ver la seguridad con que se había expresado Longo en televisión sobre la culpabilidad de Rob Westerfield, pensaba que saltaría sobre el teléfono para ponerse en contacto conmigo. Había perdido toda esperanza, cuando el 30 de octubre mi móvil sonó. Cuando contesté, una voz serena preguntó:

—Ellie, ¿todavía tienes el pelo del color de la arena iluminada por el sol?

—Hola, señor Longo.

—Acabo de volver de Colorado, por eso no te he llamado antes —explicó—. Nuestro primer nieto nació el lunes. Mi mujer sigue allí. ¿Puedes cenar conmigo esta noche?

—Me encantaría.

Le dije que me hospedaba en el apartamento de invitados de la señora Hilmer.

—Sé dónde vive la señora Hilmer.

Siguió una breve pausa, mientras los dos pensábamos en la lógica de la situación: está en la misma calle de nuestra antigua casa.

—Te recogeré a las siete, Ellie.

Estaba atenta a la llegada de su coche y bajé corriendo cuando se desvió para entrar en el camino de acceso, porque este se bifurca y el garaje con el apartamento de invitados se halla al final del ramal derecho. Antes había sido un establo y se encuentra a cierta distancia de la casa. No quería que se equivocara de ramal.

Hay personas en este mundo con las cuales te sientes a gusto de inmediato. Así fue con Marcus Longo en cuanto ocupé el asiento del pasajero.

—He pensado mucho en ti durante todos estos años —dijo mientras daba media vuelta—. ¿Has ido a Cold Spring desde que has vuelto?

—Lo crucé en coche una tarde, pero no llegué a bajar. Recuerdo que estuve allí cuando era pequeña. Mi madre siempre iba a curiosear en tiendas de antigüedades.

—Bien, todavía siguen en su sitio, pero ahora también hay buenos restaurantes.

Oldham es el pueblo situado más al norte junto a la orilla del río Hudson, en el condado de Westchester. Cold Spring está justo cruzado el límite, en el condado de Putnam, frente a frente con West Point, al otro lado del río. Es un pueblo muy bonito, con una calle principal en la que te sientes trasladada al siglo XIX.

Recordaba muy bien las veces que había estado con mi madre. De hecho, hablaba a veces de Cold Spring.

«¿Recuerdas que los sábados por la tarde recorríamos en coche la calle principal y parábamos en todas aquellas tiendas de antigüedades? Os estaba preparando para que apreciarais las cosas bellas. ¿Hice mal?»

Las reminiscencias solían empezar después de su segundo o tercer whisky. Cuando yo tenía diez años, le ponía agua en la botella de Dewar's, con la esperanza de que no le sentara tan mal. Nunca pareció servir de nada.

Longo había reservado mesa en Cathryn's, un asador íntimo al estilo toscano, junto a la calle principal. Nos examinamos el uno al otro en una mesa del rincón. Aunque resultara curioso, parecía más viejo que en la televisión. Había arrugas alrededor de sus ojos y la boca, y aunque su cuerpo era robusto, no parecía en buena forma física. Me pregunté si había estado enfermo.

—No sé por qué pensaba que medías metro y medio —dijo—. Eras menuda para tu edad cuando eras pequeña.

—Crecí mucho en el instituto.

—Te pareces a tu padre. ¿Le ves?

La pregunta me sorprendió.

—No. Y no pienso hacerlo. —No quería preguntarlo, pero yo también sentía curiosidad—. ¿Le ve usted, señor Longo?

—Llámame Marcus, por favor. Hace años que no le veo, pero su hijo, tu hermanastro, es un deportista magnífico. Los periódicos locales hablan mucho de él. Tu padre se jubiló de la policía estatal hace ocho años, cuando tenía cincuenta y nueve. Los periódicos locales le dedicaron unos artículos estupendos. Su carrera en la policía estatal había sido impresionante.

—Supongo que hablaban de la muerte de Andrea.

—Sí, y había algunas fotos, recientes y de archivo. Por eso me doy cuenta ahora de lo mucho que te pareces a él.

Yo no contesté y Longo enarcó las cejas.

—Es un cumplido, no te quepa duda. En cualquier caso, como decía mi madre, «has crecido bien». —De pronto, cambió de tema—. Leí tu libro, Ellie, y me gustó mucho. Plasmabas muy bien el dolor lacerante de los familiares de las víctimas. Comprendo por qué.

—Me lo imagino.

—¿Para qué has venido, Ellie?

—Para oponerme a la libertad condicional de Rob Westerfield.

—Aun a sabiendas de que es una causa perdida —dijo en voz baja.

—Sabía que era inútil.

—¿Te parece necesario ser la voz que clama en el desierto?

—Mi mensaje no es preparar el camino del Señor. Mi mensaje es: «Cuidado. Vais a soltar a un asesino».

—Sigues siendo la voz que clama en el desierto. Las puertas se abrirán mañana para Rob Westerfield y saldrá de la prisión. Escúchame con atención, Ellie. No cabe la menor duda de que obtendrá un nuevo juicio. El testimonio de Nebels será suficiente para provocar una duda razonable en la mente de los jurados y Westerfield será absuelto. Sus antecedentes penales serán destruidos y los Westerfield vivirán felices para siempre y comerán perdices.

—Eso no puede ocurrir.

—Has de comprender algo, Ellie: los Westerfield necesitan que eso ocurra. Robson Parke Westerfield es el último retoño de lo que antes era un apellido noble y respetado. No te dejes engañar por la imagen pública de su padre. Tras su fachada filantrópica, Vincent Westerfield, el padre de Rob, es un magnate ladrón y codicioso, pero necesita con desesperación la respetabilidad de su hijo. Y la anciana señora Westerfield la exige.

—¿Qué significa eso?

—Significa que a la edad de noventa y dos años todavía está en posesión de todas sus facultades y controla la fortuna familiar. Si el nombre de Rob no queda limpio, legará todo su dinero a obras de caridad.

—Pero supongo que Vincent Westerfield tiene mucho dinero propio.

—Por supuesto, pero no es nada comparado con la fortuna de su madre. La señora Dorothy Westerfield ya no cree ciegamente en la inocencia de su nieto. ¿Tu padre no la echó de tu casa el día del entierro?

—Sí, cosa que a mi madre siempre la mortificó.

—Por lo visto, lo mismo le ocurre a la señora Dorothy Westerfield. Tu padre le dijo a la cara en público que el tipo que le robó y disparó había estado conchabado con Rob.

—Sí, recuerdo que gritó eso.

—Por lo visto, la señora Westerfield también lo ha recordado. Como es natural, ha deseado creer que Rob fue condenado injustamente, pero me da la impresión de que las semillas de la duda siempre han estado plantadas en su mente, y no han hecho más que crecer con los años. Ahora que se le está acabando el tiempo, ha dado un ultimátum al padre. Si Rob es inocente, ocúpate de que sea rehabilitado y la mancha eliminada del apellido familiar. De lo contrario, su dinero, la fortuna de los Westerfield, irá a parar a obras de caridad.

—Me sorprende que haya sido tan prudente.

—Tal vez su marido, el padre de Vincent, intuyó algo en su hijo que le impulsó a disponer sus voluntades de esta forma. Por suerte, no vivió para ver a su nieto condenado por asesinato.

—Así que el padre ha de demostrar la inocencia de Rob y de repente aparece un testigo ocular que vio a Paulie en el escondite. ¿La vieja señora Westerfield se traga esa historia?

—Ellie, lo que ella quiere es que un nuevo jurado revise el caso y emita el veredicto que ella desea.

—Y Vincent Westerfield se va a encargar de que el veredicto sea satisfactorio.

—Voy a contarte algo sobre Vincent Westerfield. Durante años se ha entregado con todas sus fuerzas a destruir el carácter tradicional del valle del Hudson, consiguiendo que terrenos destinados a zonas residenciales fueran recalificados como comerciales. Erigiría un centro comercial en mitad del Hudson si le dejaran. ¿Crees que le importa algo lo que sea de Paulie Stroebel?

Nos dieron las cartas. Yo me decidí por una de las especialidades, costillar de cordero. Marcus pidió salmón.

Le hablé de mis planes mientras tomábamos la ensalada.

—Cuando vi la entrevista por televisión con Will Nebels, decidí intentar que publicaran algunos artículos de investigación. Hasta el momento, he conseguido un contrato para escribir un libro que refute las tesis del de Jake Bern.

—No solo tienen a Bern escribiendo un libro, sino una maquinaria publicitaria preparada para bombardear a los medios de comunicación. Lo que viste en televisión es solo el principio —advirtió Longo—. No me sorprendería que publicaran de repente una foto de Rob con el uniforme de Eagle Scout.*

—Recuerdo que mi padre dijo que estaba podrido hasta la médula. ¿Qué historia es esa del robo en casa de su abuela?

Marcus tenía memoria de policía para los delitos.

* El rango más alto en la organización de niños exploradores. (N. del T.)

—La abuela se alojaba en su casa de Oldham. En plena noche, oyó un ruido y se despertó. Había una criada residente, pero vivía en un ala separada. Cuando la señora Westerfield abrió la puerta del dormitorio, le dispararon a quemarropa. Nunca vio a su atacante, pero le detuvieron un par de días después. Afirmó que Rob le había metido en aquel lío, que le había prometido diez mil dólares si la liquidaba.

»Inútil decir que no había pruebas. Era la palabra de un tipo de veintiún años, al que habían expulsado del instituto y tenía un largo historial de delincuencia juvenil, contra la de Westerfield.

—¿Cuál pudo ser el móvil de Westerfield?

—Dinero. Su abuela le dejaba cien mil dólares solo a él. La mujer pensaba que a los dieciséis años no era demasiado joven para empezar a manejar e invertir dinero con inteligencia. No sabía que Rob tenía un problema con las drogas.

—¿Creyó que no estaba implicado en el asalto?

—Sí. No obstante, cambió su testamento. Esa cláusula desapareció.

—Luego es posible que albergara dudas sobre él ya entonces.

Longo asintió.

—Y esa duda, añadida a la de la muerte de tu hermana, ha llegado al límite. En esencia, está diciendo a su hijo y su nieto que actúen o callen para siempre.

—¿Qué hay de la madre de Rob Westerfield?

—Otra dama muy simpática. Pasa casi todo el tiempo en Florida. Tiene un negocio de interiorismo en Palm Beach. Con su nombre de soltera, debería añadir. Tiene mucho éxito. Puedes buscarla en internet.

—He abierto una página web —dije.

Longo enarcó las cejas.

—Es la forma más sencilla de difundir información. Cada día, a partir de mañana, voy a escribir sobre el asesinato de Andrea y la culpabilidad de Rob Westerfield en mi página web. Voy a investigar todos los rumores desagradables sobre él y tratar de verificarlos uno por uno. Voy a entrevistar a sus profesores y compañeros de clase de sus dos colegios secundarios privados, y de su primer año en Willow College. No te expulsan de los colegios sin motivo. Es un tiro al azar, pero voy a ver si puedo localizar el medallón que regaló a Andrea.

—¿Te acuerdas bien de él?

—El recuerdo es confuso, claro está, pero en el juicio lo describí con detalle. Guardo la transcripción del juicio, de modo que sé con exactitud lo que dije entonces: que era dorado, en forma de corazón, y tenía tres piedras azules en el centro y las letras R y A grabadas en la parte de atrás.

—Yo estaba en la sala cuando lo describiste. Recuerdo haber pensado que sería caro, a juzgar por tu explicación, pero en realidad debía de ser una de esas piezas de bisutería que cuestan veinticinco dólares y se compran en las galerías comerciales. Graban las iniciales por un par de pavos.

—Pero no crees que lo toqué cuando encontré el cadáver de Andrea en el escondite, que oí respirar a alguien cerca de mí, o que el medallón desapareció antes de que la policía llegara, ¿verdad?

—Ellie, pasaste de la histeria al estado de shock. Testificaste que, al arrodillarte, resbalaste y caíste sobre el cuerpo de Andrea. No creo que en la oscuridad, y con lo que debía pasar por tu cabeza, te hubieras dado cuenta de que palpabas el medallón. Tú misma dijiste que lo llevaba debajo de la blusa o el jersey.

—Aquella noche lo llevaba. Estoy segura. ¿Por qué no estaba cuando llegó la policía?

—Una explicación razonable es que él se lo llevó después de matarla. La defensa se basó en la afirmación de Rob de que ella estaba loca por él, pero el sentimiento no era recíproco.

—De momento, lo dejaremos así —dije—. Quiero hablar de otra cosa. Háblame de tu nieto recién nacido. Supongo que es el único bebé del mundo.

—Por supuesto. —Marcus Longo parecía contento de cambiar de tema. Sirvieron la cena y me habló de su familia—. Mark tiene tu edad. Es abogado. Se casó con una chica de Colorado y consiguió trabajo en un bufete de allí. Le encanta su trabajo. Yo me jubilé hace un par de años y me operaron del corazón el invierno pasado. Pasamos casi todos los meses de frío en Florida y estamos hablando de vender la casa de aquí y comprar algo cerca de Denver, para poder ver a los chicos sin ponernos pesados.

—Mi madre y yo pasamos un año en Denver.

—Hace tiempo que vives en Atlanta, Ellie. ¿Lo consideras tu hogar?

—Es una gran ciudad. Tengo muchos buenos amigos. Mi trabajo me gusta, pero si venden el periódico en el que trabajo, tal como se rumorea, no sé si me quedaré allí. Tal vez algún día tenga ganas de echar raíces y establecerme. Aún no es el caso. Siempre creo que hay un asunto pendiente. De jovencito, ¿ibas al cine cuando tenías deberes para el día siguiente?

—Claro.

—Pero no podías disfrutar de la película, ¿verdad?

—Ha pasado mucho tiempo, pero supongo que no.

—Yo tengo que acabar unos deberes antes de poder disfrutar de la película —dije.

No había encendido ninguna luz antes de salir y cuando volvimos a casa de la señora Hilmer, el apartamento del garaje estaba a oscuras y solitario. Marcus Longo hizo caso omiso de mis protestas e insistió en acompañarme arriba. Se quedó mientras yo buscaba la llave y después, cuando la introduje en la cerradura y entré, dijo con firmeza:

—Cierra la puerta con doble vuelta.

—¿Por algún motivo concreto?

—Para citarte, Ellie, «Cuidado, vais a soltar a un asesino».

—Tienes razón.

—Pues haz caso de tu propia voz. No te digo que no vayas a por Westerfield, pero sí que lo hagas con cuidado.

Llegué a casa justo a tiempo de pillar las noticias de las diez. El gran reportaje era que Rob Westerfield sería excarcelado al día siguiente por la mañana y que habría una entrevista con la prensa, en la casa familiar de Oldham, a mediodía.

No me la perdería por nada del mundo, pensé.

18

No me resultó fácil conciliar el sueño aquella noche. Me dormía y volvía a despertarme, a sabiendas de que cada segundo que transcurría acercaba más a Rob Westerfield al momento en que saldría de la cárcel.

No podía apartar de mi mente el acontecimiento que le había mantenido encerrado durante veintidós años. De hecho, cuanto más se acercaba a la libertad, más vivas sentía a mi madre y Andrea. Ojalá... Ojalá... Ojalá...

Déjalo ya, gritó una parte de mí. Olvídalo. Relégalo al pasado. Soy consciente del daño que estoy ocasionando a mi propia vida y no quiero que eso ocurra. Me levanté a eso de las dos y me preparé una taza de chocolate. Me senté a beberla junto a la ventana. El bosque que separaba nuestra casa de la finca de la anciana señora Westerfield se extiende más allá de la propiedad de la señora Hilmer y sigue allí, la barrera que la aísla del mundo exterior. Podría atravesarlo como hizo Andrea aquella noche, y acercarme al garaje-escondite por el otro lado.

En la actualidad hay una verja elevada que señala las hectáreas que rodean la casa de los Westerfield. Estoy segura de que hay también un sistema de seguridad que delataría la entrada de un intruso, o de una cría de quince años. A los noventa y dos años, la gente no necesita dormir mucho. Me pregunté si la señora Westerfield estaría despierta en ese momento, contenta de ver en libertad a alguien de su misma sangre, pero temerosa de la publicidad que acompañaría al acontecimiento. Su necesidad de limpiar el apellido familiar era tan poderosa como mi necesidad de que Paulie Stroebel no fuera destrozado y de que el nombre de Andrea no fuera arrastrado por el barro.

Era una cría inocente que perdió la cabeza. Después, su enamoramiento de Rob Westerfield se convirtió en miedo y por eso fue al escondite aquella noche. Tenía miedo de no encontrarse con él, pues le había ordenado que hiciera acto de presencia.

Sentada en las horas previas al amanecer, la sensación inconsciente de que Andrea tenía miedo de él, y de que yo tenía miedo de él por lo que pudiera hacerle a ella, cristalizó en mi mente. La veía con nitidez en mi mente, aferrando el medallón que rodeaba su cuello, mientras reprimía las lágrimas. No quería encontrarse con él, pero estaba atrapada entre la espada y la pared. Por eso, añadí otro «ojalá» a la lista. Ojalá hubiera confesado a mis padres que iba a encontrarse con Rob.

En aquel momento invertimos los papeles y yo me convertí en la hermana mayor. Volví a la cama y dormí de un tirón hasta las siete. Estaba plantada ante el televisor cuando los medios de comunicación cubrieron la salida de Sing Sing de Rob Westerfield, en una limusina que le esperaba ante la puerta. El reportero del canal que veía recalcó que Rob Westerfield siempre había jurado que era inocente del crimen.

A mediodía, estaba otra vez ante el aparato para presenciar las revelaciones de Rob Westerfield al mundo.

La entrevista tuvo lugar en la biblioteca de la mansión familiar de Oldham. El sofá en que estaba sentado se hallaba situado ante una pared de libros encuadernados en piel, como para poner de relieve, supongo, su mente estudiosa.

Rob vestía una chaqueta de cachemira, camisa deportiva sin corbata, pantalones oscuros y mocasines. Siempre había sido apuesto, pero todavía lo era más en la madurez. Había heredado las facciones aristocráticas de su padre y había aprendido a disimular la sonrisa desdeñosa que aparecía en sus fotos de juventud. Un toque grisáceo despuntaba en las raíces de su pelo oscuro.

Tenía las manos enlazadas delante de él y estaba inclinado un poco hacia delante, en una postura relajada pero atenta.

—Bonita puesta en escena —dije en voz alta—. Lo único que falta es un perro a sus pies.

Cuando le vi, sentí que la bilis me subía a la garganta.

Su entrevistadora era Corinne Sommers, presentadora de *La historia verdadera*, el popular programa informativo de los viernes por la noche. Hizo una breve introducción.

—Acaba de ser liberado después de veintidós años de cárcel... Siempre defendió su inocencia... Luchará ahora para que su reputación quede limpia...

Vamos al grano, pensé.

—Rob Westerfield, la pregunta es obvia, pero ¿qué siente al volver a ser un hombre libre?

Su sonrisa era cálida. Sus ojos oscuros, bajo las cejas bien dibujadas, parecían casi chispeantes.

—Es increíble, maravilloso. Soy demasiado mayor para llorar, pero es lo que tengo ganas de hacer. Paseo por la casa, y es maravilloso poder hacer cosas normales, como entrar en la cocina y tomarme una segunda taza de café.

—Entonces, ¿piensa pasar una temporada en ella?

—Por supuesto. Mi padre ha amueblado un maravilloso piso cerca de esta casa y quiero trabajar con nuestros abogados para acelerar un nuevo juicio. —Miró con intensidad a la cámara—. Corinne, habría podido salir en libertad condicional hace dos años, si hubiera aceptado confesar que maté a Andrea Cavanaugh y que estaba arrepentido de ese terrible acto.

—¿No sintió la tentación de hacerlo?

—Ni por un momento —dijo Rob sin vacilar—. Siempre he defendido mi inocencia y ahora, gracias al testimonio de Will Nebels, tengo la oportunidad de demostrarla.

No podías admitirlo, tenías mucho que perder, pensé. Tu abuela te habría desheredado.

—Usted fue al cine la noche en que Andrea Cavanaugh fue asesinada.

—En efecto. Y me quedé hasta el final de la película, a las

nueve y media. Mi coche estuvo aparcado en la estación de servicio durante más de dos horas. Desde el centro del pueblo, solo hay doce minutos en coche hasta la casa de mi abuela. Paulie Stroebel tenía el coche a su disposición y siempre iba detrás de Andrea. Hasta su hermana lo admitió en su declaración.

—El acomodador del cine recuerda que usted compró la entrada.

—Exacto. Y guardé el resguardo que lo demostraba.

—Pero nadie le vio salir del cine al final de la sesión.

—Nadie recuerda haberme visto salir —corrigió Rob—. Es muy diferente.

Por un instante, entreví un destello de cólera detrás de la sonrisa y me incorporé en la butaca.

No obstante, el resto de la entrevista habría podido ser con un rehén recién rescatado.

—Además de limpiar su nombre, ¿qué piensa hacer?

—Ir a Nueva York. Comer en restaurantes que no debían de existir hace veintidós años. Viajar. Conseguir un empleo. —Una vez más, la sonrisa cálida—. Conocer a alguien especial. Casarme. Tener hijos.

Casarse. Tener hijos. Todas las cosas que Andrea no haría jamás.

—¿Qué va a cenar esta noche y quién estará con usted?

—Solo los cuatro: mi padre, mi madre y mi abuela. Queremos reunirnos como una familia. He pedido una cena muy sencilla. Cóctel de gambas, chuletón, patatas al horno, brécol y ensalada.

¿Y un pastel de manzana?, me pregunté.

—Y pastel de manzana —concluyó.

—Y champán, imagino.

—Por supuesto.

—Da la impresión de que tiene planes muy concretos para el futuro, Rob Westerfield. Le deseamos suerte y esperamos que en un segundo juicio pueda demostrar su inocencia.

¿Eso era una periodista? Apreté el botón del mando a distancia y me acerqué a la mesa del comedor, donde había dejado mi ordenador portátil. Me conecté con mi página web y empecé a escribir.

90

Robson Westerfield, el asesino convicto de Andrea Cavanaugh, la cual tenía quince años cuando murió, acaba de ser liberado de la cárcel y piensa comer rosbif y pastel de manzana. La beatificación de este asesino acaba de empezar, y se llevará a cabo a expensas de su joven víctima y de Paulie Stroebel, un hombre tranquilo y trabajador que ha tenido que superar muchas dificultades.

No tendría que superar esta.

No está mal para empezar, pensé.

19

Todos los días, el penal de Sing Sing libera presos que han cumplido su sentencia u obtenido la libertad condicional. Cuando se van, les dan unos tejanos, botas de trabajo, una chaqueta y 40 dólares, y a menos que vaya a recogerles un miembro de la familia o un amigo, les acompañan en coche a la estación de autobús o les entregan un billete de tren.

La estación de tren dista el equivalente a cuatro manzanas de la prisión. El preso excarcelado va a pie a la estación y coge un tren que va al norte o al sur.

El tren del sur termina en Manhattan. El del norte llega hasta Buffalo, en el estado de Nueva York.

Concluí que cualquiera que saliera de Sing Sing en ese momento habría conocido a Rob Westerfield.

Por eso, a la mañana siguiente, me vestí con prendas de abrigo, aparqué en la estación y caminé hasta la prisión. Hay una actividad constante en las puertas. Tras echar un vistazo a las estadísticas, descubrí que había unos dos mil trescientos reclusos. Tejanos, botas de trabajo y chaqueta no constituyen una vestimenta muy característica. ¿Cómo iba a distinguir a un empleado que hubiera terminado su turno de un recluso recién liberado? La respuesta era que no podía.

Para solucionar el problema, hice un letrero de cartón. Me planté ante la puerta y lo alcé. Rezaba: «Periodista de investigación busca información sobre el preso recién liberado Robson Westerfield. Pago generoso».

Entonces, se me ocurrió que alguien que saliera de la prisión en coche o taxi, o que no quisiera dejarse ver hablando conmigo, se pondría en contacto conmigo si podía localizarme por teléfono. En el último momento añadí el número de mi móvil (917-555-1261) con cifras grandes, fáciles de leer.

Era una mañana fría y ventosa. Primero de noviembre. Día de Todos los Santos. Desde que mi madre había muerto, solo había ido a misa en días como Navidad y Domingo de Pascua, cuando hasta los católicos no practicantes como yo oyen las campanas de una iglesia cercana y se encaminan a ella de mala gana.

Me siento como un robot cuando entro en una. Me arrodillo y me levanto al mismo tiempo que los demás, pero nunca recito las oraciones. Me gusta cantar y siento un nudo en la garganta cuando la congregación se une al coro. Por Navidad, música alegre: «Hark the Herald Angels Sing» o «Away in a Manger». Por Pascua, música triunfal: «Jesus Christ Is Risen Today». Pero mis labios se mantienen cerrados. Que los demás canten exultantes.

Solía encolerizarme. En los últimos tiempos, solo me siento cansada. De una manera u otra, te los has llevado a todos, oh, Señor. ¿Estás satisfecho por fin? Sé, cuando veo la televisión y me entero de que familias enteras han sido aniquiladas por bombardeos, o las veo morir de hambre en campos de refugiados, que debería ser consciente de lo afortunada que soy. Mi intelecto lo capta, pero no sirve de nada. Hagamos un trato, Dios. Dejémonos en paz mutuamente.

Estuve dos horas sosteniendo el letrero. Casi todos los que entraban o salían por las puertas lo miraban con curiosidad. Algunos hablaron conmigo. Un hombre fornido casi cincuentón, con las orejeras de la gorra bajadas para protegerse del frío, me dijo con brusquedad:

—Señora, ¿no tiene nada mejor que hacer que investigar a ese crápula?

Reparé, no obstante, en que algunas personas, incluyendo los que parecían empleados, estudiaban el letrero como si estuvieran memorizando mi número de teléfono.

A las diez de la mañana, aterida hasta los huesos, me rendí y volví al aparcamiento de la estación de tren. Estaba a punto de abrir la puerta del conductor, cuando un hombre se acercó a mí. Aparentaba unos treinta años, enjuto, de ojos malignos y labios delgados.

—¿Por qué la ha tomado con Westerfield? —preguntó—. ¿Qué le ha hecho?

Vestía tejanos, chaqueta y botas de trabajo. ¿Le acababan de soltar y me había seguido?, me pregunté.

—¿Es usted amigo de él?

—¿Qué más da?

Tenemos la reacción instintiva de retroceder cuando alguien se nos acerca demasiado, cuando «nos planta la cara delante». Yo tenía la espalda apoyada contra el costado del coche y aquel tipo me estaba acorralando. Vi con alivio por el rabillo del ojo que una furgoneta estaba entrando en el aparcamiento. Pasó por mi cabeza la idea de que tendría ayuda si la necesitaba.

—Quiero subir a mi coche y usted no me deja —dije.

—Rob Westerfield fue un preso modélico. Todos le respetábamos. Fue un gran ejemplo para todos. Bien, ¿cuánto me va a pagar por la información?

—Que le pague él.

Di media vuelta, aparté al tipo de un empujón, liberé la cerradura con el mando a distancia y abrí la puerta.

El hombre no intentó detenerme, pero antes de que pudiera cerrar la puerta, dijo:

—Déjeme darle un consejo gratis. Queme su letrero.

Cuando volví al apartamento de la señora Hilmer, empecé a repasar los periódicos antiguos que mi madre había guardado. Fueron de incalculable valor para mi investigación sobre la vida de Rob Westerfield. En varios de ellos encontré una mención a los dos colegios secundarios privados a los que había ido. El primero, el colegio Arbinger de Massachusetts, es uno de los más prestigiosos del país. Dato interesante, Rob solo había durado un año y medio en él, y después cambió al Carrington de Rhode Island.

No sabía nada del Carrington, así que lo busqué en internet. La página web del colegio Carrington lo presentaba como una especie de finca rural en la que el estudio, el deporte y la amistad se combinaban para crear una especie de paraíso. No obstante, tras la entusiasta descripción, asomaba la verdad: era un colegio para «alumnos que no se han dado cuenta de su potencial académico o social», para «alumnos a los que les cuesta adaptarse a la disciplina del estudio».

En otras palabras, era un lugar para chicos con problemas de conducta.

Antes de pedir información en mi página web sobre los años escolares de Rob Westerfield, que pudieran proporcionarme compañeros de clase o antiguos empleados del Carrington, decidí ver ambos lugares con mis propios ojos. Telefoneé a los colegios y expliqué que era periodista y que estaba escribiendo un libro sobre Robson Westerfield, el cual había estudiado allí. En ambos casos me pusieron con el despacho del director. En Arbinger, me pasaron al instante con Craig Parshall, de la oficina de relaciones con los medios de comunicación.

El señor Parshall me informó de que la política del colegio era no hablar jamás con la prensa de sus alumnos, tanto actuales como anteriores.

Seguí mi corazonada.

—¿No es cierto que concedió una entrevista a Jake Bern acerca de Robson Westerfield?

Siguió una larga pausa y supe que estaba en lo cierto.

—Se concedió una entrevista —admitió Parshall, con voz tensa y condescendiente—. Si la familia de un alumno actual o anterior da permiso para una entrevista, es lógico que la concedamos. Ha de comprender, señorita Cavanaugh, que nuestros alumnos proceden de familias distinguidas, incluyendo los hijos de presidentes y reyes. Hay veces en que conviene permitir el acceso a los medios de comunicación, aunque cuidadosamente controlado.

—Y por supuesto, dicha publicidad repercute en beneficio del nombre y reputación del colegio —repliqué—. Por otra parte, si cada día sale en una página web que el asesino convicto de una chica de quince años se codeó con algunos distinguidos alumnos, ellos y sus familias no se sentirán muy complacidos. Y otras familias se lo pensarán dos veces antes de enviar a sus hijos y herederos con ustedes. ¿No es cierto, señor Parshall?

No le concedí la oportunidad de contestar.

—De hecho, sería más beneficioso para el colegio que colaborara, ¿no cree?

Cuando Parshall respondió, al cabo de un largo momento de silencio, fue evidente que no estaba muy contento.

—Señorita Cavanaugh, voy a concederle una entrevista. No obstante, le advierto que solo obtendrá información sobre las fechas en que Robson Westerfield estudió aquí y sobre el hecho de que solicitó y obtuvo un traslado.

—Ah, no espero que admita que le expulsaron —dije con

desdén—. Pero estoy segura de que se las arregló para contarle algo más que eso al señor Bern.

Quedamos en que me pasaría por su despacho a las once de la mañana siguiente.

Arbinger se encuentra a unos sesenta kilómetros al norte de Boston. Localicé el pueblo en el plano, busqué la mejor ruta y calculé el tiempo que necesitaría.

Después, llamé al colegio Carrington y esta vez me pasaron con Jane Bostrom, directora de admisiones. Reconoció que se había concedido una entrevista a Jake Bern a petición de la familia Westerfield y añadió que sin el permiso de la familia no podía autorizar una entrevista.

—Señora Bostrom, Carrington es un colegio de secundaria privado para casos desesperados —indiqué con firmeza—. Quiero hacer justicia a su reputación, pero el motivo de su existencia es aceptar y tratar de enderezar a chicos con problemas, ¿verdad?

Me gustó el hecho de que se pusiera a mi altura.

—Son muchos los motivos que provocan problemas a los chicos, señorita Cavanaugh. La mayoría de estos motivos están relacionados con la familia. Hijos de padres divorciados, hijos de padres importantes que no tienen tiempo para ellos, chicos solitarios o que son blanco de las burlas de los demás. Eso no significa que no sean competentes desde el punto de vista académico o social. Solo significa que están desorientados y necesitan ayuda.

—¿Ayuda que a veces, por más que ustedes se esfuercen, no pueden proporcionar?

—Puedo facilitarle una lista de nuestros graduados que alcanzaron el éxito.

—Puedo darle el nombre de uno que alcanzó el éxito con el primer asesinato que cometió, el primero que se sepa, al menos. No quiero enzarzarme en una guerra con Carrington. Quiero averiguar todo lo posible sobre lo que Rob Westerfield hizo en sus años adolescentes, antes de que asesinara a mi hermana. Si proporcionó mucha información a Jake Bern, y él es capaz de extrapolar lo positivo y silenciar el resto, yo quiero el mismo tipo de acceso.

Como iría a Arbinger al día siguiente, viernes, me cité con la señora Bostrom en Carrington el lunes por la mañana. Me pregunté si debía dedicar algo de tiempo a examinar los alrededores de los colegios antes de cada cita. Por lo que yo sabía, se hallaban situados en pueblos pequeños. Lo cual debía significar que había lugares donde los chicos se reunían, como pizzerías o restaurantes de comida rápida. Este método me había sido útil cuando escribí un artículo sobre un chico que había intentado matar a sus padres.

Hacía un par de días que no veía a la señora Hilmer, pero ella telefoneó a última hora de la tarde.

—Ellie, es una propuesta más que una invitación. Hoy me apetecía cocinar y he hecho pollo al horno. Si no tienes planes, ¿te gustaría venir a cenar? Haz el favor de no aceptar si tienes ganas de estar tranquila.

No me había molestado en ir al colmado por la mañana y sabía que mis opciones caseras consistían en un bocadillo de queso o un bocadillo de queso. También recordaba que la señora Hilmer era una buena cocinera.

—¿A qué hora? —pregunté.

—A eso de las siete.

—No solo seré puntual, sino que llegaré antes.

—Maravilloso.

Cuando colgué, me di cuenta de que la señora Hilmer debía de considerarme una solitaria. Tiene razón en parte, por supuesto. Pero pese a mi núcleo interior de aislamiento, o tal vez debido a ello, soy una persona bastante sociable. Me gusta estar con gente y después de un día ajetreado en el periódico, suelo salir con amigos. Cuando trabajaba hasta tarde, terminaba tomando pasta o una hamburguesa con quien estuviera en la oficina. Siempre había dos o tres que no corríamos a casa para estar con la pareja después de pergeñar un artículo o escribir una columna.

Yo era una de las habituales del grupo y también Pete. Mientras me lavaba la cara, cepillaba el pelo y me lo recogía, me pregunté cuándo me diría qué empleo había aceptado. Estaba segura de que, aunque no vendieran de inmediato el periódico, no aguantaría en él mucho tiempo. El hecho de que la familia intentara venderlo era suficiente para que se pusiera en movimiento. ¿Dónde terminaría? ¿En Houston? ¿En Los Ángeles? Fuera donde fuera, no existían muchas probabilidades de que nuestros caminos volvieran a cruzarse después de que se fuera.

Era una idea inquietante.

El acogedor apartamento consistía en una amplia sala de estar con una cocina en un extremo y un dormitorio de tamaño mediano. El baño estaba a un lado del corto pasillo que separaba ambos. Había dejado mi ordenador y la impresora sobre la mesa de la zona de comedor cercana a la cocina. No soy muy ordenada y estaba a punto de ponerme el abrigo, cuando paseé la vista a mi alrededor como con los ojos de la señora Hilmer.

Los periódicos que había estado examinando se encontraban desparramados en el suelo, formando un arco alrededor de la butaca donde me había sentado. El cuenco de fruta decorativo y los portavelas de latón que ocupaban el centro de la mesa colonial se hallaban en esos momentos sobre el aparador. Mi agenda estaba abierta a un lado del ordenador, con mi pluma encima. El voluminoso ejemplar encuadernado de la transcripción del juicio, acompañado de rotuladores amarillos, estaba al lado de la impresora.

Supón que, por lo que sea, la señora Hilmer me acompañe y vea este desastre, pensé. ¿Cómo reaccionaría? Estaba muy segura de saber la respuesta a esta pregunta, puesto que en su casa no había nada fuera de su sitio.

Me agaché, recogí los periódicos y formé con ellos una pila más o menos ordenada. Después, tras pensarlo mejor, saqué la bolsa de lona grande donde los transportaba y los metí dentro.

Les siguió la transcripción del juicio. Pensé que la agenda, la pluma, el ordenador portátil y la impresora no eran demasiado ofensivos desde el punto de vista estético. Devolví el cuenco de fruta y los portavelas a su decorativo emplazamiento sobre la mesa. Había empezado a guardar la bolsa de lona en el ropero, cuando caí en la cuenta de que si se declaraba un incendio en el apartamento, perdería todo ese material. Deseché tal idea como improbable, pero no obstante decidí llevarme la bolsa. No sé por qué lo hice, pero lo hice. Podría llamarse una corazonada, una de esas sensaciones que te entran, como decía mi abuela.

Aún hacía frío en el exterior, pero al menos el viento se había calmado. Aun así, el paseo desde el apartamento hasta la casa me pareció muy largo. La señora Hilmer me había contado que, después de la muerte de su marido, había añadido un garaje a la casa porque no quería ir y volver desde la antigua. En la actualidad, el antiguo garaje situado bajo el apartamento estaba vacío, salvo por útiles de jardinería y muebles de jardín.

Mientras caminaba hacia la casa en el oscuro silencio, comprendí muy bien por qué no había querido hacer sola el recorrido de noche.

—No crea que vengo a mudarme aquí —dije a la señora Hilmer cuando abrió la puerta y se fijó en la bolsa—. Es que se ha convertido en mi compañía constante.

Mientras tomábamos una copa de jerez, le expliqué qué había dentro y entonces se me ocurrió una idea. La señora Hilmer había vivido en Oldham durante casi cincuenta años. Participaba en las actividades parroquiales y cívicas, lo cual quería decir que conocía a todo el mundo. En aquellos artículos de periódico se hablaba de habitantes del pueblo cuyo nombre no significaba nada para mí, pero a ella debían de resultarle familiares.

—Me pregunto si querría echar un vistazo a estos periódicos y hacerme un favor —dije—. Se cita a gente con la que me gustaría hablar, suponiendo que aún vivan por aquí. Por ejemplo, algunas amigas del colegio de Andrea, vecinos en aquella época de Will Nebels, algunos de los chicos con los que salía Rob Westerfield. Estoy segura de que casi todas las compañeras de clase de Andrea se habrán casado y muchas se habrán ido a vivir a otro sitio. Me pregunto si le molestaría leer esos viejos artículos y tal vez hacer una lista de la gente que habló con los periodistas y aún vive en el pueblo. Albergo la esperanza de que quizá sepan algo que no salió a relucir en aquel tiempo.

—Me acaba de venir una persona a la cabeza —dijo la señora Hilmer—. Joan Lashley. Sus padres se jubilaron, pero ella se casó con Leo St. Martin. Vive en Garrison.

Joan Lashley era la chica con quien Andrea había ido a estudiar aquella última noche. Garrison estaba cerca de Cold Spring, a quince minutos en coche de allí. Estaba claro que la señora Hilmer iba a ser una fuente inagotable de información sobre la gente que yo tal vez quisiera ver.

Mientras tomábamos café, abrí la bolsa de lona y dejé algunos periódicos sobre la mesa. Vi la expresión de dolor que apareció en la cara de la señora Hilmer cuando cogió el primero. El encabezado rezaba: «Niña de quince años asesinada a golpes». La foto de Andrea llenaba la primera plana. Llevaba el uniforme de la banda: chaqueta roja con botones de latón y una falda corta a juego. El cabello le caía alrededor de los hombros y estaba sonriendo. Parecía feliz, llena de vida y juventud.

Habían tomado aquella foto durante el primer partido de la temporada, a finales de septiembre. Pocas semanas después, Rob Westerfield la conoció cuando ella estaba jugando en la bolera con unas amigas, en el polideportivo del pueblo. A la semana siguiente fue a dar un paseo con él en su coche y le multaron por exceso de velocidad.

—Le advierto, señora Hilmer —dije—, que no es fácil revisar este material, de modo que si cree que va a ser demasiado para usted...

Me interrumpió.

—No, Ellie. Quiero hacerlo.

—De acuerdo. —Saqué los restantes periódicos. La transcripción del juicio seguía dentro de la bolsa. La saqué—. Es una lectura muy desagradable.

—No te preocupes por mí —dijo con firmeza.

La señora Hilmer insistió en prestarme una pequeña linterna para volver al apartamento y debo decir que me alegré de llevarla. La noche había continuado despejándose y un gajo de luna asomaba entre las nubes. Supongo que me estaba dejando arrastrar por la fantasía, pero solo podía pensar en aquellas imágenes de Halloween de gatos negros sentados sobre medias lunas, sonrientes como si se refocilaran en algún conocimiento arcano.

Solo había dejado encendida una lamparilla en el hueco de la escalera, un esfuerzo deliberado más por ser considerada con mi anfitriona, esta vez para que la factura de la electricidad no se disparara. Mientras subía la escalera, pensé que tal vez no había sido buena idea ser tan ahorradora. La escalera estaba a oscuras, sembrada de sombras, y crujía bajo mis pies. De repente, fui consciente de que habían asesinado a Andrea en un garaje muy parecido a ese. En un principio, los dos habían sido establos. El antiguo henil de ese era en la actualidad el apartamento, pero la sensación que producen los edificios es similar.

Cuando llegué al final de la escalera, tenía la llave en la mano; la giré con rapidez en la cerradura, entré y volví a cerrar. Dejé de preocuparme al instante por el coste de las facturas y empecé a encender todas las luces que pude encontrar: las lámparas que había a cada lado del sofá, la araña que colgaba sobre la mesa del comedor, la luz del pasillo, las luces del dormitorio. Al final, exhalé un suspiro de alivio y empecé a liberarme de la sensación de pánico que me había embargado.

La mesa parecía extrañamente pulcra, con solo el ordenador portátil y la impresora, mi pluma y la agenda en un extremo y el cuenco de fruta y los portavelas en el centro. Entonces, me di cuenta de que algo había cambiado. Había dejado mi pluma a la derecha de la agenda, al lado del ordenador. En esos momentos estaba a la izquierda del cuaderno, alejada del ordenador. Un escalofrío recorrió mi cuerpo. Alguien había entrado y la había movido. Pero ¿por qué? Para examinar mi agenda y controlar mis actividades. Ese debía de ser el único motivo. ¿Qué más habían fisgoneado?

Encendí el ordenador y me apresuré a revisar el archivo donde guardaba mis notas sobre Rob Westerfield. Aquella misma tarde había añadido una apresurada descripción del hombre que me había parado en el aparcamiento de la estación de tren. Seguía allí, pero habían añadido una frase. Le había descrito como de estatura mediana, enjuto, con ojos y boca malignos. La nueva frase decía: «Considerado peligroso, abordarlo con la máxima precaución».

Sentí que me fallaban las rodillas. Ya era bastante malo que alguien hubiera entrado mientras yo estaba con la señora Hilmer, pero que exhibiera su presencia era aterrador. Estaba absolutamente segura de que al salir había cerrado la puerta con llave, pero la cerradura era sencilla y barata, y no representaría ningún problema para un ratero profesional. ¿Faltaba algo? Corrí al dormitorio y vi que la puerta del ropero, que había dejado cerrada, estaba entreabierta. No obstante, daba la impresión de que mis ropas y zapatos seguían tal como estaban antes. Guardaba un joyero de piel en el cajón superior de la cómoda. Pendientes, una cadena de oro y una discreta ristra de perlas es lo máximo que me permito, pero el joyero también contenía el anillo de compromiso y la alianza de mi madre, así como los pendientes de diamantes que mi padre le había regalado con ocasión de su quince aniversario de bodas, el año antes de que Andrea muriera.

Las joyas seguían en su sitio, de modo que estaba claro que quien había entrado no era un ladrón vulgar. Buscaba información, y me di cuenta de la inmensa suerte que había tenido al llevarme la transcripción del juicio y todos los periódicos antiguos. No me cabía la menor duda de que habrían sido destruidos. Hubiera podido sustituir la transcripción del juicio, pero hubiera tardado mucho tiempo y los periódicos eran irreemplazables. No se trataba tan solo de la crónica del juicio que contenían los artículos, sino de las entrevistas y la información que se perdería si desaparecían.

Decidí no llamar a la señora Hilmer de inmediato. Estaba segura de que pasaría toda la noche despierta si sabía que un intruso había entrado en el apartamento. Decidí que por la mañana haría fotocopias de los periódicos y la transcripción. Sería un trabajo agotador, pero valdría la pena. No podía correr el riesgo de perderlos.

Comprobé la puerta de nuevo. Estaba cerrada con llave, pero apoyé contra ella una pesada butaca. Después, cerré todas las ventanas, excepto la del dormitorio, que quería tener abierta para que entrara el aire. Me gusta que el dormitorio esté fresco y no quería que un visitante desconocido me privara de ese placer. Además, el apartamento está en el segundo piso, y nadie podría entrar por esa ventana sin la ayuda de una escalera. Estaba segura de que si alguien quería hacerme daño, encontraría un método más fácil que arrastrar una escalera, arriesgándose a que yo le oyera. De todos modos, cuando por fin me dormí, despertaba de vez en cuando sobresaltada, con los oídos bien atentos, pero solo oía el rumor del viento que removía las escasas hojas de los árboles que había detrás del garaje.

Solo al amanecer, cuando desperté por cuarta o quinta vez, caí en la cuenta de algo que habría debido pensar de inmediato: la persona que había examinado mi agenda sabía que esa mañana yo tenía una cita en Arbinger y otra el lunes en el colegio Carrington.

Pensaba salir hacia Arbinger a las siete. Sabía que la señora Hilmer era madrugadora, de modo que a las siete menos diez la llamé para preguntar si podía pasarme por su casa un momento. Mientras tomaba una taza de su excelente café, le conté lo del intruso y le dije que me llevaría los periódicos y la transcripción para hacer fotocopias.

—No te molestes —dijo—. Yo no tengo nada que hacer. Trabajo como voluntaria en la biblioteca y utilizo siempre los aparatos. Usaré la fotocopiadora de la oficina. De esa forma, nadie se enterará de nada, excepto Rudy Schell, por supuesto. Ha trabajado allí toda su vida y estoy segura de que no dirá ni una palabra.

Vaciló un momento.

—Ellie, quiero que vengas a vivir conmigo. No quiero que estés sola en ese apartamento. La persona que entró anoche podría volver y además, creo que deberíamos llamar a la policía.

—No a lo de venirme a vivir con usted —dije—. En cualquier caso, yo debería irme del apartamento. —La mujer empezó a negar con la cabeza—. Pero no lo haré. Es muy cómodo tenerla cerca. También he pensado en lo de llamar a la policía y he decidido que no es buena idea. No hay señales de que forzaran puertas o ventanas. No tocaron mis joyas. Si le digo a un policía que la única alteración consistió en que alguien movió una pluma y añadió un par de palabras a un archivo de ordenador, ¿qué le parece que pensará? —No esperé a que la señora Hilmer contestara—. Los Westerfield ya están vendiendo la película de que yo era una niña problemática y muy imaginativa, y de que mi declaración en el juicio no es digna de confianza. ¿Imagina lo que harían con una historia así? Quedaría como una de esas personas que se envían a sí mismas cartas amenazadoras solo para llamar la atención.

Engullí las últimas gotas de café.

—No obstante, sí que puede hacer algo, si quiere. Llame a Joan Lashley y pregunte si puedo ir a verla mañana.

Fue reconfortante oír decir a la señora Hilmer: «Conduce con prudencia», y sentir su beso fugaz en mi mejilla.

Cuando circundaba Boston caí atrapada en un embotellamiento de tráfico, de modo que eran casi las once cuando atravesé las puertas del colegio de secundaria privado Arbinger. Era aún más impresionante en la realidad de lo que mostraban las fotografías de la página web. Los hermosos edificios de ladrillo rosa tenían un aspecto vetusto y tranquilo bajo el cielo de noviembre. El largo camino que atravesaba el recinto estaba flanqueado por árboles plenamente desarrollados que, en la época de florecimiento, debían formar un exuberante dosel de hojas. Era fácil imaginar por qué casi todos los chicos que se graduaban en un lugar como ese recibían con su diploma la sensación de ser especiales, de estar por encima del resto.

Mientras guiaba el coche hacia la zona reservada a los visitantes, recordé la lista de institutos a los que había asistido. Primer año en Louisville. La segunda mitad de segundo en Los Ángeles. No, estuve allí hasta la mitad del penúltimo año. ¿Dónde fui a continuación? Ah, sí, a Portland, Oregón. Y volví por fin a Los Ángeles, que me ofreció cierta estabilidad durante el último año y los cuatro de universidad. Mi madre continuó desplazándose por la cadena hotelera hasta mi último año de carrera. Fue cuando se aceleró su cirrosis, y compartió mi diminuto piso hasta su muerte.

«Siempre quise que supierais hacer bien las cosas, Ellie. De esa manera, si conoces a alguien de muy buena familia, no tendrás de qué avergonzarte.»

Oh, mamá, pensé, mientras entraba en el edificio principal y me acompañaban al despacho de Craig Parshall. Las paredes del pasillo estaban cubiertas con retratos de figuras de aspecto severo y por lo que pude deducir gracias a rápidas miradas, la mayoría eran ex directores del colegio.

La apariencia de Craig Parshall era menos impresionante de lo que sugería su voz refinada. Era un hombre al final de la cincuentena que aún llevaba puesto el anillo del colegio. Su pelo ralo estaba peinado con excesiva perfección, en un vano intento de disimular el espacio vacío de su coronilla, como tampoco podía disimular el hecho de que estaba muy nervioso.

Su despacho era grande y muy bonito, con paredes chapadas, colgaduras de excelente calidad, una alfombra persa raída solo hasta el punto de garantizar su antigüedad, confortables butacas de cuero y un escritorio de caoba, tras el cual se apresuró a refugiarse después de recibirme.

—Como ya le dije por teléfono, señorita Cavanaugh... —empezó.

—Señor Parshall, ¿qué le parece si dejamos de perder el tiempo? —le interrumpí—. Soy muy consciente de las limitaciones a las que está sometido. Respóndame a unas pocas preguntas y me iré.

—Le daré las fechas en que Robson Westerfield asistió...

—Sé muy bien las fechas en que estudió aquí. Salieron a relucir cuando le juzgaron por el asesinato de mi hermana.

Parshall se encogió.

—Señor Parshall, la familia Westerfield tiene un objetivo en la vida, y es lavar la reputación de Robson Westerfield, conseguir un nuevo juicio y lograr su absolución. El éxito tendrá el efecto *de facto* de hacer creer al mundo que otro joven, que no posee ni el dinero ni la capacidad intelectual para entrar por estas puertas, debería añadir, es el culpable de la muerte de mi hermana. Mi objetivo es conseguir que eso no ocurra.

—Ha de comprender... —empezó Parshall.

—Comprendo que no le puedo citar oficialmente. Pero puede abrirme algunas puertas. Eso significa que quiero la lista de los alumnos que iban a clase con Rob Westerfield. Quiero saber si tenía algún amigo en particular, o mejor aún, si había alguien que no podía aguantarle. ¿Quién era su compañero de habitación? Y extraoficialmente, y lo digo en serio, ¿por qué le expulsaron?

Nos miramos en silencio durante un largo minuto y ninguno de los dos parpadeó.

—En mi página web podría referirme con facilidad al exclusivo colegio de secundaria privado de Robson Westerfield y no nombrarlo —dije—, o bien podría expresarlo así: colegio de secundaria privado Arbinger, alma máter de su Alteza Real el príncipe Gregorio de Bélgica, de su Serenísima Alteza el príncipe...

Me interrumpió.

—¿Extraoficialmente?

—Por completo.

—¿Sin revelar el nombre del colegio ni el mío?

—En absoluto.

Suspiró y casi sentí pena por él.

—¿Ha oído alguna vez la cita «No confíes en príncipes», señorita Cavanaugh?

—De hecho, la conozco muy bien, no solo la referencia bíblica, sino la forma en que me la han parafraseado: «No confíes en periodistas de investigación».

—¿Es eso una advertencia, señorita Cavanaugh?

—Si el periodista de investigación es una persona íntegra, la respuesta es no.

—Una vez entendido esto, voy a depositar mi confianza en usted, en el sentido de que confío en su discreción. ¿Extraoficialmente?

—Por completo.

—El único motivo de que Robson Westerfield fuera aceptado aquí es porque su padre se ofreció a reconstruir el edificio de ciencias. Y sin la menor publicidad, debería añadir. Rob nos fue presentado como un alumno problemático que nunca se encontraba a gusto entre sus compañeros de la escuela primaria.

—Estuvo en la Baldwin de Manhattan durante ocho años —dije—. ¿Tuvo problemas allí?

—Nadie nos informó, salvo tal vez la aprobación peculiarmente distraída, o desganada, de sus profesores y tutor.

—¿Necesitaban reconstruir el laboratorio de aquí?

Parshall compuso una expresión contrita.

—Westerfield era el vástago de una buena familia. Su inteligencia es de una categoría muy superior.

—De acuerdo —dije—. Vamos al grano. ¿Cómo fue la experiencia de tener a ese tipo en estos santos lugares?

—Yo había empezado a dar clase aquí, de modo que soy un testigo directo. Fue espantosa —dijo Parshall con franqueza—. Supongo que conoce la definición de sociópata, ¿verdad? —Hizo un ademán de impaciencia—. Lo siento. Como mi esposa no deja de recordarme, mis digresiones académicas pueden llegar a ser muy irritantes. Estoy hablando del sociópata como alguien nacido sin conciencia, que desprecia y se enfrenta al código social, tal como usted y yo lo entendemos. Robson Westerfield era el paradigma de ese tipo de personalidad.

—¿Tuvieron problemas con él desde el principio?

—Como muchos de su clase, era guapo e inteligente. También es el último miembro de la estirpe familiar. Su abuelo y su padre estudiaron aquí. Confiábamos en despertar las buenas cualidades que había en él.

—La gente no tiene muy buena opinión de su padre, Vincent Westerfield. ¿Qué tal es su expediente académico?

—Lo he consultado. Desde el punto de vista de los estudios, solo correcto. Nada que ver con el abuelo, por lo que pude ver. Pearson Westerfield fue senador de Estados Unidos.

—¿Por qué se marchó Rob Westerfield a mitad de su segundo año?

—Se produjo un serio incidente a raíz de que perdiera el puesto de primer lanzador en el equipo de rugby. Atacó a otro alumno. Convencimos a la familia de que no presentara denuncia y los Westerfield pagaron todas las facturas. Tal vez más... Eso no podría jurarlo.

Se me ocurrió que Craig Parshall estaba exhibiendo una franqueza fuera de serie. Se lo dije.

—No me gusta que me amenacen, señorita Cavanaugh.

—¿Le han amenazado?

—Esta mañana, poco antes de que usted llegara, recibí una llamada telefónica de un tal señor Hamilton, un abogado que representa a la familia Westerfield. Me advirtió de que no debía proporcionarle a usted información negativa sobre Robson Westerfield.

Trabajan muy deprisa, pensé.

—¿Puedo preguntarle qué tipo de información proporcionó a Jake Bern sobre Westerfield?

—Sus actividades deportivas. Robson era un joven fuerte. A los trece años ya medía un metro ochenta. Jugó en el equipo de squash, en el de tenis y en el de rugby. También estuvo en el grupo de teatro. Dije a Bern que era un actor con mucho talento. Era la clase de información que Bern iba buscando. Consiguió sonsacarme algunas declaraciones que resultarán muy positivas en letra impresa.

Imaginé cómo escribiría Bern el capítulo sobre Rob en Arbinger. Lo dejaría como un alumno modélico.

—¿Cómo se explica su marcha de Arbinger?

—Se fue al extranjero durante su segundo semestre de curso y después decidió cambiar.

—Sé que han pasado casi treinta años, pero ¿podría darme una lista de sus compañeros de clase?

—Yo no se la he dado, por supuesto.

—Desde luego.

Cuando me fui de Arbinger una hora después, tenía una lista de los alumnos de primero y segundo que habían ido a clase con Rob Westerfield. Cuando la comparó con la lista de alumnos vigente, Parshall identificó a diez que vivían en la zona comprendida entre Massachusetts y Manhattan. Uno de ellos era Christopher Cassidy, el jugador de rugby al que Rob Westerfield había agredido. En la actualidad tenía una empresa de inversiones y vivía en Boston.

—Chris era un alumno becado —explicó Parshall—. Como se siente agradecido por haber tenido la oportunidad de asistir a este colegio, es uno de nuestros contribuyentes más generosos. En su caso, no me importa hacer una llamada telefónica. Chris siempre ha sido sincero sobre sus sentimientos hacia Westerfield. Pero una vez más, si la pongo en contacto con él, ha de ser confidencial.

—Por supuesto.

Parshall me acompañó a la puerta. Era la hora de descanso entre clase y clase, y al suave tañido de una campana siguió un desfile de pequeños grupos de alumnos que salían de las aulas. La actual generación de alumnos de Arbinger, pensé mientras estudiaba sus jóvenes rostros. Muchos de ellos estaban destinados a cargos de dirección, pero no pude evitar preguntarme si habría otro sociópata estilo Robson Westerfield incubándose entre aquellos muros privilegiados.

Salí de los terrenos de la escuela y seguí la calle principal del pueblo, que empieza en el colegio. Vi en el plano que va en línea recta desde Arbinger, en el extremo sur de la ciudad, hasta la Jenna Calish Academy para chicas en el extremo norte. New Cotswold es uno de esos encantadores pueblos de Nueva Inglaterra que está construido alrededor de las escuelas de su vecindad. Cuenta con una enorme librería, un cine, una biblioteca, algunas tiendas de ropa y varios restaurantes pequeños. Había desechado la idea de quedarme un rato con la esperanza de averiguar algo que me pudieran decir los alumnos. Craig Parshall me había proporcionado la clase de información que me interesaba y sabía que sería mejor seguir la pista de los compañeros de clase de Westerfield que pasar más tiempo en Arbinger.

Pero era casi mediodía y empezaba a tener dolor de cabeza, debido en parte al hecho de que me estaba entrando hambre, y en parte a que no había dormido mucho por la noche.

A unas tres manzanas del colegio pasé ante un restaurante llamado La Biblioteca. El pintoresco letrero pintado a mano llamó mi atención y sospeché que debía de ser el tipo de sitio en que la sopa era casera. Decidí darle una oportunidad y entré en un aparcamiento público cercano.

Como aún no era mediodía, fui la primera cliente y la jefa de comedor, una mujer jovial y bulliciosa que frisaba los cincuenta años, no solo me dejó escoger entre la docena de mesas, sino que me contó la historia del establecimiento.

—Ha sido de nuestra familia desde hace cincuenta años —explicó—. Mi madre, Antoinette Duval, lo abrió. Siempre fue una cocinera maravillosa y mi padre, para complacerla, se embarcó en la aventura. Tuvo tanto éxito, que acabó dejando su trabajo para llevar las riendas del negocio. Los dos se han jubilado y mis hermanas y yo les hemos sustituido, pero mi madre aún viene un par de días a la semana para preparar algunos de sus platos especiales. Ahora está en la cocina, y si le gusta la sopa de cebolla, acaba de hacerla.

La pedí y era tan buena como cabía esperar. La jefa de comedor se acercó para observar mi reacción y cuando le aseguré que la sopa era deliciosa, sonrió muy complacida. Entonces, aprovechando que aún había pocos clientes, me preguntó si me hospedaba en el pueblo o solo estaba de paso. Decidí sincerarme.

—Soy periodista y estoy escribiendo un artículo sobre Rob Westerfield, que acaba de salir de Sing Sing. ¿Sabe quién es?

Su expresión cordial se transformó al instante en severa y hosca. Dio media vuelta con brusquedad y se alejó. Vaya, pensé. Menos mal que casi he terminado la sopa. Tiene pinta de ir a echarme a patadas de un momento a otro.

Regresó un momento después, esta vez acompañada de una mujer rechoncha de pelo blanco. La mujer de más edad llevaba un delantal de chef y se secó las manos con un extremo mientras caminaba hacia la mesa.

—Mamá —dijo la jefa de comedor—, esta señorita está escribiendo un artículo sobre Rob Westerfield. A lo mejor te gustaría contarle algo.

—Rob Westerfield. —La señora Duval escupió prácticamente el nombre—. Un mal bicho. ¿Por qué le han dejado salir de la cárcel?

No necesitó que la animara para contar su historia.

—Vino aquí con sus padres durante uno de los fines de semana reservados a los padres. ¿Cuántos años tenía? Quince, tal vez. Estaba discutiendo con su padre. Por lo que fuera, se levantó de un salto para marcharse. La camarera caminaba detrás de él y el chico tropezó con la bandeja. La comida le cayó encima. No había visto nada parecido en mi vida, señorita, se lo aseguro. Agarró el brazo de la chica y lo retorció hasta que ella chilló. Era un animal.

—¿Llamó a la policía?

—Estuve a punto, pero su madre me rogó que esperara. Entonces, el padre abrió el billetero y dio a la camarera quinientos dólares. Era una cría. Quería cogerlos. Dijo que no presentaría denuncia. Después, el padre me dijo que añadiera el precio de la comida echada a perder a su cuenta.

—¿Qué hizo Rob Westerfield?

—Se largó y dejó que sus padres se las apañaran. La madre estaba muy avergonzada. Después de que el padre pagara a la camarera, me dijo que la culpa era de ella y que su hijo había reaccionado de aquella manera porque se había quemado. Me dijo que debía adiestrar a las camareras antes de dejar que llevaran bandejas.

—¿Qué hizo usted?

—Le dije que me negaba a servirle y que debían salir de mi restaurante.

—No se puede imaginar cómo se pone mamá cuando se enfada —dijo la hija—. Cogió los platos que acababan de dejar delante de ellos y se los llevó a la cocina.

—Pero me supo muy mal por la señora Westerfield —dijo la señora Duval—. Estaba muy disgustada. De hecho, me escribió una carta muy amable para pedirme perdón. Aún la guardo en mi archivo.

Cuando salí de La Biblioteca media hora después, contaba con el permiso para escribir la historia en mi página web y con la promesa de que recibiría una fotocopia de la carta que la señora Westerfield había escrito a la señora Duval. Además, iba a ver a Margaret Fisher, la joven camarera a la que Rob había retorcido el brazo. En la actualidad era psicóloga y vivía a dos pueblos de distancia, y estaría encantada de hablar conmigo. Recordaba muy bien a Rob Westerfield.

—Estaba ahorrando dinero para ir a la universidad —me dijo la doctora Fisher—. Los quinientos dólares que su padre me dio me parecieron una fortuna en aquel momento. Ahora que lo pienso, es una pena que no le denunciara. El chico es violento y si sé algo sobre la mente humana, sospecho que esos veintidós años en la cárcel no le han cambiado un ápice.

Era una mujer atractiva de unos cuarenta años, con el pelo prematuramente encanecido y un rostro juvenil. Me dijo que los viernes solo visitaba hasta mediodía y que estaba a punto de irse de la consulta cuando yo había llamado por teléfono.

—Vi la entrevista con él la otra noche en la televisión —dijo—. Es una mosquita muerta. Me dio asco, así que comprendo muy bien lo que siente usted.

Le conté lo que estaba haciendo en la página web y que me había plantado delante de Sing Sing con un letrero en el que solicitaba información sobre la conducta de Rob en la cárcel.

—Me sorprendería que no existieran más incidentes como los que ha descubierto —dijo—. ¿Qué sabe de los años transcurridos entre su estancia en el colegio de aquí y el momento en que fue detenido por la muerte de su hermana? ¿Cuántos años tenía cuando ingresó en prisión?

—Veinte.

—Con su historial, dudo que no se dieran más situaciones que fueron silenciadas o no salieron a la luz. Ellie, ¿se le ha ocurrido pensar que se está convirtiendo en una amenaza constante para él? Me ha dicho que su abuela está ojo avizor. Suponga que se entera de la existencia de su página web y la visita, o contrata a alguien para que la visite cada día. Si lee suficientes datos negativos acerca de él, ¿qué le impediría cambiar su testamento incluso antes de que a Westerfield le concedan un segundo juicio?

—¿No sería maravilloso? —dije—. Me encantaría ser la responsable de que el dinero de la familia fuera a parar a obras de caridad.

—Yo de usted iría con mucho cuidado —dijo la doctora Fisher en voz baja.

Pensé en su consejo mientras regresaba a Oldham. Habían entrado en mi apartamento y escrito lo que podía tomarse como una amenaza en mi ordenador. Le di vueltas en la cabeza a la cuestión de si debería haber dado parte a la policía. Pero por el motivo que había dicho a la señora Hilmer, sabía que había hecho bien al no avisarles: no quería correr el riesgo de que me consideraran una chiflada. Por otra parte, no tenía derecho a poner en peligro a la señora Hilmer. Decidí que debía encontrar otro sitio donde vivir.

La doctora Fisher me había dado permiso para utilizar su nombre cuando escribiera sobre lo sucedido en el restaurante. Iba a hacer otra cosa en la página web: invitar a la gente a revelar los problemas que hubiera tenido con Rob Westerfield en los años anteriores a su encarcelamiento.

Era ya avanzada la tarde cuando entré en el camino de acceso y aparqué delante del apartamento. Había parado en el supermercado de Oldham y comprado provisiones. Mi plan era preparar una cena sencilla: filete, patata al horno y ensalada. Después, vería la televisión y me acostaría a una hora razonable. Era preciso que empezara a escribir el libro sobre Westerfield, y si bien podía utilizar el material que utilizaba en la página web, tenía que presentarlo de una manera diferente.

La casa de la señora Hilmer estaba a oscuras, de modo que no supe si estaba en casa. Me dije que su coche estaría en el garaje y que tal vez no había encendido todavía las luces, así que la telefoneé cuando entré en el apartamento. Contestó al primer timbrazo y supe por su voz que estaba preocupada.

—Ellie, puede que te parezca una locura, pero creo que alguien me siguió hoy cuando fui a la biblioteca.

—¿Por qué lo cree?

—Ya sabes lo tranquila que es esta calle, pero apenas acababa de salir del camino de entrada, cuando vi un coche por el retrovisor. Se mantuvo a cierta distancia de mí, pero no se desvió hasta que entré en la zona de aparcamiento contigua a la biblioteca. Después, creo que el mismo coche me siguió hasta casa.

—¿Continuó adelante cuando usted se desvió?

—Sí.

—¿Puede describirlo?

—Era de tamaño medio, oscuro, negro o azul oscuro. Como iba bastante detrás de mí no pude ver al conductor, pero me dio la impresión de que era un hombre. Ellie, ¿crees que la persona que entró anoche en el apartamento merodea por aquí?

—No lo sé.

—Voy a llamar a la policía y eso significa que tendré que contarles lo de anoche.

—Sí, por supuesto.

Me odié por el nerviosismo que percibí en la voz de la señora Hilmer. Hasta el momento, era evidente que siempre se había sentido segura en su casa. Recé para no haber destruido esa sensación de seguridad.

Un coche patrulla frenó ante la casa diez minutos después y, tras vacilar durante unos minutos, decidí ir a hablar con la policía. El agente con aspecto de veterano no concedía excesivo crédito a las sospechas de la señora Hilmer.

—¿La persona que iba en el coche no intentó pararla o ponerse en contacto con usted? —estaba preguntando cuando yo llegué.

—No. —La señora Hilmer nos presentó—. Hace muchos años que conozco al agente White, Ellie.

Era un hombre de facciones bien marcadas, con aspecto de pasar mucho tiempo al aire libre.

—¿Qué historia es esa acerca de un intruso, señorita Cavanaugh?

No disimuló su escepticismo cuando le hablé de la pluma y la frase del archivo.

—Quiere decir que no tocaron sus joyas y que la única prueba de que alguien entrara en el apartamento es que usted cree que habían movido su pluma de un lado de la agenda al otro, y que hay un par de palabras en un archivo del ordenador que no recuerda haber escrito.

—Que no escribí —le corregí.

Tuvo suficiente educación para no contradecirme, pero luego dijo:

—Señora Hilmer, vigilaremos la casa durante los próximos días, pero yo diría que se puso un poco nerviosa después de oír esta mañana la historia de la señorita Cavanaugh, y por eso se fijó en ese coche. Lo más probable es que no sea nada.

Mi «historia», pensé. Gracias por nada. No obstante, dijo que le gustaría examinar la cerradura de la puerta del apartamento. Prometí a la señora Hilmer que la llamaría y volví al apartamento con él. Echó un vistazo a la cerradura y llegó a la misma conclusión que yo: no había sido forzada.

Se demoró un momento, como si intentara tomar una decisión.

—Nos hemos enterado de que ayer estuvo en Sing Sing, señorita Cavanaugh —dijo por fin.

Esperé. Estábamos de pie en el vestíbulo que había a la entrada del apartamento. No había pedido ver el archivo del ordenador, lo cual demostraba lo poco que creía en mi «historia». No iba a invitarle a que siguiera desechándola.

—Señorita Cavanaugh, yo ya estaba aquí cuando su hermana fue asesinada y comprendo el dolor que ha padecido su familia, pero si Rob Westerfield cometió el crimen, ya ha cumplido su sentencia, y debo decirle que hay mucha gente en este pueblo a quienes no caía bien por su comportamiento, pero creen que pagó por otra persona.

—¿Es esa su opinión, agente?

—Pues sí, la verdad. Siempre he pensado que Paulie Stroebel era culpable. Hay muchas cosas que no salieron a la luz en el juicio.

—¿Por ejemplo?

—Había presumido ante cierto número de chicos del colegio de que su hermana iba a ir a la fiesta de Acción de Gracias con él. Si ella le contó a alguien, me refiero a sus amigas más íntimas, que solo iba porque Rob Westerfield no tendría celos de un tipo como él, y esto llegó a sus oídos, tal vez perdió los estribos. El coche de Rob Westerfield estaba aparcado en la estación de servicio. Usted misma dijo en el estrado de los testigos que Paulie dijo a Andrea que la había seguido hasta el escondite. Además, no olvidemos a la tutora que juró en el estrado que cuando Paulie se enteró de que habían encontrado el cadáver de Andrea, le oyó decir: «No pensé que estuviera muerta».

—Y un estudiante que estaba cerca de él juró que dijo: «No puedo creer que esté muerta». Una gran diferencia, agente.

—Es evidente que no nos vamos a poner de acuerdo en esto, pero debo advertirla de algo. —Debió de notar que me ponía tensa, porque dijo—: Escúcheme bien. Estaba loca cuando se presentó en Sing Sing con ese letrero. Los tipos que salen de allí son criminales empedernidos. Y aparece usted, una mujer joven y muy atractiva con un letrero en el que da su número de teléfono y pide que la llamen. La mitad de esos desgraciados volverán a la celda dentro de un par de años. ¿Qué cree que pasa por sus cabezas cuando ven a una mujer como usted pidiendo problemas a gritos?

Le miré con fijeza. Había una preocupación sincera en su cara. No cabía duda de que tenía razón.

—Agente White, es a usted y a la gente como usted a quien intento convencer —dije—. Ahora comprendo que mi hermana estaba aterrorizada de Rob Westerfield, y después de lo que he averiguado hoy sobre él, entiendo el motivo. Si corro algún peligro, me arriesgaré con la gente que vio ese letrero, a menos que, por supuesto, estén relacionados de algún modo con Rob Westerfield y su familia.

Entonces se me ocurrió describir al hombre que me había hablado en el aparcamiento de la estación de tren. Le pedí que averiguara si un recluso de dicha descripción había sido excarcelado el día antes.

—¿Qué hará con esa información? —preguntó.

—De acuerdo. Olvidémoslo, agente —dije.

La señora Hilmer debía de estar vigilando la partida del agente White. Mi móvil sonó justo cuando las luces traseras de su coche desaparecían en la carretera.

—Ellie —dijo—, hice fotocopias de los periódicos y la transcripción del juicio. ¿Necesitas los originales esta noche? He quedado con unas amigas para ir al cine y a cenar, y no volveré hasta las diez.

Detestaba la idea de que me aterraba tener los originales y las copias bajo el mismo techo, pero así era.

—Voy ahora mismo —dije.

—No, te llamaré cuando vaya a salir. Pasaré con el coche por delante del apartamento. Bajas y recoges la bolsa.

Llegó unos minutos después. Solo eran las cuatro y media, pero el cielo ya estaba oscuro. Aun así, percibí la tensión en su cara cuando bajó la ventanilla para hablarme.

—¿Ha ocurrido algo más? —pregunté.

—Me llamaron por teléfono hace un minuto. No sé quién era. El identificador estaba bloqueado.

—Cuénteme.

—Sé que es una locura, pero alguien dijo que debía ir con cuidado si tenía a una psicótica cerca de mí. Dijo que te habían encerrado en una institución psiquiátrica por provocar un incendio en un aula.

—Eso no es cierto. Dios mío, no he pasado ni un día en un hospital desde que nací y mucho menos en un manicomio.

Supe por el alivio que se reflejó en su cara que la señora Hilmer me creía. Pero eso también significaba que no había desechado al instante las afirmaciones de la persona que había llamado. Al fin y al cabo, la primera vez que había ido a verla apuntó que Rob Westerfield podía ser inocente y que yo estaba obsesionada con la muerte de Andrea.

—Pero, Ellie, ¿por qué iba alguien a decir cosas tan horribles de ti? —protestó—. ¿Qué puedes hacer para impedir que lo diga a otras personas?

—Alguien está intentando desacreditarme, eso está claro, y la respuesta es que no puedo impedirlo. —Abrí la puerta trasera del coche y recuperé la bolsa de lona. Intenté elegir mis palabras con cautela—. Señora Hilmer, creo que lo mejor será volver al hostal mañana por la mañana. El agente White piensa que voy a atraer a gente muy rara por culpa de aparecer en Sing Sing con un letrero y no puedo permitir que me sigan hasta aquí. Estaré más segura en el hostal y usted recobrará la tranquilidad.

Tuvo la honradez de no contradecirme.

—Creo que estarás más segura, Ellie —dijo, con alivio en su voz, y luego añadió—: Y yo también me sentiré más segura.

Se alejó sin decir nada más.

Volví al apartamento con la bolsa en la mano, sintiéndome casi desdichada. En los tiempos bíblicos, obligaban a los leprosos a colgarse campanillas alrededor del cuello y a gritar «Impuro, impuro» si alguien pasaba cerca de ellos. En aquel momento, juro que me sentí como una leprosa.

Dejé caer la bolsa y entré en el dormitorio para cambiarme. Sustituí la chaqueta por un jersey holgado, me quité los zapatos sacudiendo los pies y embutí mis pies en unas zapatillas usadas. Después, fui a la sala de estar, me serví una copa de vino y me acomodé en la butaca con los pies sobre un almohadón.

El jersey y las zapatillas eran las prendas que utilizaba para sentirme a gusto. Por un fugaz momento pensé en mi antiguo objeto de consuelo, Bones, el animal de peluche que había compartido mi almohada cuando era pequeña. Estaba en una caja que descansaba sobre el estante superior del ropero de mi piso de Atlanta. Compartía la caja con otros recuerdos del pasado que mi madre había guardado, incluyendo su álbum de boda, fotos de nosotros cuatro, ropas de bebé y, lo más doloroso de todo, el uniforme de la banda de Andrea. Por un momento, lamenté como una niña que Bones no estuviera conmigo.

Después, mientras bebía el vino, pensé que Pete y yo íbamos a tomar con frecuencia una copa de vino después de trabajar, antes de pedir la cena.

Dos recuerdos: mi madre bebiendo para encontrar la paz y Pete y yo relajados y bromeando sobre lo que a veces había sido un día muy ajetreado o frustrante.

Hacía diez días que no tenía noticias de Pete, desde que habíamos cenado en Atlanta. Como no le veía, no pensaba en él, decidí. Buscaba otro trabajo. «Perseguía otros intereses», como se dice en la jerga de los negocios cuando a un ejecutivo le ordenan despejar su escritorio.

O cuando decide cortar amarras. Todas.

21

Una hora después se produjo un sutil cambio en el tiempo. La leve vibración de un cristal suelto en la ventana situada sobre el fregadero fue la primera insinuación de que el viento había cambiado de dirección. Me levanté, subí el termostato y volví al ordenador. Al darme cuenta de que corría un serio peligro de sentir pena por mí misma, había empezado a trabajar en lo que sería el primer capítulo del libro.

Después de algunos inicios en falso, sabía que debería empezar con mi último recuerdo de Andrea y mientras escribía, tuve la impresión de que mi memoria se agudizaba. Recreé en mi mente su habitación con el cubrecama de organdí blanco y las cortinas con volantes. Recordé con todo detalle el tocador antiguo que mi madre había remozado con tanta meticulosidad. Imaginé las fotos de Andrea y sus amigas, encajadas en el marco del espejo de la cómoda.

Vi a Andrea deshecha en lágrimas mientras hablaba por teléfono con Rob Westerfield y la vi ponerse el medallón. Mientras escribía, me di cuenta de que se me escapaba algo relacionado con el medallón. Sabía que ya no podría identificarlo si lo veía, pero en aquel tiempo, facilité una precisa descripción a la policía, descripción que años antes había sido desechada como una fantasía infantil.

Pero sabía·que lo llevaba cuando la encontré y estaba segura de haber oído a Rob Westerfield en el garaje. Mi madre me dijo después que mi padre y ella habían tardado diez o quince minutos en calmarme, hasta que recobré la coherencia necesaria para contarles dónde había encontrado el cadáver de Andrea. Tiempo suficiente para que Rob huyera. Y se había llevado el medallón.

En el estrado de los testigos afirmó que había ido a correr durante ese rato y que no se había acercado al garaje. Sin embargo, había lavado con lejía la sudadera que llevaba aquella mañana, junto con las ropas ensangrentadas de la noche anterior.

Una vez más, me asombró el enorme peligro al que se había expuesto al volver al garaje. ¿Por qué recuperó el medallón? ¿Tenía miedo de que bastaría para confirmar que Andrea no era solamente una cría enamorada de él? Mientras pensaba en aquella mañana, y recordaba la respiración ronca y la risita nerviosa que se le había escapado, escondido al otro lado de la furgoneta, mis manos temblaron sobre el teclado.

¿Y si no hubiera cruzado el bosque sola y me hubiera acompañado mi padre? Rob habría sido sorprendido en el garaje. ¿Volvió presa del pánico? ¿Era posible que necesitara confirmar que su horrible acto no había sido una simple pesadilla? O aún peor, ¿había regresado para asegurarse de que Andrea no estaba viva?

Encendí el horno a las siete e introduje la solitaria patata. Después, volví a trabajar. Poco después, sonó el teléfono. Era Pete Lawlor.

—Hola, Ellie.

Algo en su voz me puso en guardia de inmediato.

—¿Qué pasa, Pete?

—No pierdes el tiempo en tonterías, ¿eh?

—Nunca lo hacemos. Así lo acordamos.

—Supongo que tienes razón, Ellie. Han vendido el periódico. Ahora ya es definitivo. Lo anunciarán de manera oficial el lunes. Habrá una reducción drástica de personal.

—¿Y tú?

—Me ofrecieron un empleo. Lo rechacé.

—Dijiste que lo harías.

—Pregunté por ti, pero me dijeron extraoficialmente que no piensan continuar la serie de periodismo de investigación.

Esperaba esa noticia, pero me di cuenta de que me hacía sentir desarraigada.

—¿Ya has decidido adónde vas a ir, Pete?

—Aún no estoy seguro, pero puede que vaya a ver a una gente de Nueva York antes de tomar una decisión. Tal vez, cuando ocurra eso, alquilaré un coche y subiré a verte, o podemos vernos en la ciudad.

—Me gustaría. Casi esperaba recibir una postal de Houston o Los Ángeles.

—Yo nunca envío postales, Ellie. He estado mirando tu página web.

—Todavía no hay gran cosa. Es como una especie de letrero, como los que se ponen en una tienda que acabas de alquilar. Ya sabes lo que significa: «No se pierdan la gran inauguración». Pero estoy desenterrando mucha basura sobre Westerfield. Si Jake Bern intenta plasmarle como el típico chico estadounidense, su libro tendrá que ser publicado como ficción.

—Ellie, no es propio de mí...

Le interrumpí.

—Venga, Pete. No vas a aconsejarme que sea prudente, ¿verdad? Ya me han advertido mi vecina, una psicóloga y un policía. Todos en el mismo día.

—En ese caso, deja que me una al coro.

—Cambiemos de tema. ¿Ya has perdido esos cinco kilos?

—He hecho algo mejor. He decidido que me gusta como soy. De acuerdo, te llamaré cuando sepa que voy a ir. O llámame tú. Las tarifas de larga distancia son muy baratas de noche.

Cortó la comunicación antes de que pudiera decir adiós.

Apreté el botón de finalizar de mi móvil y lo dejé al lado del ordenador. Mientras preparaba la ensalada, empecé a asimilar las consecuencias de perder mi trabajo. El adelanto por el libro me sostendría durante una temporada, pero ¿qué haría cuando hubiera terminado mi esfuerzo por torpedear los intentos de Rob Westerfield de inventarse una nueva personalidad?

¿Volver a Atlanta? Mis amigos del periódico se habrían dispersado. Otra cosa a tener en cuenta: en estos tiempos no es fácil conseguir trabajo en un periódico. Demasiados diarios han sido absorbidos o han cerrado. Y cuando el libro estuviera terminado e iniciara una nueva etapa, ¿dónde querría vivir? Era una pregunta que me acompañó durante toda la cena, pese a que intentaba concentrarme en la revista de actualidad que había comprado en el supermercado.

El móvil volvió a sonar mientras despejaba la mesa.

—¿Es usted la dama que apareció ayer en la prisión con un cartel? —preguntó una ronca voz masculina.

—Sí.

Crucé los dedos mentalmente. El identificador del móvil estaba bloqueado.

—Podría contarle algo acerca de Westerfield. ¿Cuánto está dispuesta a pagar?

—Depende de la información.

—Primero el dinero y después la primicia.

—¿Cuánto?

—Cinco mil dólares.

—No tengo tanto dinero.

—Pues olvídelo. Pero lo que puedo decirle sobre Westerfield le devolvería a Sing Sing por el resto de su vida.

¿Se estaba echando un farol? No estaba segura, pero no podía correr el riesgo de perder aquella oportunidad. Pensé en mi adelanto.

—Dentro de una o dos semanas recibiré cierta cantidad de dinero. Dígame algo de lo que sabe.

—¿Qué le parece esto? El año pasado, cuando estaba de cocaína hasta las cejas, Westerfield me dijo que había matado a un tipo cuando tenía dieciocho años. ¿El nombre de ese tipo vale cinco mil dólares? Piénselo. La volveré a llamar la semana que viene.

La conexión terminó.

Margaret Fisher me había dicho aquella misma tarde que, en su opinión profesional, Rob Westerfield había sido culpable de otros crímenes antes de que asesinara a Andrea. Pensé en los incidentes que me habían referido por la mañana, en el colegio y en el restaurante. Pero si de veras había asesinado a alguien...

De repente, se abrían nuevas posibilidades. Si el tipo que acababa de llamar era legal y me revelaba el nombre de la víctima de un asesinato que yo pudiera verificar, sería fácil desenterrar los hechos del caso. También podía ser una estafa, por supuesto, una forma de agenciarse cinco mil dólares por la vía rápida. Debía decidir si quería correr el riesgo.

Estaba de pie ante el ordenador, con la vista clavada en el archivo abierto. Mientras leía la descripción de Andrea en aquellos últimos momentos que estuve con ella, supe que contribuir a devolver a Rob Westerfield a la cárcel valía hasta el último centavo que pudiera ganar en toda mi vida.

Había un vaso de agua al lado del ordenador. Lo cogí y alcé en una especie de saludo, un brindis por Andrea y la perspectiva de enviar de vuelta a la cárcel a Westerfield.

Limpié la cocina y encendí el televisor para ver las noticias locales. El presentador de los deportes estaba pasando tomas de un partido de baloncesto. La canasta decisiva había sido obra de Teddy Cavanaugh y cuando miré, vi el rostro del hermanastro que nunca había conocido.

Era casi como un reflejo de mí. Más joven, por supuesto, aniñado, pero nuestros ojos, nariz, labios y pómulos eran idénticos. Miraba directamente a la cámara y experimenté la sensación de que nuestras miradas se cruzaban.

Entonces, antes de que pudiera cambiar de canal, como un toque irónico final, las animadoras empezaron a corear su nombre.

22

La señora Hilmer me había dicho que Joan Lashley St. Martin vivía en la carretera poco más allá de Graymoor, el monasterio y asilo de los frailes franciscanos de la expiación. Cuando pasé ante la encantadora propiedad de Graymoor, recordé vagamente haber seguido en coche el serpenteante camino de acceso para asistir a misa en la capilla principal con mis padres y Andrea.

Mi madre había recordado en ocasiones la última vez que estuvimos allí, poco antes de que Andrea muriera. Aquel día, Andrea estaba traviesa y no paró de contarme chistes al oído. Hasta me reí en voz alta durante el sermón. Mi madre nos había separado con firmeza y, después de la misa, dijo a mi padre que debíamos ir directamente a casa y olvidarnos del aperitivo que nos esperaba en el Bear Mountain Inn.

—Ni siquiera Andrea pudo camelar a tu padre aquel día —recordaba mi madre—. Cuando todo ocurrió unas semanas después, lamenté no haber pasado un último rato feliz todos juntos en aquel aperitivo.

El día anterior… el último rato feliz… Me pregunté si alguna vez conseguiría liberarme de aquel tipo de comentarios. No será hoy, desde luego, pensé, mientras aminoraba la velocidad para comprobar la dirección de Joan una vez más.

Vivía en una casa de madera de tres plantas, en una encantadora zona arbolada. Las tejas blancas brillaban a la luz del sol, combinadas con los postigos verde oscuro que enmarcaban las ventanas. Aparqué en el camino de entrada semicircular, subí los peldaños del porche y toqué el timbre.

Joan salió a abrir. Siempre me había parecido alta, pero me di cuenta al instante de que no había crecido ni un centímetro durante aquellos veintidós años. Su largo cabello castaño le llegaba en el presente al cuello y su cuerpo delgado se había llenado. Recordaba que era muy atractiva. Yo diría que la definición todavía era apropiada, sobre todo cuando sonrió. Era una de esas personas cuya sonrisa es tan vivaz y cálida que transforma en hermosa toda la cara. Mientras nos mirábamos, los ojos verdes de Joan se humedecieron un momento y después tomó mis manos.

—La pequeña Ellie —dijo—. Santo Dios, pensaba que serías más baja que yo. Eras tan menuda...

Reí.

—Lo sé. Es la reacción de toda la gente que me conocía.

Enlazó su brazo con el mío.

—Entra, la cafetera está en el fuego y hay un par de panecillos preparados en el horno. No te puedo garantizar que salgan buenos. A veces están bien. Otras, saben a globos de plomo.

Atravesamos la sala de estar, que iba desde la parte delantera de la casa hasta la posterior. Era la clase de estancia que me encantaba: sofás mullidos, butacas, una pared llena de libros, una chimenea, amplias ventanas que daban a las colinas circundantes.

Compartimos los mismos gustos, pensé. Entonces, me di cuenta de que las similitudes también se extendían a la ropa. Las dos íbamos vestidas de manera informal, con tejanos y jersey. Esperaba ver a una mujer alta y elegante de pelo largo. Supuse que ella, además de esperar encontrarse con una mujer menuda, debió de pensar que iría vestida con algo cursi. Mi madre siempre nos había vestido a mí y a Andrea con ropas muy femeninas.

—Leo ha salido con los chicos —dijo—. Entre los tres, la vida es un largo partido de baloncesto.

La mesa del comedor ya estaba preparada para dos personas. La cafetera estaba enchufada sobre el aparador. La ventana panorámica ofrecía una vista asombrosa de los acantilados y el río Hudson.

—Nunca me cansaría de mirar por esta ventana —dije mientras me sentaba.

—Ni yo. Muchos de los antiguos compañeros se fueron a vivir a la ciudad, pero ¿sabes una cosa? Muchos han vuelto. Están a una hora en tren de Manhattan y creen que vale la pena. —Joan estaba sirviendo el café mientras hablaba, pero de pronto devolvió la cafetera al aparador—. Oh, Dios mío, es hora de rescatar los panecillos.

Desapareció en la cocina.

Tal vez su aspecto no sea el que yo había imaginado, pensé, pero una cosa no ha cambiado. Siempre era divertido estar con Joan. Era la mejor amiga de Andrea y por tanto siempre estaba saliendo y entrando de casa. Yo tenía mis propias amigas, por supuesto, pero cuando no estaban libres, Andrea y Joan dejaban que fuera con ellas, con frecuencia para escuchar discos en la habitación de mi hermana. En ocasiones, cuando hacían los deberes juntas, permitían que hiciera los míos en su compañía, siempre que no me pusiera pesada.

Joan regresó con aire triunfal, cargada con una bandeja de panecillos.

—Puedes felicitarme, Ellie —dijo—. Los saqué antes de que empezaran a quemarse.

Me serví uno. Joan se sentó, abrió un panecillo, lo untó con un poco de mantequilla y lo probó.

—¡Dios mío, es comestible! —exclamó.

Reímos al unísono y nos pusimos a hablar. Quería saber de mí, qué había estado haciendo, y le resumí los años transcurridos entre los siete y el presente. Se había enterado de la muerte de mi madre.

—Tu padre puso una esquela en los periódicos —dijo—. Muy cariñosa. ¿Lo sabías?

—No me la envió.

—La tengo en algún sitio. Si quieres verla, la buscaré, aunque puede que tarde un rato. Soy tan mala cocinando como ordenando las cosas.

Quise decirle que no, que no se molestara, pero sentía curiosidad por ver lo que mi padre había escrito.

—Si la encuentras, me gustaría verla —dije, fingiendo indiferencia—. Pero no lo hagas expresamente.

Estaba segura de que Joan quería preguntarme si había estado en contacto con mi padre, pero debió de intuir que no deseaba hablar de él.

—Tu madre era un encanto —dijo—. Y tu padre era muy guapo. Recuerdo que me intimidaba, pero también creo que estaba enamorada de él. Lamenté mucho que se separaran después del juicio. Los cuatro siempre parecíais tan felices, y hacíais muchas cosas juntos. Siempre deseé que mi familia fuera los domingos a comer al Bear Mountain Inn, como vosotros.

—Hace solo una hora estaba pensando en el aperitivo al que no fuimos —dije, y conté a Joan el incidente de la iglesia.

Joan sonrió.

—A mí me hacía lo mismo en las reuniones escolares. Andrea mantenía la cara muy seria y yo me metía en líos por reír cuando el director estaba hablando. —Mientras bebía su café, reflexionó—. Mis padres son buena gente, pero para ser sincera, no son muy divertidos. Nunca íbamos a restaurantes, porque mi padre decía que la comida era más barata y sabía mejor en casa. Por suerte, se ha ablandado un poco ahora que están jubilados y viven en Florida. —Rió—. Pero cuando salen, la norma es estar en el restaurante a las cinco en punto para aprovechar los descuentos de primera hora y, si toman un combinado, lo preparan en casa y lo beben dentro de la furgoneta, en el aparcamiento del restaurante. ¿No te parece increíble? Quiero decir, sería diferente si no se lo pudieran permitir, pero pueden. Papá es muy tacaño. Mi madre aún dice que guarda el dinero de la primera comunión. —Sirvió la segunda taza de café para las dos.

»Ellie, como todo el mundo que vive por aquí, vi la entrevista con Rob Westerfield por televisión. Mi primo es juez. Dice que hay tanta presión para ese segundo juicio, que le sorprende que no hayan empezado ya a seleccionar a los jurados. No tienes ni idea de lo manipulador que es su padre, y Dorothy Westerfield, la abuela, ha hecho grandes donaciones a hospitales, bibliotecas y escuelas de la zona. Quiere el segundo juicio para Rob y las fuerzas vivas quieren que lo consiga.

—Serás llamada como testigo, por supuesto —dije.

—Lo sé. Fui la última persona que vio viva a Andrea. —Vaciló un momento—. Excepto el asesino, claro.

Permanecimos en silencio un momento.

—Joan —dije después—, necesito saber todo lo que recuerdas de esa última noche. He leído la transcripción del juicio incontables veces y me sorprende que tu testimonio fuera tan breve.

Apoyó los codos sobre la mesa y enlazó las manos, para apoyar la barbilla sobre ellas.

—Fue breve porque ni el fiscal ni el abogado defensor hicieron las preguntas que, pensándolo bien ahora, tendrían que haber hecho.

—¿Qué clase de preguntas?

—Sobre Will Nebels, para empezar —dijo—. Recordarás que era el chapuzas del pueblo y trabajó para casi todo el mundo en un momento u otro. Ayudó a construir tu porche, ¿verdad?

—Sí.

—Arregló la puerta de nuestro garaje cuando mi madre dio marcha atrás con el coche y se la cargó. Como decía mi padre, cuando Will no estaba piripi, era un buen carpintero. Claro que nunca podías contar con que apareciera.

—Me acuerdo de eso.

—Algo que no recordarás es que Andrea y yo solíamos hablar del hecho de que era un poco demasiado cordial.

—¿Demasiado cordial?

Joan se encogió de hombros.

—Hoy, sabiendo lo que sé, yo diría que le faltaba muy poco para ser un pederasta. O sea, todos le conocíamos porque había estado en nuestra casa, pero muchas veces, cuando nos lo encontrábamos por la calle, nos daba a cada una un gran abrazo, siempre que no hubiera un adulto cerca, claro está.

Yo no daba crédito a mis oídos.

—Joan, estoy segura de que incluso a la edad que tenía entonces me habría enterado si Andrea se hubiera quejado a mi padre.

Bien que me enteré cuando le ordenó mantenerse alejada de Westerfield.

—Ellie, hace veintidós años no teníamos ni idea de que podía ser algo más que un pelmazo. En aquel tiempo, nos decíamos que era repugnante que Nebels nos diera un achuchón y nos llamara «sus chicas». «¿Te gusta el nuevo porche que he construido con tu padre, Andrea?», decía con una sonrisa de oreja a oreja, o «¿He arreglado bien tu garaje, Joanie?», gimoteaba.

»Entiéndelo bien, no nos sobaba, ahora que lo pienso, era un pobre borracho desgraciado con mucha cara, la que de verdad le gustaba era Andrea. Recuerdo haber dicho en broma a tus padres que Andrea iba a invitar a Will Nebels al baile de Navidad. Nunca captaron que hubiera algo más detrás de las bromas.

—¡Mi padre no se dio cuenta!

—Andrea imitaba muy bien a Will cuando sacaba cerveza a escondidas de su caja de herramientas y se cocía mientras trabajaba. No había motivos para que tu padre buscara un problema en potencia detrás de las bromas.

—Joan, no comprendo por qué me cuentas esto ahora. ¿Estás diciendo que la historia que anda propagando ahora Will Nebels es una mentira descarada, que los Westerfield le pagan por pregonarla a los cuatro vientos?

—Ellie, desde que oí a Will Nebels con Rob Westerfield durante aquella entrevista, me pregunto si lo que dijo contiene algo de verdad. ¿Estaba en casa de la señora Westerfield aquella noche? ¿Vio a Andrea entrar en el garaje? Mucho después de lo sucedido, me pregunté si yo había visto a alguien bajar por la carretera cuando Andrea se fue de nuestra casa aquella noche. Pero dije cosas tan vagas cuando hablé con la policía y los abogados, que lo desecharon como histeria adolescente.

—Lo que yo les dije fue desechado como fantasías infantiles.

—Sé con absoluta seguridad que Will Nebels perdió su permiso de conducir en aquel tiempo y que siempre iba de un lado a otro del pueblo. También sé que Andrea le atraía. Supón que ella esperara encontrarse con Rob Westerfield en el garaje y llegó antes de tiempo. Supón que Will la siguió hasta allí y se le insinuó.

Supón que hubo un forcejeo y que ella cayó hacia atrás. El suelo era de cemento. Tenía una herida en la nuca, que atribuyeron al hecho de que había caído después de ser golpeada con el gato. Pero ¿no es posible que cayera antes de que la golpearan con el gato?

—El golpe en la nuca solo la habría aturdido —dije—. Lo sé por los informes.

—Escúchame bien. Supongamos por un momento que, aun tratándose de un ser despreciable, la historia de Rob Westerfield sea cierta. Aparcó el coche en la estación de servicio, fue al cine y, cuando acabó la película, se acercó en coche al escondite, por si Andrea le estaba esperando.

—¿Y la encontró muerta?

—Sí, y le entró el pánico. Tal como afirmó.

Vio la protesta que se formaba en mis labios y levantó una mano.

—Escúchame, Ellie, por favor. Es posible que todo el mundo haya contado partes de la verdad. Supón que Nebels forcejeó con Andrea, que ella cayó, se golpeó en la cabeza y quedó inconsciente. Supón que Nebels entró corriendo en casa de la señora Dorothy Westerfield mientras intentaba decidir qué hacer. Había trabajado en la casa y conocía el código de la alarma. Y después, vio llegar a Paulie.

—¿Para qué habría sacado Paulie el gato del coche?

—Tal vez para protegerse, por si se topaba con Westerfield. Recuerda que la señorita Watkins, la tutora, juró que Paulie había dicho: «No pensé que estuviera muerta».

—Joan, ¿qué me estás diciendo?

—Piensa en esta posibilidad: Will Nebels siguió a Andrea hasta el garaje y se le insinuó. Hubo un forcejeo. Ella cayó y quedó inconsciente. Él se coló en la casa, después vio llegar a Paulie, sacar el gato y entrar en el garaje. Un minuto después, Paulie vuelve al coche y se marcha a toda velocidad. Nebels no está seguro de si Paulie avisará a la policía. Entra otra vez en el garaje. Ve el gato que Paulie ha dejado caer. Will Nebels sabe que irá a la cárcel si Andrea cuenta lo sucedido. La mata, se lleva el gato y sale de allí. Después de la película, Rob va al garaje, encuentra muerta a Andrea y le entra el pánico.

—Joan, ¿no te das cuenta de que has omitido algo básico? —Confié en disimular la impaciencia que me había despertado su teoría—. ¿Cómo llegó el gato al maletero del coche de Rob Westerfield?

—Andrea fue asesinada el jueves por la noche, Ellie. Tú descubriste el cadáver el viernes por la mañana. Rob Westerfield no fue interrogado hasta el sábado por la tarde. No consta en la transcripción del juicio, pero el viernes, Will Nebels estaba trabajando en casa de los Westerfield, ocupado en diversas faenas. El coche de Rob estaba en el camino de entrada. Siempre dejaba las llaves puestas. Will pudo meter el gato en el maletero con toda facilidad.

—¿Dónde averiguaste todo esto, Joan?

—Mi primo Andrew, el juez, trabajaba en la oficina del fiscal del distrito. Estaba allí cuando juzgaron a Rob Westerfield y conoció muy bien los pormenores del caso. Siempre ha creído que Rob Westerfield era un individuo desagradable, agresivo e impresentable, pero también creía que era inocente de la muerte de Andrea.

El agente White creía que Paulie era el culpable del asesinato de Andrea. La señora Hilmer aún dudaba de la inocencia de Paulie. Ahora, Joan estaba convencida de que Will Nebels era el asesino.

Pero yo sabía con total certeza que Rob Westerfield era el que había acabado con la vida de mi hermana.

—Ellie, estás desechando todo lo que he dicho.

Joan habló con voz serena, pero en tono contrito.

—No, no lo estoy desechando. Te lo prometo. Como situación hipotética, todo encaja, pero Rob Westerfield estaba aquella mañana en el garaje, cuando me arrodillé junto al cadáver de Andrea. Le oí respirar y oí… Es tan difícil de explicar… Podría describirse como una risita. Un jadeo extraño y yo lo había oído antes, una de las veces en que estuve en su presencia.

—¿Cuántas veces estuviste en su presencia, Ellie?

—Un par, cuando Andrea y yo fuimos al centro después del

colegio, o el sábado, cuando se materializó de repente. ¿Qué te había contado Andrea de él?

—Poca cosa. La primera vez que recuerdo haberle visto fue en uno de los partidos del instituto. Ella estaba en la banda, por supuesto, y destacaba mucho. Era muy llamativa. Recuerdo que Westerfield se acercó a ella después de un partido, a principios de octubre. Yo estaba con ella. Rob no se fue por las ramas, dijo lo guapa que era, que no podía apartar los ojos de ella, esas cosas. Era mayor y muy guapo, y ella se sintió halagada, por supuesto. Además, supongo que tu madre había hablado mucho de lo importante que era la familia Westerfield.

—Sí.

—Él sabía que nos gustaba meternos a escondidas en el garaje de su abuela para fumar. Me refiero a cigarrillos normales, no a marihuana. Pensábamos que era algo atrevido, pero no nos metimos en nada ilegal. Rob Westerfield nos dijo que consideráramos el garaje como nuestro club, pero que le avisáramos cuando pensáramos ir. Cuando lo hicimos, le pidió a Andrea que fuera antes. Tú ya sabes que había entablado amistad con él, por llamarlo de algún modo, un mes antes de que muriera.

—¿Tuviste alguna vez la sensación de que tenía miedo de él?

—Tenía la sensación de que algo muy raro estaba pasando, pero ella no me dijo qué era. Aquella última noche llamó para preguntar si podía venir a hacer los deberes conmigo. A mi madre no le emocionó, la verdad. Yo iba un poco atrasada en álgebra y ella quería que me concentrara. Sabía que Andrea y yo perdíamos mucho tiempo hablando, cuando en teoría debíamos estar estudiando. Además, mamá iba a su club de bridge, de modo que no podía estar en casa para vigilarnos.

—¿Terminasteis de trabajar temprano, o crees que Andrea te utilizó para salir de casa y verse con Rob?

—Creo que su intención era irse pronto desde el primer momento, por lo que deduzco que la respuesta es sí, yo fui su excusa.

Entonces, formulé la pregunta crucial:

—¿Sabes si Rob regaló un medallón a Andrea?

—No, no me dijo nada, y si se lo regaló, yo nunca lo vi. Tu

padre sí que le regaló un medallón, y lo llevaba muy a menudo.

Aquella noche, Andrea llevaba un jersey grueso con el cuello de pico. Por eso tenía tan claro que la había visto abrocharse el medallón alrededor del cuello. Colgaba de una cadena bastante larga y descansaba en la base del escote.

—Entonces, por lo que tú recuerdas, ¿no llevaba ninguna joya cuando se fue de tu casa?

—Yo no he dicho eso. Lo que recuerdo es que llevaba una cadena de oro delgada. Era corta, a la altura del cuello.

Exacto, pensé, cuando recordé de repente otro detalle de aquella noche. El abrigo de Andrea estaba abajo y mi madre la estaba esperando. Antes de salir de su cuarto, Andrea le había dado la vuelta al medallón, para que colgara sobre su espalda, entre los omóplatos. Así, daba la impresión de que llevaba una cadena larga hasta el cuello.

Había leído con toda minuciosidad la descripción de la ropa que llevaba Andrea cuando descubrieron su cadáver. No se hablaba de aquella cadena.

Me fui de casa de Joan unos minutos más tarde, con la promesa sincera de que la llamaría pronto. No intenté explicarle que, sin querer, había confirmado mi recuerdo de que Andrea se había puesto el medallón.

Rob Westerfield había vuelto a buscarlo a la mañana siguiente de matarla. A esas alturas estaba muy segura de que el medallón era demasiado importante para correr el riesgo de dejárselo puesto. Al día siguiente lo describiría en la página web, tal como se lo había descrito a Marcus Longo veintidós años antes.

Era otra pista a seguir, pensé, mientras pasaba otra vez ante el monasterio de Graymoor. Si Rob Westerfield estaba lo bastante preocupado para volver a buscar el medallón, tal vez alguien estaría interesado en recibir una recompensa por decirme por qué era tan importante para él.

Las campanas de la capilla de Graymoor empezaron a tocar. Era mediodía.

Escuela primaria. El rezo del ángelus a mediodía. «Y el ángel del Señor anunció a María…» Y la respuesta de María a Isabel. «Mi alma engrandece al Señor… y exulta de júbilo mi espíritu…»

Tal vez algún día mi espíritu se sienta exultante de júbilo, pensé mientras encendía la radio.

Pero aún no.

23

Desde el mostrador de recepción del Parkinson Inn podía ver el restaurante y comprobar que estaba bastante lleno, como todos los fines de semana. El grupo de ese día parecía estar especialmente alegre. Me pregunté si la soleada tarde otoñal obraba un efecto positivo, después de los tristes primeros días de la semana.

—Temo que todas las ocho habitaciones están reservadas para el fin de semana, señorita Cavanaugh —me dijo el empleado—. Ha pasado lo mismo todos los fines de semana de otoño, y seguirá así hasta Navidad.

Eso lo explicaba todo, por supuesto. Era absurdo alojarse allí durante la semana, para luego marcharse el fin de semana. Tenía que encontrar otro sitio. La perspectiva de desplazarme en coche desde un hostal o motel a otro en busca de hospedaje se me antojaba muy poco atrayente. Decidí que sería mucho más práctico volver al apartamento, sacar el listín telefónico y empezar a llamar para ver dónde podría alojarme durante los meses siguientes. A ser posible, algo que no costara un riñón.

El panecillo de la mañana era todo lo que había comido hasta el momento. Era la una y veinte, y no tenía el menor deseo de comer un bocadillo de queso, lechuga y tomate, pues por lo que recordaba, era lo único que había en el apartamento.

Entré en el restaurante y me senté enseguida. En teoría, era una mesa para dos, pero la persona del asiento de delante tendría que ser de dimensiones esqueléticas. La silla estaba pegada contra un rincón anguloso del hueco donde me habían colocado y no dejaba sitio. A mi lado había una mesa para seis, que tenía el cartelito de reserva apoyado contra el salero y el pimentero.

En el curso de mis vagabundeos nómadas solo había estado una vez en Boston, cuando trabajaba en un artículo. Esa breve visita me había legado un amor eterno por la sopa de pescado de Nueva Inglaterra, que según el menú era la sopa del día.

La pedí, además de una ensalada verde y una botella de Perrier.

—Me gusta la sopa muy caliente, por favor —dije a la camarera.

Mientras esperaba a que me sirvieran, pellizqué el pan y empecé a analizar por qué me sentía inquieta, incluso deprimida.

No era difícil imaginarlo, decidí. Unas semanas antes, cuando llegué allí, me sentía como una especie de don Quijote femenino, que arremetía contra molinos de viento. Pero la pura verdad era que hasta la gente que yo creía tan convencida como yo de la culpabilidad de Rob Westerfield no se pasaba a mi bando.

Le conocían. Sabían cómo era. Y aún pensaban que podía ser inocente después de pasar veintidós años en la cárcel, otra víctima del mismo crimen. Pese a solidarizarse conmigo, me veían como al miembro obsesionado de la familia de la chica asesinada, de ideas fijas e irrazonable en el mejor de los casos, maníaca y desequilibrada en el peor.

Sé que, en algunos aspectos, soy arrogante. Cuando pienso que tengo razón, ni todas las fuerzas del cielo y el infierno juntas pueden disuadirme. Quizá por eso soy una buena periodista de investigación. Tengo fama de ser capaz de abrirme paso entre la maraña de datos confusos, identificar lo que considero la verdad y, después, demostrar que estoy en lo cierto. Sentada en ese restaurante, donde hacía tanto tiempo me sentaba como el miembro más pequeño de la familia, intenté sincerarme conmigo misma. ¿Era posible, era remotamente posible, que el mismo instinto que me convertía en una buena reportera se estuviera volviendo contra mí? ¿Estaba prestando un mal servicio, no solo a gente como la señora Hilmer y Joan Lashley, sino al hombre a quien despreciaba, Rob Westerfield?

Estaba tan concentrada en mis pensamientos, que me sobresalté cuando una mano cruzó ante mi vista. Era la camarera con la sopa de pescado. Tal como yo había pedido, salía humo del cuenco.

—Vaya con cuidado —advirtió—. Está muy caliente.

Mi madre nos decía con frecuencia que no es correcto dar las gracias a los camareros, pero nunca asimilé la lección. Decir «gracias» cuando dejan delante de ti algo que has pedido nunca me pareció incorrecto, ni siquiera entonces.

Levanté la cuchara, pero antes de que pudiera dar el primer sorbo, llegó el grupo que había reservado la mesa contigua. Alcé la vista y me quedé sin aliento: Rob Westerfield se hallaba de pie al lado de mi silla.

Dejé la cuchara sobre la mesa. Extendió la mano, pero yo no hice caso. Era un hombre de una apostura asombrosa, todavía más en persona que en televisión. Proyectaba una especie de magnetismo animal, una insinuación de energía y confianza en sí mismo que es la marca de fábrica de muchos hombres poderosos que he entrevistado.

Sus ojos eran de un azul cobalto sorprendente, tenía las sienes apenas veteadas de gris y la tez muy bronceada. Había visto la palidez de la cárcel en otros hombres, y pensé por un momento que, desde su puesta en libertad, había pasado muchas horas bajo los rayos uva.

—La jefa de comedor me indicó dónde estabas, Ellie —dijo, con una voz tan afectuosa como si fuéramos amigos íntimos.

—¿De veras?

—Sabía quién eras y estaba muy preocupada. No tenía otra mesa para seis y pensó que tal vez yo no querría estar sentado cerca de ti.

Vi por el rabillo del ojo que sus acompañantes tomaban asiento. Reconocí a dos por la entrevista televisada: su padre, Vincent Westerfield, y su abogado, William Hamilton. Ambos me estaban mirando con expresión hostil.

—¿No se le ocurrió que tal vez fuera yo la que no quisiera estar sentada cerca de ti? —pregunté en voz baja.

—Estás equivocada por completo sobre mí, Ellie. Quiero

descubrir al asesino de tu hermana y verle castigado tanto como tú. ¿No podríamos reunirnos y hablar con tranquilidad? —Vaciló y luego añadió con una sonrisa—: Por favor, Ellie.

Reparé en que todo el comedor se había sumido en el silencio más absoluto. Como todo el mundo daba la impresión de querer escuchar nuestra conversación, alcé mi voz a propósito para que al menos algunos pudieran oírme.

—Me encantaría reunirme contigo, Rob —dije—. ¿Qué te parece en el escondite del garaje? Era tu lugar favorito, ¿verdad? Aunque es posible que el recuerdo de haber matado a golpes a una chica de quince años sea demasiado penoso, incluso para un consumado mentiroso como tú.

Tiré un billete de veinte dólares sobre la mesa y eché hacia atrás mi silla.

Sin la menor señal de que mi comentario le hubiera ofendido, Rob recogió el billete y lo metió en el bolsillo de mi chaqueta.

—Aquí tenemos cuenta, Ellie. Siempre que vengas, serás nuestra invitada. Trae a tus amigos.

Hizo una pausa, pero esta vez sus ojos se entornaron.

—Si es que tienes alguno —añadió en voz baja.

Saqué el billete de veinte dólares de mi bolsillo, localicé a la camarera, se lo di y me marché.

Media hora después estaba de vuelta en mi apartamento. La tetera silbaba y estaba preparando el bocadillo de queso que había desechado antes, acompañado de lechuga y tomate. A esas alturas, el ataque de temblores que me había asaltado en el coche había pasado y solo mis manos, frías y pegajosas, traicionaban la impresión de haber visto a Rob Westerfield cara a cara.

Durante esa media hora, una y otra vez, una escena se había repetido en mi mente. Estoy en el estrado de los testigos. Flanqueado por sus abogados, Rob Westerfield está sentado a la mesa reservada para los acusados. Me está mirando, con ojos malévolos y desdeñosos. Estoy segura de que en cualquier momento saltará sobre mí.

La intensidad de su concentración cuando estaba a escasos centímetros de mí en el restaurante era tan absoluta como en el juicio, y detrás de aquellos ojos azul cobalto y el tono cortés, intuí y vi el mismo odio implacable.

Pero existe una diferencia, no dejaba de recordarme, hasta que empecé a calmarme. Tengo veintinueve años, no siete. Y sea como sea, le haré más daño ahora que entonces. Después del juicio, uno de los reporteros había escrito: «La triste y seria niña que declaró durante el juicio que su hermana estaba asustada de Rob Westerfield influyó sobremanera en el jurado».

Me llevé el bocadillo y el té a la mesa, saqué el listín telefónico del armario y abrí mi móvil. Mientras comía, decidí examinar las páginas amarillas y rodear con un círculo los lugares donde podría vivir de alquiler.

Antes de que pudiera empezar, la señora Hilmer llamó. Empecé a explicarle que estaba buscando un lugar donde hospedarme, pero ella me interrumpió.

—Ellie, me acaba de llamar mi nieta mayor, Janey. ¿Recuerdas que te dije que había tenido su primer hijo el mes pasado?

Percibí la tensión en la voz de la señora Hilmer.

—Espero que no le pase nada al bebé —me apresuré a decir.

—No, el bebé está bien, pero Janey se ha roto la muñeca y necesita ayuda. Esta tarde me voy en coche a Long Island y me quedaré unos días. ¿Has pensado en trasladarte al Parkinson Inn? Después de lo que ha pasado, me preocupa que te quedes sola aquí.

—Pasé por el hostal, pero lo tienen lleno todo el fin de semana y también los siguientes seis o siete fines de semana. Me propongo llamar cuanto antes a otros hostales y pensiones.

—Espero que seas consciente de que solo estoy preocupada por ti, Ellie. Quédate en el apartamento hasta que encuentres algo que te vaya bien, pero no te olvides de cerrar con llave las puertas, por el amor de Dios.

—Se lo prometo. No se preocupe por mí.

—Me llevo las fotocopias de la transcripción del juicio y los periódicos. Las repasaré mientras esté en Garden City con Janey. Anota el número de teléfono, por si quieres localizarme.

Lo apunté y pocos minutos después oí que el coche de la señora Hilmer bajaba por el camino de entrada. Confesaré que tras la impresión de ver a Rob Westerfield, lamenté mucho que se marchara.

«Gatita miedosa, gatita miedosa.» Eso me decía Andrea cuando, si nuestros padres habían salido, veíamos películas como *Viernes 13* en la televisión. Yo siempre cerraba los ojos y me acurrucaba contra ella en las escenas más aterradoras.

Recuerdo que una noche, para vengarme de ella, me escondí debajo de su cama y, cuando entró en el dormitorio, la agarré por la pierna. «Gatita miedosa, gatita miedosa», canturreé cuando chilló.

Pero Andrea no estaba allí en esos momentos para acurrucarme contra ella, y ya era mayor, acostumbrada a cuidar de mí misma. Me encogí de hombros mentalmente y me dediqué a rodear con círculos las pensiones y hostales que aparecían en las páginas amarillas.

Después, empecé a llamar a las que me parecieron más convenientes. Fue una tarea descorazonadora. Las pocas que creía asequibles tenían un alquiler mensual muy caro, sobre todo cuando calculé el precio de las comidas.

Después de casi dos horas, había confeccionado una lista de cuatro lugares y ya estaba examinando la sección de «Casas de alquiler» del periódico. Oldham es un pueblo en que la mayoría de la gente vive todo el año, pero después de ver la sección de anuncios clasificados, descubrí algunos alquileres razonables.

A las tres y media había terminado. Había seleccionado seis lugares, que vería al día siguiente. Me alegré de concluir la tarea porque tenía ganas de volver al ordenador y esbozar unas notas sobre mi encuentro con Rob Westerfield.

Había uno o dos hostales en la zona que tenían habitaciones libres. Cualquiera de los dos me hubiera ido de maravilla, pero lo último que deseaba era empezar a hacer maletas; tampoco me apetecía vaciar la nevera y limpiar el apartamento de arriba abajo.

La señora Hilmer había dejado claro que era mi seguridad lo que la preocupaba y que podía quedarme hasta encontrar algo conveniente. Sabía que estaría ausente tres o cuatro días, así que tomé una decisión tras cierto debate interno: me quedaría allí de momento, al menos todo el fin de semana, lo más probable hasta el lunes.

Encendí el ordenador, redacté unas notas sobre el encuentro con Rob Westerfield y después caí en la cuenta de que me costaba mucho concentrarme. Decidí ir al cine, a una sesión de media tarde, y después cenaría en algún sitio cercano.

Consulté la cartelera y observé con ironía que pasaban la película que yo quería ver en el Globe Cinema.

Donde Rob Westerfield afirmó que había estado cuando Andrea fue asesinada.

Era evidente que habían ampliado y modernizado el Globe desde que yo era pequeña. Se había convertido en un complejo de siete salas. El vestíbulo albergaba un amplio mostrador circular donde se vendían golosinas, palomitas de maíz y refrescos.

Aunque los espectadores empezaban a llegar, el suelo ya estaba sembrado de palomitas que habían rebosado de los gigantescos cucuruchos.

Compré Peanut Chews (mis dulces favoritos) y entré en la sala 3, donde proyectaban la película que había elegido. No fue la sensación anunciada a bombo y platillo («¡Ahora! ¡Por fin! ¡La película que estabas esperando!»), sino un liviano entretenimiento sobre una mujer que se enfrenta al mundo, fracasa y después, por supuesto, conquista todo y encuentra el verdadero amor y la felicidad en el marido que había echado a patadas tres años antes.

Si tan faltos de ideas están, quizá pueda venderles la historia de mi vida, pensé, mientras mi mente vagaba. Mi vida salvo la cuestión amorosa, por supuesto.

Estaba sentada entre dos parejas, ciudadanos de edad avanzada a mi derecha, adolescentes a mi izquierda. Los adolescentes no paraban de pasarse el cucurucho de palomitas y la chica se dedicaba a comentar en voz alta la película.

—Era mi actriz favorita, pero ahora creo que no es tan buena como...

Era inútil intentar prestar atención a lo que ocurría en la pantalla. No era solo por culpa de los chicos, las palomitas y los comentarios incesantes, ni siquiera a causa de los suaves ronquidos del hombre sentado a mi derecha, que ya se había dormido del todo.

Me distraía el hecho de que, veintidós años antes, Rob Westerfield había afirmado estar en ese cine mientras asesinaban a Andrea, y nadie pudo verificar que se había quedado hasta el final de la película. Pese a toda la publicidad que derivó del caso, nadie había salido a declarar: «Estaba sentado a mi lado».

Oldham era un pueblo bastante pequeño en aquel tiempo y los Westerfield eran muy conocidos. No cabía duda de que Rob Westerfield, con su apostura y modales de chico rico, era famoso en toda la población. Sentada en el cine, le imaginé aparcando en la estación de servicio contigua.

Había declarado que habló con Paulie Stroebel, que le había avisado de que dejaba su coche. Paulie negó con rotundidad que Rob hubiera hablado con él.

Después, Rob hizo hincapié en que había hablado con la taquillera y el acomodador, y les dijo que tenía muchas ganas de ver la película. «Muy cordial», habían testificado ambos en el estrado, con voz teñida de sorpresa. Todo el mundo sabía que Rob Westerfield no era cordial, sobre todo con la clase trabajadora.

No le habría costado gran cosa dejar constancia de su presencia en la sala, para luego marcharse con discreción. Yo había alquilado la película *El señor de la guerrilla de la selva*, que él afirmaba haber visto aquella noche. Hay tantas escenas oscuras al principio, que alguien sentado en un asiento del extremo habría podido salir de la sala sin que nadie le viera. Miré a mi alrededor, observé las diversas salidas laterales que solo debían utilizarse en caso de emergencia y decidí hacer un experimento.

Me levanté, murmuré una disculpa por despertar a mi vecino dormido, salté sobre su mujer y me encaminé a la salida cercana al fondo de la sala.

La puerta se abrió en silencio y me encontré en una especie de callejón que corría entre un banco y el complejo de cines. Años antes, la estación de servicio ocupaba el lugar del banco. Conservo copias de los diagramas y las fotografías que los periódicos publicaron durante el juicio, de modo que recuerdo el trazado de la estación de servicio.

El taller cerrado donde Paulie había estado trabajando se hallaba detrás de los surtidores de gasolina, encarado a Main Street. El aparcamiento, donde los coches esperaban a llenar el depósito, estaba detrás de la estación. Esa zona era en la actualidad el aparcamiento reservado a los clientes del banco.

Recorrí el callejón, mientras sustituía en mi mente el banco por la estación de servicio. Incluso imaginé el lugar donde Rob dijo que había aparcado su coche y donde en teoría estuvo sentado hasta que la película terminó a las nueve y media.

Como sea, mis pasos se convirtieron en los suyos y yo me introduje en su mente: irritado, malhumorado, frustrado cuando la chica que pensaba tener en un puño le telefoneó para decir que se había citado con otro.

Daba igual que ese otro fuera Paulie Stroebel.

Voy a encontrarme con Andrea. Le enseñaré quién manda aquí.

¿Por qué se llevó el gato al escondite?, me pregunté.

Había dos motivos posibles. Primero, tenía miedo de que mi padre se hubiera enterado de que Andrea pensaba verse con él. No me cabía la menor duda de que, en su mente, Rob se representaba a mi padre como una figura imponente y aterradora.

El otro motivo era que Rob se llevó el gato porque albergaba la intención de matar a Andrea.

Gatita miedosa. Gatita miedosa. Oh, Dios, el terror que debió de sentir la pobre cría cuando le vio avanzar hacia ella, levantar el brazo, blandiendo aquel arma…

Di media vuelta y corrí hacia el otro extremo del callejón, donde se encontraba con la calle. Jadeé, porque por un momento no pude respirar, me serené y caminé hacia mi coche. Lo había dejado en el aparcamiento del cine, al otro lado del complejo.

La atmósfera seguía limpia, pero al igual que la otra noche, había empezado a soplar un viento gélido y la temperatura estaba bajando en picado. Me estremecí y aceleré mis pasos.

Cuando había mirado los horarios de la película, me fijé en el anuncio de un restaurante, Villa Cesaere, no lejos del cine. El anuncio indicaba el tipo de lugar que me gustaba, de modo que decidí probar. Quería pasta, y cuanto más picante mejor. Tal vez gambas *fra diavolo*, decidí.

La verdad era que debía sacarme de encima el terrible frío interior que se estaba apoderando de mí.

A las nueve y cuarto, saciada y de mejor ánimo, entré con el coche en la propiedad de la señora Hilmer. Su casa estaba a oscuras y la luz de la puerta del garaje me deparó una pobre bienvenida.

Detuve el coche de repente. Algo me impulsaba a dar la vuelta, a dirigirme a un motel o un hostal y pasar la noche allí. No me había dado cuenta de lo insegura que me sentiría en el apartamento por la noche. Me iré mañana, pensé. Por una noche más, no pasará nada. En cuanto esté en el apartamento, me sentiré bien.

Racionalizar no servía de nada, por supuesto. La otra noche, mientras estaba cenando en casa de la señora Hilmer, alguien había entrado en el apartamento. Sin embargo, no creía que nadie me estuviera esperando entonces. Mi inquietud era fruto de la perspectiva de estar sola en el exterior, tan cerca del bosque, aunque solo por unos momentos.

Encendí los faros delanteros y avancé con lentitud por el camino de entrada. Durante todo el día había paseado en el maletero la bolsa de lona que contenía la transcripción del juicio, los periódicos y las joyas de mi madre. Cuando salí del restaurante, trasladé la bolsa al asiento delantero, para que al volver al apartamento no tardara tanto en cogerla.

Examiné con cautela la zona que rodeaba el garaje. No había nadie.

Respiré hondo, cogí la bolsa, bajé del coche y corrí hacia la puerta.

Antes de que pudiera introducir la llave en la cerradura, un coche bajó a toda velocidad por el camino de entrada y frenó con un chirriar de neumáticos. Un hombre bajó de un salto y se abalanzó hacia mí.

Me quedé petrificada, convencida de que iba a ver la cara de Rob Westerfield y oír la risita que había emitido cuando yo estaba arrodillada junto al cadáver de Andrea.

Pero entonces, una linterna me deslumbró y cuando el hombre se acercó más, vi que llevaba uniforme y que era el agente White.

—Me dieron a entender que se había mudado, señorita Cavanaugh —dijo, en un tono nada amistoso—. ¿Qué está haciendo aquí?

24

Tras unos momentos de desconcierto, mientras explicaba por qué no me había trasladado aún, insistí al agente White en que me acompañara al apartamento y telefoneara a la señora Hilmer a casa de su nieta. Había dejado el número apuntado en un trozo de papel, al lado del ordenador. Hizo la llamada y después me puso con ella.

—Estoy muy avergonzada, Ellie —me dijo—. Pedí al agente White que la policía vigilara la casa en mi ausencia y le dije que te ibas a marchar, pero él tendría que haberte creído cuando dijiste que seguías siendo mi invitada.

Tiene usted toda la razón, pensé, pero lo que dije fue:

—Ha cumplido con su deber, señora Hilmer.

No le dije que, por grosero que hubiera sido su comportamiento, me alegraba de que estuviera conmigo. No había tenido que entrar sola en el apartamento y, cuando se fuera, cerraría con llave la puerta.

Pregunté por su nieta, me despedí y colgué el teléfono.

—¿Así que se va mañana, señorita Cavanaugh? —preguntó el agente White. A juzgar por su tono, era como si me estuviera invitando a desalojar el apartamento de inmediato.

—Sí, agente. No se preocupe. Me iré mañana.

—¿El letrero que exhibió en Sing Sing ha producido alguna respuesta?

—Pues sí —contesté, al tiempo que le dedicaba lo que Pete Lawlor llama mi sonrisa misteriosa y complaciente.

Frunció el ceño. Había picado su curiosidad, justo lo que yo deseaba.

—Todo el pueblo sabe que hoy dijo cosas muy feas a Rob Westerfield en el Parkinson Inn.

—No hay ninguna ley que prohíba ser sincero, ni que te obligue a ser amable con un asesino.

Sus pómulos enrojecieron, de pie con la mano en el pomo de la puerta.

—Señorita Cavanaugh, permítame que le dé un consejo realista. Sé con absoluta seguridad que, gracias al dinero de la familia, Rob Westerfield consiguió seguidores muy leales en la cárcel. Las cosas son así. Algunos de esos chicos se hallan en libertad ahora. Sin ni siquiera consultar con Westerfield al respecto, uno de ellos podría decidirse a eliminar cierta molestia como un favor al chico, a la espera de recibir el agradecimiento adecuado.

—¿Quién me librará de este sacerdote turbulento?

—¿De qué está hablando?

—Es una pregunta retórica, agente. En el siglo XII, Enrique II formuló la pregunta a uno de sus nobles y, poco tiempo después, el arzobispo Thomas Becket fue asesinado en su catedral. ¿Sabe una cosa, agente White? No estoy segura de si me está advirtiendo o amenazando.

—Una periodista de investigación debería saber la diferencia, señorita Cavanaugh.

Se marchó sin decir nada más. Tuve la impresión de que sus pasos resonaban con excesiva violencia en la escalera, como si me estuviera avisando de que se marchaba para no volver.

Cerré con llave la puerta, me acerqué a la ventana, le vi subir a su coche y alejarse.

Por lo general, me ducho por las mañanas, y si ha sido un día muy tenso, también antes de acostarme. Considero que es una estupenda manera de relajar los músculos de los hombros y el cuello. Esa noche decidí excederme. Llené la bañera de agua caliente y añadí aceite para el baño. Después de seis meses, el frasco estaba casi lleno, lo cual demostraba la frecuencia de dichas ocasiones. Pero esa noche lo necesitaba y me sentó de maravilla. No me moví hasta que el agua empezó a enfriarse.

Siempre me divierten los anuncios de camisones y batas seductores y provocativos. Mi indumentaria nocturna consiste en camisones comprados mediante un catálogo de L. L. Bean. Son holgados y cómodos, y van acompañados de una bata de franela. Como digno colofón de tan exquisito conjunto, calzo unas zapatillas forradas de lanilla.

El tocador de dos puertas con espejo del dormitorio me recordaba al que mi madre había pintado de blanco y restaurado para la habitación de Andrea. Mientras me cepillaba el pelo delante del espejo, me pregunté qué habría sido de aquel tocador. Cuando mi madre y yo nos mudamos a Florida, nos llevamos pocos muebles. Estoy segura de que no nos acompañó nada procedente de la habitación de Andrea. En aquel tiempo, mi habitación era bonita, pero un poco infantil, con papel pintado con motivos de Cenicienta.

Entonces, recordé de repente que, en una ocasión, le había dicho a mi madre que el papel era infantil, y ella contestó: «Pero si es muy parecido al papel que tenía Andrea en su habitación cuando era pequeña. Le encantaba».

Creo que, incluso entonces, me di cuenta de lo diferentes que éramos. No me interesaban las cosas de chicas, ni los vestidos emperifollados. Andrea, al igual que mi madre, era muy femenina.

«Eres la niña de papá… Eres el espíritu de Navidad, la estrella de mi árbol… Y eres la niña de papá.»

Sin quererlo, la letra de aquella canción pasó por mi cabeza; vi de nuevo a papá en la habitación de Andrea, sujetando la caja de música y sollozando.

Era un recuerdo que siempre trataba de ahuyentar al instante.

—Termina de cepillarte el pelo, muchacha, y vete a la cama —dije en voz alta.

Me estudié con ojo crítico en el espejo. Por lo general, llevo el pelo recogido en lo alto de la cabeza, sujeto con una pinza, pero entonces, al fijarme con atención, vi que lo tenía muy largo. Durante el verano se ponía muy rubio y si bien había desaparecido casi todo el efecto del sol, aún tenía mechones brillantes.

Recordaba con frecuencia el comentario del detective Longo la primera vez que me interrogó, después de descubrir el cadáver de Andrea. Dijo que mi pelo, como el de su hijo, se parecía a la arena iluminada por el sol. Era una descripción muy tierna y, pese a los mechones, me gustaba pensar que pudiera volver a ser cierto.

Vi las noticias de las once, lo suficiente para comprobar que el mundo exterior a Oldham seguía más o menos funcionando. Entré en el dormitorio. El viento soplaba con fuerza, así que entreabrí las dos ventanas de la habitación. La corriente de aire bastó para enviarme a toda prisa bajo las sábanas, no sin antes tirar la bata sobre la barandilla del pie de la cama y desprenderme de las zapatillas a patadas.

Siempre me dormía sin problemas en mi piso de Atlanta. Pero allí era diferente. Oía hasta los ruidos más leves de la calle, y a veces música procedente del apartamento de mi vecino, un aficionado al rock duro que, en ocasiones, alzaba el volumen de su equipo hasta límites paroxísticos.

Un golpe amistoso en la pared divisoria siempre producía una reacción instantánea, pero aun así, era como si ciertas vibraciones metálicas quedaran flotando en el aire durante unos segundos.

Esa noche no me hubieran importado algunas vibraciones metálicas que significaran la cercanía de otro ser humano, pensé mientras colocaba a mi gusto la almohada. Experimenté la sensación de que todos mis sentidos estaban muy alerta, tal vez debido al cara a cara inesperado con Westerfield.

La hermana de Pete, Jan, vive no lejos de Atlanta, en un pueblo llamado Peachtree. A veces, los domingos, Pete me llamaba y decía: «Vamos a dar un paseo con Jan, Bill y los chicos». Tienen un pastor alemán que responde al nombre de Rocky, y es un perro guardián maravilloso. En cuanto bajábamos del coche, se ponía a ladrar furiosamente para avisar a la familia de nuestra presencia.

Ojalá estuvieras conmigo ahora, Rocky, viejo amigo, pensé.

Conseguí por fin sumirme en un sueño inquieto, como esos de los que siempre deseas despertarte. Estaba soñando que debía ir a un lugar. Tenía que encontrar a alguien antes de que fuera demasiado tarde y mi linterna no funcionaba.

Después, estaba en el bosque y me llegaba el olor de la hoguera de un campamento. Necesitaba encontrar un sendero en el bosque. Había uno, de eso estaba segura. Antes existía.

Hacía mucho calor y empecé a toser.

¡No era un sueño! Abrí los ojos. La habitación se hallaba sumida en una oscuridad absoluta y solo olía a humo. Me estaba ahogando. Retiré las sábanas y me incorporé. Noté que un espantoso calor me rodeaba. Me abrasaría si no lograba salir. ¿Dónde estaba? Por un momento, fui incapaz de orientarme.

Antes de apoyar los pies en el suelo, me obligué a pensar. Estaba en el apartamento de la señora Hilmer. La puerta del dormitorio se hallaba a la izquierda de la cama, en línea recta con la cabecera. Afuera había un pequeño vestíbulo. La puerta del apartamento estaba al otro lado del vestíbulo, a la izquierda.

Creo que tardé unos diez segundos en elaborar esas reflexiones. Después, salté de la cama. Lancé una exclamación ahogada cuando mis pies tocaron las tablas del suelo, muy calientes. Oí un crujido sobre mi cabeza. El techo se estaba incendiando. Sabía que solo contaba con escasos segundos antes de que todo el edificio se viniera abajo.

Avancé tambaleante y tanteé en busca del marco de la puerta. Gracias a Dios, la había dejado abierta. Caminé apoyándome en la pared del vestíbulo y pasé ante el espacio abierto que era el marco de la puerta del baño. En ese punto el humo no era tan denso, pero una muralla de llamas se alzó en la zona de la cocina de la sala de estar. Iluminó la mesa y vi mi ordenador, la impresora y el teléfono móvil. La bolsa de lona estaba en el suelo, al lado de la mesa.

No quería perderlos. Me costó un segundo tirar del cerrojo y abrir la puerta que daba a la escalera. Después, mientras me mordía los labios debido al dolor producido por las ampollas que se formaban en mis pies, tosiendo y casi sin aliento, corrí hacia la mesa, me apoderé del ordenador, la impresora y el móvil con una mano, de la bolsa con la otra y corrí hacia la puerta.

Detrás de mí, las llamas estaban lamiendo los muebles; delante, el humo que subía por el hueco de la escalera era espeso y negro. Por suerte, era una escalera recta y tuve fuerzas para bajar por ella. Al principio, me dio la impresión de que el pomo de la puerta principal estaba atascado. Dejé en el suelo el ordenador, el teléfono y la bolsa, y tiré de él con las dos manos.

Estoy atrapada, atrapada, pensé, mientras notaba que mi pelo empezaba a chamuscarse. Tironeé del pomo con desesperación y giró. Abrí la puerta, me agaché y busqué a tientas mi ordenador, el teléfono y la bolsa, y salí.

En aquel momento, un hombre bajó corriendo por el camino de entrada y me agarró antes de que cayera.

—¿Hay alguien más ahí dentro? —preguntó.

Negué con la cabeza, temblorosa y abrasada.

—Mi mujer ha llamado a los bomberos —dijo, mientras me alejaba del edificio en llamas.

Un coche bajó a toda velocidad por el camino de acceso. Semiinconsciente, comprendí que debía de ser su mujer, porque le oí decir:

—Llévala a casa, Lynn. Podría coger una pulmonía. Yo esperaré a los bomberos. —Se volvió hacia mí—. Vaya con mi esposa. Vivimos en esta misma calle.

Cinco minutos después, por primera vez en más de veinte años, estaba sentada en la cocina de mi antigua casa, envuelta en una manta, con una taza de té delante de mí. A través de las cristaleras que conducían al comedor, vi la estimada araña de mi madre, todavía en su sitio.

Nos vi a Andrea y a mí poniendo la mesa para la comida del domingo.

«Lord Malcolm Culogordo es el invitado de honor de hoy.»

Cerré los ojos.

—Llorar le sentará bien —dijo con dulzura Lynn, la mujer que en la actualidad vivía en mi antigua casa—. Ha sido una experiencia terrible.

Pero conseguí reprimir las lágrimas. Pensé que, si las dejaba brotar, nunca cesarían.

25

El jefe de bomberos fue a casa de los Kelton e insistió en pedir una ambulancia para que me trasladara al hospital.

—Habrá inhalado mucho humo, señorita Cavanaugh —dijo—. Ha de someterse a una revisión, aunque solo sea a modo de precaución.

Estuve ingresada toda la noche en el hospital del condado de Oldham, lo cual me fue muy bien, porque no tenía otro lugar adonde ir. Cuando me acosté por fin (después de que eliminaran de mi cuerpo el hollín y la suciedad y vendaran mis pies llagados), acepté con agradecimiento una píldora para dormir. La habitación estaba cerca del cuarto de enfermeras y oía el suave murmullo de sus voces y el sonido de pasos.

Cuando me dormí, pensé en que horas atrás había deseado compañía. Nunca esperé que mi deseo fuera satisfecho de esa manera.

Cuando una auxiliar de enfermería me despertó a las siete de la mañana, me dolía todo el cuerpo. Me tomó el pulso, la presión y se fue. Aparté las sábanas, apoyé los pies en el suelo y, sin saber muy bien lo que iba a ocurrir, intenté incorporarme. Las plantas de mis pies estaban protegidas con vendajes y apoyar mi peso en ellas fue muy incómodo, pero por lo demás me di cuenta de que estaba en buena forma.

Fue entonces cuando empecé a tomar conciencia de la suerte que había tenido. Unos minutos más y estaba segura de que el humo me habría dejado sin sentido. Cuando los Kelton hubieran llegado a la casa, habría sido demasiado tarde, aún en el caso de haber sabido que yo estaba dentro.

¿Había sido el incendio un accidente? Yo sabía que no. Aunque nunca había echado un vistazo al interior, la señora Hilmer me había dicho que el garaje situado bajo el apartamento no contenía más que herramientas de jardinería.

Las herramientas de jardinería no se incendian.

El agente White me había advertido de que un ex compañero de prisión de Rob Westerfield tal vez intentara deshacerse de mí. Creo que White había invertido el orden de la situación. No me cabía la menor duda de que Westerfield había ordenado el incendio y que había asignado la misión a un ex recluso de Sing Sing. No me hubiera sorprendido nada averiguar que el encargado de la misión había sido el tipo que habló conmigo en el aparcamiento de la estación.

También estaba segura de que el agente White ya habría informado a la señora Hilmer del incendio. Yo misma le había dado el teléfono de su nieta. Sabía que se llevaría un gran disgusto. Al principio, el apartamento había sido un establo y el edificio poseía cierto valor histórico.

La señora Hilmer tenía setenta y tres años. El apartamento había constituido su garantía de que, si alguna vez necesitaba ayuda permanente, la persona elegida podría vivir en él.

También estoy segura de que el accidente de su nieta la había concienciado de lo fácil que es quedar incapacitado.

¿El seguro le permitiría reconstruir el edificio o se decidiría alguna vez a poner en marcha las obras? En ese momento, la señora Hilmer debía de pensar que la bondad no siempre era recompensada, pensé con desdicha. La telefonearía, pero todavía no. ¿Cómo te disculpas por algo así?

Entonces, pensé en mi ordenador, la impresora, el móvil y la bolsa de lona. Me había asegurado de que me acompañaran hasta el hospital y recordé que la enfermera había dicho que los iban a guardar. ¿Dónde estaban?

Había un ropero estilo taquilla en la habitación. Me acerqué cojeando a él, con la esperanza de encontrarlos dentro. Abrí la puerta y experimenté un gran alivio cuando los vi amontonados en el suelo.

También me llevé una gran alegría al ver una bata de felpilla colgando de una percha. Llevaba una de esas batas de hospital anticuadas, de la medida de una muñeca Barbie, mientras que yo mido un metro setenta y cinco.

Lo primero que hice fue abrir la cremallera de la bolsa y atisbar en el interior. Encima estaba la primera página casi desmenuzada del *New York Post* con el titular «CULPABLE», como la última vez que la había abierto.

Después, busqué en el fondo de la bolsa y tanteé con los dedos. Exhalé un suspiro de alivio cuando palpé el estuche de piel que estaba buscando.

El día anterior por la mañana, cuando estaba subiendo al coche para ir a casa de Joan, se me ocurrió que el siguiente visitante no autorizado del apartamento quizá buscara objetos de valor. Corrí arriba, saqué el estuche del cajón y lo guardé en la bolsa de lona que ya estaba en el maletero.

Extraje el estuche y lo abrí. Todo estaba en su sitio: el anillo de compromiso y la alianza de mi madre, sus pendientes de diamantes y mi modesta colección de joyas.

Volví a guardar el estuche en la bolsa, la cerré y cogí el ordenador. Lo trasladé hasta la única silla, situada junto a la ventana. Sabía que, por más horas que siguiera en el hospital ese día, las pasaría allí.

Encendí el ordenador y contuve el aliento; solo lo expulsé cuando sonó el «bip», la pantalla se iluminó y supe que no había perdido el material acumulado.

Con mi tranquilidad mental algo recuperada, volví al ropero, cogí la bata y entré en el cuarto de baño. Encontré un pequeño tubo de pasta dentífrica y un cepillo sobre un estante que sobresalía sobre el lavabo. Procedí a mi higiene personal.

Sabía que, después del incendio, estaba conmocionada. Entonces, mientras mi mente recobraba la serenidad, me di cuenta de lo afortunada que había sido al escapar, no solo viva, sino ilesa, aparte de algunas quemaduras de escasa importancia. También sabía que debería estar muy pendiente de futuros atentados contra mi vida. Una cosa era segura: tenía que alojarme en un lugar donde hubiera un recepcionista y otros empleados cerca.

Cuando desistí de intentar cepillar mi pelo enmarañado, volví a la habitación, me acomodé en la silla y, como no tenía ni papel ni lápiz, abrí el ordenador para confeccionar de inmediato la lista de las cosas que debía hacer.

No tenía dinero, ropa, tarjetas de crédito ni permiso de conducir. Todo lo había perdido en el incendio. Tendría que pedir dinero prestado hasta conseguir duplicados de mis tarjetas de crédito y el permiso de conducir. ¿Quién sería el afortunado samaritano?

Tengo amigos en Atlanta, así como amigos del colegio diseminados por todo el país. Si les hubiera llamado, me habrían prestado su ayuda al instante. No obstante, los taché de mi lista. No quería dar largas explicaciones sobre el motivo de mi penuria momentánea.

Pete era el único de Atlanta enterado de la historia de Andrea y la razón de mi estancia en Oldham. Cuando pedí el permiso para ir allí, mi explicación a los compañeros de trabajo y amigos había sido: «Se trata de algo personal, tíos».

Estoy segura de que la impresión general es que Ellie, que siempre está demasiado ocupada para una cita a ciegas, está liada con alguien especial y trata de encauzar las cosas con él.

¿Pete? La idea de tener que interpretar el papel de mujer desvalida con él me irritaba. Sería mi última alternativa.

Estaba segura de que habría podido llamar a Joan Lashley St. Martin, pero su convencimiento de que Rob Westerfield era inocente me hacía dudar.

¿Marcus Longo? ¡Por supuesto!, pensé. Será mi fiador y le devolveré el préstamo dentro de una semana.

Llegó una bandeja con el desayuno, que recogieron una hora más tarde, prácticamente sin tocar. ¿Habéis estado alguna vez en un hospital que sirvan café caliente?

Entró el médico, echó un vistazo a mis pies llenos de ampollas, me dijo que podía irme del hospital cuando quisiera, y se fue. Me imaginé cojeando por las calles de Oldham con la bata del hospital, mientras pedía limosna. En aquel momento tan psicológico, apareció el agente White con un hombre de facciones afiladas al que presentó como detective Charles Bannister, del departamento de policía de Oldham. Una auxiliar de enfermería les seguía con sillas plegables, por lo cual deduje que no iba a ser una visita breve y amistosa.

Bannister expresó su preocupación por mi estado de salud y la esperanza de que me sintiera lo mejor posible después del amargo trago.

Intuí al instante que, detrás de la fachada de supuesto interés por mi bienestar, albergaba intenciones particulares, nada amistosas.

Le dije que me encontraba muy bien, agradecida por estar con vida, un comentario que aceptó con un leve asentimiento. Me recordaba a un profesor de filosofía que había tenido en la universidad. Después de escuchar una observación particularmente estúpida de uno de sus alumnos, siempre asentía de la misma manera con expresión seria.

Lo cual significaba: «Ahora sí que ya lo he oído todo».

No tardé mucho en comprender que el detective Bannister tenía un objetivo en mente: estaba decidido a demostrar su teoría de que yo me había inventado la historia del intruso en el apartamento. No lo dijo tan claro, pero la hipótesis que planteó era como sigue: después de ser informada sobre la supuesta intrusión, la señora Hilmer se puso nerviosa. Fueron imaginaciones suyas que alguien la hubiera seguido hasta y desde la biblioteca. Disfrazando mi voz, yo hice la llamada telefónica en que la advertía de que era inestable.

Al oír eso, enarqué una ceja, pero no dije nada.

Según el detective Bannister, yo había provocado el incendio para llamar la atención y despertar compasión, al tiempo que acusaba en público a Rob Westerfield de intentar asesinarme.

—Corría peligro de morir abrasada, pero según el vecino que la vio salir del edificio, iba cargada con un ordenador, una impresora, un teléfono móvil y una bolsa de lona bastante grande y pesada. Casi nadie que se encuentra en mitad de un infierno se detiene a hacer la maleta, señorita Cavanaugh.

—Justo cuando llegué a la puerta que da a la escalera, la pared que hay al otro extremo de la sala de estar se convirtió en una cortina de llamas. Iluminó la mesa donde había dejado esas cosas. Eran muy importantes para mí y sacrifiqué un segundo más para cogerlas.

—¿Por qué eran tan importantes, señorita Cavanaugh?

—Le diré por qué, detective Bannister. —El ordenador seguía sobre mi regazo y lo señalé—. El primer capítulo del libro que estoy escribiendo sobre Rob Westerfield está en este ordenador. Páginas y páginas de notas que he extraído de la transcripción del juicio del Estado contra Robson Westerfield también están aquí. No tengo copia de seguridad. No tengo copias en otro sitio.

Su rostro continuó impasible, pero observé que la boca del agente White formaba una línea delgada y colérica.

—Escribí el número de mi móvil en el letrero que exhibí delante de la prisión de Sing Sing. Estoy segura de que él —moví la cabeza en dirección a White— ya le habrá informado sobre eso. También he recibido una llamada telefónica muy interesante de alguien que conoció a Westerfield en la cárcel. Ese teléfono es mi única posibilidad de seguir en contacto con él hasta que pueda ir a una tienda, comprar un móvil nuevo y conseguir que me adjudiquen el número de antes. En cuanto a la pesada bolsa de lona, está en el ropero. ¿Quiere ver su contenido?

—Sí.

Dejé el ordenador en el suelo y me levanté.

—Yo iré a buscarla —dijo el hombre.

—Prefiero tenerla siempre en mis manos.

Intenté no cojear cuando crucé la habitación. Abrí la puerta del ropero, recogí la bolsa de lona, volví con ellos, la dejé caer delante de mi silla, me senté y abrí la cremallera.

Presentí más que vi la reacción sobresaltada de los dos hombres cuando leyeron el titular «CULPABLE».

—Preferiría no tener que enseñárselos.

Escupí las palabras mientras sacaba periódico tras periódico de la bolsa y los tiraba al suelo.

—Mi madre los guardó durante toda su vida. —No hice el menor esfuerzo por disimular mi irritación—. Es la crónica de las noticias: empieza con el descubrimiento del cadáver de mi hermana e incluye el momento en que Rob Westerfield fue condenado a prisión. No es una lectura agradable, pero sí interesante, y no quiero perderlos.

El último periódico cayó al suelo. Tuve que utilizar las dos manos para sacar la transcripción del juicio. Alcé la portada para que lo vieran.

—Una lectura también interesante, detective Bannister —dije.

—Estoy seguro —admitió, con el rostro imperturbable—. ¿Hay algo más ahí dentro, señorita Cavanaugh?

—Si espera encontrar un bidón de gasolina y una caja de cerillas, mala suerte. —Extraje el estuche de piel y lo abrí—. Examine esto, por favor.

Echó un vistazo al contenido y me devolvió el estuche.

—¿Siempre lleva encima sus joyas dentro de una bolsa de lona llena de periódicos, señorita Cavanaugh, o solo cuando sospecha que puede declararse un incendio?

Se levantó y White se puso en pie de un brinco.

—Tendrá noticias de nosotros, señorita Cavanaugh. ¿Piensa volver a Atlanta o se quedará por esta zona?

—Me quedaré en la zona y les informaré de mi dirección con sumo placer. Tal vez el departamento de policía lo vigilará mejor que la propiedad de la señora Hilmer. ¿Cree que sería posible?

Los pómulos del agente White se tiñeron de púrpura. Sabía que estaba furioso y sabía que me estaba comportando con excesiva imprudencia, pero en aquel momento me daba igual.

Bannister no se molestó en contestar, sino que dio media vuelta con brusquedad y se marchó, seguido por White.

Les vi marchar. La auxiliar de enfermería entró en la habitación para recoger las sillas plegables. Sus ojos se abrieron de par en par cuando me vio con la transcripción sobre el regazo, el joyero en la mano, la bolsa de lona y los periódicos esparcidos por el suelo.

—¿Puedo ayudarla a recogerlos, señorita? —preguntó—. ¿Puedo traerle algo? Parece muy disgustada.

—Estoy disgustada —admití—. Y puede traerme algo. ¿Hay cafetería en el hospital?

—Sí. Es muy buena.

—¿Qué le parece...? —Me callé, porque estaba al borde de la histeria—. ¿Qué le parece si me consigue una taza de café solo muy caliente?

26

Media hora después estaba saboreando el último sorbo del excelente café que la auxiliar de enfermería me había traído, cuando tuve otra visita, más sorprendente esta vez. Mi padre.

La puerta estaba entreabierta. Llamó con las yemas de los dedos y entró sin esperar la respuesta. Nos miramos y noté la garganta seca.

Su cabello oscuro se había teñido de un blanco plateado. Estaba un poco más delgado, pero iba tan tieso como siempre. Las gafas destacaban sus ojos azules y había profundas arrugas en su frente.

Mi madre bromeando: «Ted, ya sé que no te das cuenta, pero has de dejar de fruncir el entrecejo cuando te concentras. Cuando seas más mayor, parecerás una ciruela pasa».

No parecía una ciruela pasa. Todavía era un hombre atractivo y no había perdido aquel aura de energía interior.

—Hola, Ellie.

—Hola, papá.

Solo puedo imaginar lo que estaría pensando cuando me vio cubierta con una bata de hospital barata, el pelo enmarañado y los pies vendados. No era la estrella resplandeciente de la canción que tocaba la caja de música.

—¿Cómo estás, Ellie?

Había olvidado la profunda resonancia de su voz. Era el sonido de la autoridad serena que Andrea y yo habíamos respetado de niñas. Nos habíamos sentido protegidas por él, y al menos, me impresionaba.

—Muy bien, gracias.

—He venido nada más enterarme del incendio en casa de la señora Hilmer y averiguar que estabas en el apartamento.

—No tendrías que haberte molestado.

Cerró la puerta y se acercó a mí. Se arrodilló y trató de tomar mis manos.

—Ellie, por el amor de Dios, eres mi hija. ¿Qué crees que sentí cuando supe que te habías salvado por los pelos?

Aparté las manos.

—Ah, esa historia cambiará. La policía cree que yo provoqué el incendio en un gesto teatral. Según ellos, reclamo atención y compasión.

Se quedó estupefacto.

—Eso es ridículo.

Estaba tan cerca que percibí el aroma de su crema de afeitar. ¿Estaba equivocada, o era el mismo perfume que recordaba? Vestía camisa, corbata, chaqueta azul oscuro y pantalones grises. Entonces, recordé que era domingo por la mañana y quizá se estaba vistiendo para ir a la iglesia cuando se enteró del incendio.

—Sé que deseas ser amable —dije—, pero quiero que me dejes en paz. No necesito nada de ti, ni lo quiero.

—He visto esa página web, Ellie. Westerfield es peligroso. Estoy muy preocupado por ti.

Bien, al menos tenía una cosa en común con mi padre. Los dos sabíamos que Rob Westerfield era un asesino.

—Sé cuidar de mí misma. Hace mucho tiempo que lo hago.

Se levantó.

—No por culpa mía, Ellie. Te negaste a venir a verme.

—Supongo que es así, lo cual significa que tu conciencia está en paz. No pierdas el tiempo.

—He venido a invitarte, a implorarte, que vengas a vivir con nosotros. De esa forma podría protegerte. Por si lo has olvidado, fui policía estatal durante treinta y cinco años.

—Me acuerdo. Te sentaba muy bien el uniforme. Por cierto, te escribí para darte las gracias por enterrar las cenizas de mamá en la tumba de Andrea, ¿verdad?

—Sí.

—Su certificado de defunción pone que la causa de la muerte fue «cirrosis hepática», pero creo que el diagnóstico más preciso sería «corazón partido». Y la muerte de mi hermana no fue el único motivo de que se le partiera el corazón.

—Tu madre me abandonó, Ellie.

—Mi madre te adoraba. Podrías haber esperado a que cambiara de opinión. Podrías haberla seguido a Florida y regresado a casa con las dos. No quisiste.

Mi padre introdujo la mano en el bolsillo y sacó la cartera. Confié en que no osara ofrecerme dinero, pero eso no ocurrió. Sacó una tarjeta y la dejó sobre la cama.

—Puedes llamarme cuando quieras, de día o de noche, Ellie.

Se marchó, pero dio la impresión de que el tenue aroma de su crema de afeitar perduraba unos segundos. Había olvidado las veces que me sentaba al borde de la bañera y hablaba con él mientras se afeitaba. Había olvidado las veces que giraba en redondo, me cogía y frotaba su cara, llena de espuma, contra la mía.

Tan vívido era el recuerdo que me toqué la mejilla, casi esperando tocar los restos de espuma. Mi mejilla estaba húmeda, pero debido a las lágrimas que, al menos de momento, ya no podía contener.

27

Intenté localizar a Marcus Longo dos veces durante la siguiente hora. Entonces, recordé haberle oído comentar que a su mujer no le gustaba volar sola. Comprendí que existían muchas probabilidades de que hubiera ido a Denver para acompañarla a casa y sin duda habría ido a ver a su primer nieto aprovechando la circunstancia.

La enfermera asomó la cabeza y me recordó que la revisión era a las doce. A las once y media ya me había decidido a preguntar si había servicios sociales en el hospital, pero entonces llamó Joan.

—Ellie, acabo de enterarme. ¿Cómo estás? ¿Qué puedo hacer?

Cualquier impulso orgulloso de rechazar su ayuda porque se negaba a creer que Rob Westerfield era un animal asesino se evaporó. La necesitaba y sabía muy bien que estaba tan convencida de la inocencia de Rob como yo de su culpabilidad.

—De hecho, puedes hacer muchas cosas —dije. El alivio que sentía por oír una voz amiga provocó que la mía temblara—. Puedes traerme un poco de ropa. Puedes venir a buscarme. Puedes ayudarme a encontrar un sitio donde alojarme. Puedes prestarme dinero.

—Te alojarás con nosotros… —empezó.

—Negativo. No. Ni es una buena idea, ni es seguro para nadie. No quiero que tu casa arda en llamas porque yo estoy con vosotros.

—¡Ellie, no creerás que alguien provocó el incendio con la intención de matarte!

—Pues sí.

Reflexionó sobre la noticia un momento y estoy segura de que pensó en sus tres hijos.

—¿Y dónde estarás a salvo, Ellie?

—Me inclino por un hostal. No me gusta la idea de un motel con diversas puertas al exterior. —Pensé en algo—. Olvida el Parkinson Inn. Está lleno.

Y es un lugar frecuentado por los Westerfield, me recordé.

—Se me ocurre un lugar que podría irte bien —dijo Joan—. También tengo una amiga que es de tu estatura y peso. La llamaré para que me preste ropa. ¿Qué pie calzas?

—El nueve, pero creo que aún no podré quitarme los vendajes de los pies.

—Leo gasta un cuarenta. Si no te importa usar sus zapatillas de gimnasia, podrían servirte de momento.

No me importó.

Joan llegó al cabo de una hora con una maleta que contenía ropa interior, pijamas, medias, pantalones, un jersey de cuello cisne, una chaqueta gruesa, guantes, las zapatillas deportivas y algunos útiles de higiene. Me vestí y la enfermera trajo un bastón que utilizaría hasta que mis pies llagados empezaran a curar. Camino de la salida, la empleada de la caja aceptó de mala gana esperar el pago hasta que pudiera enviarle por fax una fotocopia de mi tarjeta del seguro médico.

Por fin, subimos al SUV de Joan. Yo llevaba el pelo echado hacia atrás y ceñido en la nuca con una banda elástica que me había procurado en la sala de enfermeras. Una mirada superficial al espejo demostró que estaba bastante aseada. Las ropas prestadas me caían muy bien y si bien las zapatillas parecían demasiado grandes, protegían mis pies doloridos.

—Te he reservado una habitación en el Hudson Valley

Inn —dijo Joan—. Está a un kilómetro y medio de distancia.

—Si no te importa, me gustaría pasar antes por casa de la señora Hilmer. Mi coche sigue allí, eso espero, al menos.

—¿Quién lo iba a robar?

—Nadie, pero estaba aparcado a medio metro del garaje. Confío en que no cayeran sobre él una viga o cascotes.

No quedaba en pie ni una pared del edificio que había albergado el alegre apartamento que la señora Hilmer me había prestado con tanta generosidad. La zona que lo rodeaba estaba acordonada y un policía montaba guardia.

Tres hombres calzados con gruesas botas de goma estaban examinando con sumo cuidado los escombros, en busca de algo que delatara el origen del incendio. Levantaron la vista cuando nos oyeron llegar, pero volvieron enseguida a su trabajo.

Sentí un gran alivio cuando vi que habían alejado mi coche unos seis metros de la casa de la señora Hilmer. Bajamos del SUV para examinarlo. Era un BMW de segunda mano que había comprado dos años antes, el primer coche decente que tenía.

La humareda negra lo había cubierto de suciedad y la pintura del lado del pasajero había saltado en algunos puntos, pero me consideré afortunada. Aún conservaba mis cuatro ruedas, aunque no pudiera utilizarlas todavía.

Mi bolso se había quedado en el dormitorio. El llavero estaba dentro, junto con todo lo demás.

El policía de guardia se acercó a nosotras. Era muy joven y muy educado. Cuando le expliqué que no tenía la llave del coche y que tendría que llamar a la BMW para que me proporcionaran un duplicado, me aseguró que el coche estaría a salvo.

—Uno de nosotros se quedará por aquí durante unos días.

¿Para ver si podéis culparme del incendio?, me pregunté mientras le daba las gracias.

El leve optimismo que me había embargado después de vestirme y abandonar el hospital desapareció cuando Joan y yo volvimos hacia el SUV. Era un día de otoño limpio y hermoso, pero el olor del humo impregnaba el aire. Confié con todas mis fuerzas en que se disipara antes de que la señora Hilmer regresara. Otra cosa que debía hacer: telefonearla y hablar con ella.

Imaginé la conversación.

«Lamento muchísimo haber causado el incendio de su casa de invitados. No permitiré que vuelva a ocurrir.»

Oí las campanas de una iglesia que tañían en la distancia, y me pregunté si mi padre habría ido a misa después de ir a verme. Él, su mujer y su hijo, la estrella del baloncesto. Había tirado su tarjeta antes de abandonar la habitación del hospital, pero no antes de observar que aún vivía en Irvington. Eso significaba que todavía debía de ser feligrés de la Inmaculada Concepción, la iglesia en que me habían bautizado.

Los padrinos que debían ayudar a mis padres a reforzar mi educación religiosa y bienestar espiritual eran amigos íntimos de mi padre, los Barry. Dave Barry también era policía estatal y a esas alturas ya se habría jubilado. Me pregunté si él o su mujer, Nancy, habrían dicho alguna vez: «Por cierto, Ted, ¿sabes algo de Ellie?».

¿O era un tema demasiado incómodo para abordarlo? Una persona a la que había que desechar con un cabeceo y un suspiro. «Es una de esas cosas tristes que suceden en la vida. Hemos de olvidarlo y continuar adelante.»

—Estás muy callada, Ellie —dijo Joan cuando encendió el motor—. ¿Cómo te encuentras, en realidad?

—Mucho mejor de lo que me atrevía a suponer —la tranquilicé—. Eres un ángel y con el dinero que me vas a prestar tan amablemente, te invito a comer.

Comprobé que el Hudson Valley Inn iba a ser un lugar perfecto para mí. Era una especie de mansión victoriana de tres pisos con un amplio porche, y en cuanto entramos en el vestíbulo, la recepcionista ya entrada en años nos miró con cautela.

Joan entregó su tarjeta para identificarse, explicó que yo había perdido el bolso y pasarían varios días antes de que consiguiera tarjetas nuevas. Eso vinculó para siempre a la señora Willis, la recepcionista, conmigo. Después de presentarse, explicó que siete años antes, en la estación de tren, había dejado el bolso a su lado, sobre el banco.

—Volví la página del periódico —recordó—, y en esa fracción de segundo, desapareció. Menuda situación. No tenía nada. Qué disgusto me llevé. Alguien había sacado trescientos dólares con mi tarjeta aun antes de serenarme lo suficiente para llamar por teléfono y...

Quizá debido a una experiencia común, me dio una habitación muy confortable.

—Su precio es el de una habitación normal, pero en realidad es de tipo suite, porque tiene una zona de estar separada con una cocina pequeña. Y lo mejor es que cuenta con una vista maravillosa del río.

Si hay algo en el mundo que adoro, es la vista de un río. No es difícil imaginar por qué. Fui concebida en la casa de Irvington que domina el Hudson y viví allí los primeros cinco años de mi vida. Recuerdo que cuando era muy pequeña, acercaba una silla a la ventana y me subía para poder echar un vistazo al río que rielaba abajo.

Joan y yo subimos poco a poco los dos tramos de escalera que conducían a la habitación, convencidas de que era justo lo que yo necesitaba, y bajamos con idéntica parsimonia al pintoresco comedor situado en la parte posterior del hostal. Para entonces, experimentaba la sensación de que cada ampolla se había multiplicado por siete.

Un Bloody Mary y un emparedado gigante me devolvieron cierta sensación de normalidad.

Después, a la hora del café, Joan frunció el ceño.

—Siento hablar de esto, Ellie, pero es necesario. Leo y yo fuimos a una fiesta anoche. Todo el mundo está hablando de tu página web.

—Continúa.

—Algunas personas piensan que es indignante —dijo con sinceridad—. Comprendo que se ajusta a la legalidad el hecho de que la registraras a nombre de Rob Westerfield, pero mucha gente opina que fue injusto e innecesario.

—Olvida tus preocupaciones —dije—. No tengo la menor intención de disparar sobre el mensajero y me interesa provocar reacciones. ¿Qué más dicen?

—Que no deberías haber puesto sus fotos de cuando fue fichado en la página web. Que el testimonio del forense cuando describió las heridas de Andrea es una lectura brutal.

—Fue un crimen brutal.

—Me has pedido que te contara lo que dice la gente, Ellie.

Joan parecía tan contrita que sentí vergüenza.

—Lo siento. Sé que todo esto es muy duro para ti.

Ella se encogió de hombros.

—Ellie, yo creo que Will Nebels asesinó a Andrea. La mitad del pueblo cree que Paulie Stroebel es culpable. Mucha gente más cree que, aunque Rob Westerfield fuera culpable, ha cumplido su condena y le han concedido la libertad provisional; que deberías aceptarlo.

—Joan, si Rob Westerfield hubiera admitido su culpabilidad y expresado su sincero arrepentimiento, le habría seguido odiando igual, pero no habría página web. Comprendo por qué la gente piensa lo que piensa, pero ahora ya no puedo detenerme.

Enlazamos las manos por encima de la mesa.

—Hay otra persona que despierta compasión, Ellie. Es la anciana señora Westerfield. Su ama de llaves va contando a todo el mundo dispuesto a escucharla que la anciana está muy disgustada por esa página web y que desearía que la cerraras hasta que un nuevo jurado haya escuchado los testimonios.

Pensé en Dorothy Westerfield, aquella elegante mujer que dio el pésame a mi madre el día del entierro; recordé que mi padre la echó de casa. No pudo tolerar su compasión en aquel momento y yo no podía permitirme entonces sentir compasión por ella.

—Será mejor que cambiemos de tema —dije—. No nos vamos a poner de acuerdo.

Joan me prestó trescientos dólares y ambas conseguimos esbozar una sonrisa sincera cuando pagué la comida.

—Simbólico —dije—, pero hace que me sienta mejor.

Nos despedimos en el vestíbulo, ante la puerta principal.

—Siento que debas subir esa escalera —dijo Joan, con expresión preocupada.

—Valdrá la pena llegar a la habitación, y puedo apoyarme en este amigo.

Di unos golpecitos en el suelo con el bastón para recalcar mis palabras.

—Llámame si necesitas algo. Si no, hablaremos mañana.

Vacilé antes de sacar a colación otro tema controvertido, pero debía preguntarle una cosa más.

—Joan, sé que nunca viste el medallón que Andrea llevaba, pero ¿sigues en contacto con alguna compañera de clase de aquel tiempo?

—Claro. Con lo que está pasando, no te quepa duda de que me llamarán.

—¿Puedes preguntarles sin más si alguna vio a Andrea con el medallón que te he descrito? Dorado, en forma de corazón, repujado en los bordes, con pequeñas piedras azules en el centro, y una «A» y una «R», las iniciales de Andrea y Rob, grabadas detrás.

—Ellie…

—Joan, cuanto más lo pienso, más me convenzo de que la única razón de que Rob volviera al garaje era que no podía permitir que encontraran el medallón en el cuerpo de Andrea. Necesito saber por qué y me ayudaría que alguien confirmara su existencia.

Joan no hizo más comentarios. Prometió que indagaría en el asunto y después se fue a casa, a su tranquila vida hogareña con su marido y sus hijos. Me apoyé con fuerza en el bastón, subí cojeando la escalera hasta mi habitación, cerré la puerta con la llave y el pestillo, me quité con cuidado las zapatillas y me derrumbé en la cama.

El timbre del teléfono me despertó. Me sobresalté al ver que la habitación estaba a oscuras. Me apoyé sobre un codo, tanteé en busca de la luz y eché un vistazo al reloj cuando descolgué el teléfono de la mesita de noche.

Eran las ocho de la tarde. Había dormido seis horas.

—Hola.

Sabía que debía de sonar atontada.

—Ellie, soy Joan. Ha sucedido algo terrible. El ama de llaves de la anciana señora Westerfield entró en la charcutería de los Stroebel esta tarde y se puso a gritar a Paulie, le dijo que admitiera que había asesinado a Andrea. Dijo que estaban torturando a la familia Westerfield por su culpa.

»Hace una hora, Paulie fue al cuarto de baño de su casa, cerró la puerta con llave y se cortó las venas. Está en el hospital, en la unidad de cuidados intensivos. Ha perdido tanta sangre que no creen que vaya a sobrevivir.

28

Encontré a la señora Stroebel en la sala de espera de la unidad de cuidados intensivos. Lloraba en silencio y las lágrimas resbalaban sobre sus mejillas. Tenía los labios muy apretados, como temerosa de que, si los abría, fuera a dar rienda suelta a todo su dolor.

Llevaba el abrigo sobre los hombros y, aunque la chaqueta de lana y la falda eran azul oscuro, vi manchas oscuras que debían de proceder de la sangre de Paulie.

Una mujer de unos cincuenta años, fornida y vestida con sencillez, estaba sentada a su lado con aire protector. Me miró con cierta hostilidad en la cara.

No sabía qué debía esperar de la señora Stroebel. Era mi página web la que había desencadenado el ataque verbal del ama de llaves de la señora Westerfield y la desesperada reacción de Paulie.

Pero la señora Stroebel se levantó y cruzó la mitad de la sala para recibirme.

—¿Te das cuenta, Ellie? —sollozó—. ¿Te das cuenta de lo que le han hecho a mi hijo?

La abracé.

—Me doy cuenta, señora Stroebel.

Miré por encima de su cabeza a la otra mujer. Captó la pregunta que le formulaban en silencio mis ojos e hizo un ademán, que yo traduje como que era demasiado pronto para saber si Paulie sobreviviría.

Entonces, se presentó.

—Soy Greta Bergner. Trabajo con la señora Stroebel y Paulie en la charcutería. Pensé que era una periodista.

Estuvimos sentadas juntas durante las siguientes doce horas. De vez en cuando, nos acercábamos a la entrada del cubículo donde Paulie estaba tendido, con una mascarilla de oxígeno en la cara, tubos en los brazos y gruesos vendajes en las muñecas.

Durante aquella larga noche, mientras observaba la angustia que reflejaba la cara de la señora Stroebel y veía sus labios moverse en una oración silenciosa, yo también me puse a rezar. Al principio, fue instintivo, pero después surgió de una forma deliberada. Si salvas a Paulie por ella, intentaré aceptar todo lo ocurrido. Quizá no lo logre, pero juro que lo intentaré.

Rayos de luz empezaron a taladrar la oscuridad exterior. A las nueve y cuarto, un médico entró en la sala de espera.

—Paulie se ha estabilizado —dijo—. Sobrevivirá. ¿Por qué no se marchan a casa y duermen un poco?

Cogí un taxi en el hospital. De camino al hostal, le dije al taxista que parara para comprar la prensa. Solo tuve que echar un vistazo a la portada del *Westchester Post* para agradecer que Paulie Stroebel no tuviera acceso a los diarios en la unidad de cuidados intensivos.

El titular era «Sospechoso de asesinato intenta suicidarse».

El resto de la portada estaba cubierta con fotos de tres personas. La foto de la izquierda era de Will Nebels posando para la cámara, con una expresión farisaica en su rostro de facciones débiles. La de la derecha era de una mujer de unos sesenta y cinco años, con una expresión preocupada que acentuaba sus rasgos severos. La foto del centro era de Paulie, detrás del mostrador de la charcutería, con un cuchillo de cortar pan en la mano.

La foto había sido recortada para que solo destacara la mano que sujetaba el cuchillo. Carecía de contexto, no existía la barra de pan que iba a cortar para preparar un bocadillo. Estaba mirando a la cámara, con el ceño fruncido.

Supuse que le habían hecho la foto por sorpresa. Fuera como

fuera, creaba el efecto de un hombre arisco, de ojos inquietantes, que blandía un arma.

Los encabezamientos de las fotos eran citas. La de Nebels era «Sé que él lo hizo». La mujer de las facciones severas decía: «Lo admitió ante mí». El encabezamiento de Paulie era «Lo siento. Lo siento».

El artículo estaba en la página 3, pero tuve que posponer su lectura. El taxi había parado ante el hostal. Una vez en mi habitación, abrí de nuevo el periódico.

La mujer de la foto de la portada era Lillian Beckerson, ama de llaves de la señora Dorothy Westerfield desde hacía treinta y un años. «La señora Westerfield es uno de los seres humanos más bondadosos que jamás haya caminado sobre la tierra —citaba el periódico—. Su marido fue senador de Estados Unidos, su abuelo fue gobernador de Nueva York. Ha vivido con esta mancha en el apellido familiar durante más de veinte años. Ahora, cuando su único nieto intenta demostrar su inocencia, la mujer que mintió en el estrado de los testigos cuando era niña vuelve para intentar destruirle de nuevo en una página web.»

Esa soy yo, pensé.

«Ayer por la tarde, la señora Westerfield estaba mirando esa página web y se echó a llorar. No pude aguantarlo más. Entré en esa charcutería y grité a aquel hombre, le pedí que dijera la verdad, que admitiera su culpabilidad. ¿Saben lo que me dijo una y otra vez? "Lo siento. Lo siento." Bien, si usted fuera inocente, ¿habría dicho eso? Yo creo que no.»

Lo harías si fueras Paulie. Me obligué a seguir leyendo. Soy periodista de investigación y comprendí que Colin Marsh, el tipo que había escrito el artículo, era uno de esos sensacionalistas que saben extraer, para luego manipular, declaraciones provocativas.

Había entrevistado a Emma Watkins, la tutora que años antes había jurado en el estrado que Paulie había dicho: «No pensé que estuviera muerta», cuando informó a la clase sobre lo de Andrea.

La señora Watkins dijo a Marsh que la condena de Rob Westerfield siempre la había preocupado. Dijo que Paulie se ponía nervioso con facilidad y si hubiera averiguado que Andrea se había burlado de él cuando dijo que irían juntos a la fiesta de Acción de Gracias, tal vez se habría disgustado lo bastante para perder los estribos.

Perder los estribos. Una forma delicada de expresarlo, pensé.

Will Nebels, aquella rata inmunda, aquel despojo humano al que le gustaba abrazar a adolescentes, era muy citado en el artículo. Con más adornos todavía que en la entrevista televisada que yo había visto, declaró a Marsh que había visto a Paulie entrar en el garaje aquella noche, provisto de un gato. Terminaba lamentando que jamás podría compensar a la familia Westerfield por no haber hablado antes.

Cuando terminé de leer, tiré el periódico sobre la cama. Estaba furiosa y preocupada a la vez. Estaban juzgando el caso en la prensa y cada vez más gente iba a creer que Rob Westerfield era inocente. Me di cuenta de que si yo hubiera leído el artículo con frialdad, tal vez me habría quedado convencida de que habían condenado al hombre equivocado.

Pero si la señora Westerfield estaba disgustada por lo que leía en mi página web, no cabía duda de que también estaba afectando a otras personas. Abrí el ordenador y puse manos a la obra.

En un gesto equivocado de lealtad, el ama de llaves de la señora Dorothy Westerfield entró como una tromba en la charcutería Stroebel y atacó verbalmente a Paulie. Pocas horas después, Paulie, un hombre apacible sometido a una gran tensión como consecuencia de las mentiras perpetradas por la máquina de dinero de los Westerfield, intentó suicidarse.

Siento compasión por la señora Dorothy Westerfield, una excelente mujer en todos los aspectos, debido al dolor que ha sufrido a causa del crimen cometido por su nieto. Creo que encontrará la paz si acepta el hecho de que el orgulloso apellido de su familia todavía puede ser respetado por las generaciones futuras.

Lo único que ha de hacer es legar su inmensa fortuna a obras de caridad que educarán a futuras generaciones de alumnos y también financiará investigaciones médicas que salvarán la vida de incontables seres humanos. Dejar esa fortuna a un asesino agrava la tragedia que hace más de veinte años acabó con la vida de mi hermana y ayer estuvo a punto de costarle la vida a Paulie Stroebel.

Tengo entendido que se ha formado un comité de apoyo a Rob Westerfield.

Les invito a todos a formar un comité de apoyo a Paulie Stroebel.

¡Usted primero, señora Dorothy Westerfield!

No está mal, pensé, mientras transfería el texto a la página web. Cuando estaba cerrando el ordenador, sonó mi móvil.

—He estado leyendo los periódicos.

Reconocí de inmediato la voz. Era el hombre que afirmaba haber estado en la cárcel con Rob Westerfield y le había oído confesar otro asesinato.

—Esperaba su llamada.

Intenté adoptar un tono indiferente.

—Tal como yo lo veo, Westerfield se lo está montando muy bien para dejar en mal lugar a ese chiflado de Stroebel.

—No es ningún chiflado —repliqué.

—Como quiera. Este es el trato. Cinco mil pavos. Le diré el nombre de pila del tipo al que Rob Westerfield se jactó de haber matado.

—¡El nombre de pila!

—Es todo lo que sé. Lo toma o lo deja.

—¿No puede proporcionarme nada más? ¿Cuándo ocurrió, dónde ocurrió?

—Solo sé el nombre de pila y necesito el dinero el viernes.

Ese día era lunes. Tenía unos tres mil dólares en una cuenta de ahorros en Atlanta y, aunque odiara la idea, podía pedir prestado el resto a Pete si el adelanto del libro no llegaba antes del viernes.

—¿Y bien?

Su voz era impaciente.

Sabía que existían muchas probabilidades de que me estuvieran estafando, pero decidí arriesgarme.

—Tendré el dinero el viernes —prometí.

29

El miércoles por la noche había vuelto, más o menos, a la normalidad. Tenía tarjetas de crédito, permiso de conducir y dinero. Me
habían transferido por vía electrónica un adelanto por el libro a
un banco cercano al hostal. La mujer del portero de Atlanta había ido a mi apartamento y llenado una maleta con mis ropas, que
me envió al día siguiente. Las ampollas de mis pies estaban curando y hasta tuve tiempo de cortarme el pelo.

Lo más importante era que tenía una cita en Boston el jueves
por la tarde con Christopher Cassidy, el alumno becado de Arbinger que, a los catorce años, había recibido una paliza a manos de
Rob Westerfield.

Ya había añadido a la página web el relato de la doctora Margaret Fisher, en el que describía cómo Rob Westerfield le retorció el brazo y le pagaron quinientos dólares por no presentar
denuncia.

Le envié por correo electrónico el texto antes de ponerlo en
la página web. No solo estuvo de acuerdo, sino que aportó su
opinión profesional acerca de que el temperamento impulsivo y
la violencia que había experimentado podían haber sido la misma
reacción que le impulsó a matar a golpes a Andrea.

Por otra parte, Joan se había puesto en contacto con el círculo
de amigas íntimas de Andrea en el instituto, y me informó de que
ninguna la había visto llevar ningún medallón, excepto el que mi
padre le regaló.

Todos los días publicaba la descripción del medallón en la página web y preguntaba si alguien podía suministrarme cualquier información al respecto. Hasta el momento, no había obtenido el menor resultado. Mi correo electrónico estaba lleno de mensajes. Algunos alababan lo que estaba haciendo. Otros protestaban con vehemencia. También se habían apuntado algunos chiflados. Dos se confesaban culpables del asesinato. Uno decía que Andrea seguía viva y quería que yo fuera a rescatarla.

Un par de cartas me amenazaron. La que consideré auténtica decía que sobrevivir al incendio le había causado una gran decepción. Añadía: «Bonito camisón. L. L. Bean, ¿verdad?».

¿El remitente habría observado el incendio desde el bosque, o podía ser el intruso que había entrado en el apartamento y tal vez reparado en el camisón colgado en el ropero? Cualquiera de ambas perspectivas me intimidaba y, en caso de admitirlo, las dos eran aterradoras.

Llamaba a la señora Stroebel varias veces al día y a medida que Paulie se iba recuperando, cada vez percibía más alivio en su voz. Y también preocupación.

—Ellie, si se celebra un nuevo juicio y Paulie ha de prestar declaración, temo que vuelva a intentarlo. Me ha dicho: «Mamá, en el juicio seré incapaz de responder de forma coherente. Me preocupaba que Andrea saliera con Rob Westerfield. Yo no la amenacé». —Después, añadió—: Mis amigas no paran de llamarme. Ven tu página web. Dicen que todo el mundo debería tener un adalid como tú. Se lo diré a Paulie. Quiere que vayas a verle.

Prometí que iría el viernes.

Salvo para hacer algunos recados, me había quedado casi todo el tiempo en la habitación, trabajando en el libro. El servicio de habitaciones me subía las comidas. Sin embargo, el miércoles por la noche decidí bajar a cenar.

El comedor era casi idéntico al del Parkinson Inn, pero parecía más normal. Las mesas estaban más separadas y el mantel era blanco, en lugar de a cuadros rojos y blancos. Los centros de mesa del Parkinson consistían en una gruesa y alegre vela, en lugar de un pequeño jarrón con flores. Los comensales de mi hostal eran de una edad bastante más avanzada, en lugar de los grupos bulliciosos que frecuentaban el Parkinson.

Pero la comida era igual de buena y después de dudar entre costillar de cordero y pez espada, cedí a mi deseo y pedí el cordero.

Saqué de mi bolso un libro que tenía muchas ganas de leer y durante la siguiente hora disfruté de mi combinación favorita: una buena cena y un buen libro. Estaba tan concentrada en la historia, que cuando la camarera despejó la mesa y me habló, alcé la vista sobresaltada.

Dije que sí al café y no al postre.

—El caballero de la mesa de al lado querría invitarla a una copa después de la cena.

Creo que supe que se trataba de Rob Westerfield incluso antes de volver la cabeza. Estaba sentado a menos de dos metros de mí, con una copa de vino en la mano. La levantó en un brindis burlón y sonrió.

—Me preguntó si sabía su nombre, señorita. Se lo dije y le escribió esta nota.

Me tendió una tarjeta con todo su nombre grabado en relieve: Robson Parke Westerfield. Dios mío, me está tratando a cuerpo de rey, fue el pensamiento que pasó por mi cabeza mientras daba la vuelta a la tarjeta.

En la parte de atrás había escrito: «Andrea era mona, pero tú eres guapa».

Me levanté, me acerqué a él, rompí la tarjeta y arrojé los pedazos dentro de su copa de vino.

—A lo mejor quieres darme el medallón que cogiste después de matarla —propuse.

Sus pupilas se ensancharon y la expresión burlona de sus ojos azul cobalto se desvaneció. Por un instante, pensé que iba a levantarse de un brinco y atacarme, tal como había atacado a la doctora Fisher en el restaurante años atrás.

—Ese medallón te preocupaba mucho, ¿eh, presidiario? —le pregunté—. Bien, creo que todavía te preocupa y voy a averiguar por qué.

La camarera se hallaba de pie entre las mesas, con expresión perpleja. Era evidente que no había reconocido a Westerfield, por lo cual me pregunté cuándo había llegado a Oldham.

Señalé a Westerfield con un cabeceo.

—Haga el favor de traer al señor Westerfield otra copa de vino, y cárguela a mi cuenta.

En algún momento de la noche, desactivaron la alarma de mi coche y forzaron el tapón del depósito de gasolina. Una manera muy eficaz de destruir un coche es meter arena en el depósito de gasolina.

La policía de Oldham, en forma del detective White, respondió a mi llamada acerca del BMW averiado. Si bien no me preguntó de dónde había sacado la arena, sí habló de que el incendio declarado en el garaje de la señora Hilmer había sido provocado sin la menor duda. También dijo que los restos de las toallas empapadas en gasolina que habían iniciado el fuego eran idénticas a las toallas que la señora Hilmer había dejado en el armario de ropa blanca del apartamento.

—Una coincidencia muy curiosa, señorita Cavanaugh —dijo—. ¿Verdad?

30

Fui en un coche alquilado a Boston para verme con Christopher Cassidy. Estaba furiosa por el atentado contra mi coche y preocupada porque sabía que debía afrontar algo más. Había pensado que el intruso que entró en el apartamento debía de buscar el material que yo iba a utilizar en la página web. A esas alturas, me preguntaba si el principal motivo de su intrusión era robar cosas que pudiera utilizar más tarde para provocar el incendio que casi me costó la vida.

Sabía, por supuesto, que el responsable de todo era Rob Westerfield y que contaba con matones, como el que me había abordado en el aparcamiento de Sing Sing, para hacer el trabajo sucio. Mi objetivo era demostrar al mundo que un examen concienzudo de su vida sacaría a la luz una pauta de violencia durante años que había desembocado en la muerte de Andrea. Además, estaba convencida de que su intención era convertirme en la siguiente víctima de esa violencia.

Al igual que el riesgo de pagar cinco mil dólares por el nombre de pila de otra posible víctima de Westerfield, también debía afrontar ese peligro.

Los buenos reporteros han de ser compulsivamente puntuales. Como no podía utilizar mi coche, a la espera de que la policía redactara el informe, y luego tuve que ir a un establecimiento de alquiler de coches, me retrasé. Todavía llegaba a tiempo para la cita, pero me encontré con mal tiempo.

La predicción meteorológica era de cielos nublados y nevadas suaves por la noche. Las nevadas suaves empezaron a setenta y cinco kilómetros de Boston. El resultado fueron carreteras resbaladizas y embotellamientos de tráfico. A medida que transcurrían los minutos, no dejaba de mirar el reloj del salpicadero, preocupada por la lentitud del tráfico. La secretaria de Christopher Cassidy me había advertido de que debía ser puntual, pues el hombre me reservaba un breve tiempo de un día muy ocupado y aquella misma noche partía hacia Europa.

Faltaban cuatro minutos para las dos cuando llegué sin aliento a su oficina. La cita era a las dos. Durante los escasos minutos que estuve sentada en la elegante sala de recepción, tuve que hacer un supremo esfuerzo para calmarme. Me sentía aturdida y desorganizada y además, empezaba a tener dolor de cabeza.

A las dos en punto, la secretaria de Cassidy se presentó para acompañarme a su despacho. Mientras la seguía, repasé en mi mente todo lo que había averiguado sobre Cassidy. Sabía, por supuesto, que había sido alumno becado del colegio Arbinger y que había fundado su propia empresa. Cuando le busqué en internet, descubrí que se había licenciado en Yale con el número uno de su promoción, después se doctoró en la Harvard Business School y tantas organizaciones de caridad le habían rendido honores, que debía de ser un donante generoso.

Tenía cuarenta y dos años, estaba casado, tenía una hija de quince años y era un deportista consumado.

Un gran tipo, sin duda.

En cuanto entré en el despacho, salió de detrás de su escritorio, se acercó a mí y extendió la mano.

—Me alegro de verla, señorita Cavanaugh. ¿Puedo llamarte Ellie? Es como si ya nos conociéramos. ¿Nos sentamos ahí?

Indicó la zona de estar cercana a la ventana.

Elegí el sofá. Él se sentó en el borde de la butaca que había delante de mí.

—¿Café o té? —preguntó.

—Café solo, por favor —dije agradecida. Pensé que una taza de café aclararía mis ideas.

Descolgó el teléfono de la mesa. Durante el breve momento que habló con su secretaria, tuve la oportunidad de observarle. Me gustó lo que vi. Su traje azul oscuro hecho a medida y la camisa blanca eran conservadores, pero la corbata roja con diminutos palos de golf indicaba un toque de rebeldía. Era ancho de hombros, tenía un cuerpo robusto pero delgado, una buena mata de pelo rubio y ojos de color avellana hundidos.

Daba la sensación de proyectar energía, e intuí que Christopher Cassidy no desperdiciaba ni un momento de su vida.

Fue al grano.

—Cuando Craig Parshall telefoneó, me dijo el motivo de que quisieras hablar conmigo.

—Entonces, ya sabe que Rob Westerfield ha salido de la cárcel y es probable que consiga un nuevo juicio.

—Y que intenta echar la culpa de la muerte de tu hermana a otra persona. Sí, lo sé. Culpar a otro de sus errores es típico de él. Ya lo hacía a los catorce años.

—Ese es el tipo de información que quiero colgar en la página web. Los Westerfield han conseguido un supuesto testigo ocular que miente en su beneficio. Tal como están las cosas, en un segundo juicio gozan de bastantes posibilidades de lograr una absolución y después destruirán sus antecedentes. Rob Westerfield se convierte en el mártir que pasó más de veinte años en la cárcel por un crimen que no cometió. No puedo permitir que eso ocurra.

—¿Qué quieres que te diga?

—Señor Cassidy —empecé.

—Todos los que desprecian a Rob Westerfield me llaman Chris.

—Chris, según Craig Parshall, Westerfield te pegó una paliza cuando cursabais segundo curso en Arbinger.

—Los dos éramos buenos deportistas. Había un puesto vacante de primer lanzador en el equipo titular. Competimos por él y yo gané. Supongo que le dio vueltas al asunto. Un día o dos después, yo volvía de la biblioteca al dormitorio. Iba cargado de libros. Llegó por detrás y me golpeó en el cuello. Antes de que pudiera reaccionar, se arrojó sobre mí. Terminé con la nariz y la mandíbula rotas.

—¿Y nadie le detuvo?

—Había elegido un buen momento. Me atacó cuando no había nadie cerca y luego dijo que yo le había provocado. Por suerte, un alumno de último año estaba mirando por una ventana y vio lo ocurrido. La escuela no deseaba escándalos, por supuesto. Los Westerfield habían sido grandes donantes durante generaciones. Mi padre estaba dispuesto a presentar una denuncia, pero le ofrecieron una beca completa para mi hermano, que entonces estaba en octavo, si lo reconsideraba. Ahora estoy seguro de que los Westerfield sufragaron esa beca.

Llegó el café. No había probado nada tan sabroso. Cassidy se llevó la taza a los labios con aire pensativo.

—Para ser justo con la escuela, Rob fue obligado a renunciar al final del trimestre.

—¿Puedo contar esta historia en la página web? Tu nombre aportaría mucho valor a lo que intento hacer.

—Por supuesto. Recuerdo cuando tu hermana murió. Leí todos los reportajes sobre el juicio, a causa de Westerfield. En aquel tiempo, ardía en deseos de subir al estrado y decirles que era un animal. Tengo una hija de la edad de tu hermana cuando murió. Solo puedo imaginar lo que sufrió tu padre, lo que sufrió toda tu familia.

Asentí.

—Nos destruyó como familia.

—No me sorprende.

—Antes de que te atacara, ¿tenías mucho contacto con él en el colegio?

—Yo era el hijo de un cocinero de tercera. Él era un Westerfield. No malgastó tiempo en mí, hasta que me interpuse en su camino.

Cassidy consultó su reloj. Había llegado el momento de darle las gracias y marcharme. No obstante, debía formularle todavía una última pregunta.

—¿Qué sabes de su primer curso? ¿Tuviste mucho contacto con él?

—La verdad es que no. Nos dedicábamos a actividades diferentes. Él se integró en el grupo de teatro y actuó en un par de obras. Las vi y he de admitir que era muy bueno. No fue el protagonista de ninguna obra, pero fue votado como el mejor actor por una de ellas y supongo que eso le satisfizo durante un tiempo.

Cassidy se levantó y yo le imité, a regañadientes.

—Has sido muy amable —empecé a decir, pero él me interrumpió.

—Acabo de recordar algo. Es evidente que a Westerfield le gustaba sobresalir y no quería perder su momento de gloria. Llevaba una peluca rubia en esa obra y, para que no olvidáramos lo bueno que era, se la ponía a veces. Además, adoptó las características del personaje y recuerdo que llegó a firmar con el nombre de ese personaje cuando pasaba notas en clase.

Pensé en la aparición de la noche anterior de Rob Westerfield, cuando había dado la impresión a la camarera de que estaba flirteando conmigo.

—Todavía sigue actuando —dije con semblante sombrío.

Comí a toda prisa y volví al coche a las tres y media. Seguía nevando y el viaje de ida a Boston empezó a parecer una excursión comparado con el viaje de vuelta a Oldham. Llevaba el móvil en el asiento de al lado, para no perderme la llamada del tipo que había estado con Westerfield en la cárcel.

Había insistido en que necesitaba el dinero el viernes. Ya me había hecho a la idea de que su información iba a ser valiosa, y temía que el hombre cambiara de idea.

Eran las once y media de la noche cuando volví por fin al hostal. Acababa de entrar en mi habitación, cuando el teléfono sonó. Era la llamada que estaba esperando, pero la voz que oí esta vez era presa de la agitación.

—Escuche, creo que han descubierto mi paradero. Tal vez no salga de aquí.

—¿Dónde está?

—Escuche. Si le digo el nombre, ¿puedo confiar en que me pague más adelante?

—Sí.

—Westerfield habrá imaginado que puedo causarle problemas. Ha tenido toneladas de dinero desde el momento en que nació. Yo no he tenido nada. Si salgo de aquí y usted me paga, al menos tendré un poco. Si no, tal vez usted pueda acusar a Westerfield de mi asesinato.

A esas alturas estaba convencida de que hablaba en serio, de que se encontraba en posesión de la información.

—Juro que le pagaré. Le juro que acabaré con Westerfield.

—Westerfield me dijo: «Maté a golpes a Phil y fue estupendo». ¿Lo ha oído? Phil. Ese es el nombre.

La comunicación se cortó.

31

Rob Westerfield tenía diecinueve años cuando asesinó a Andrea. Durante los ocho meses siguientes, le detuvieron, acusaron, juzgaron, condenaron y encarcelaron. Si bien había estado en libertad bajo fianza antes de su condena, no podía creer que hubiera corrido el riesgo de asesinar a alguien durante esos ocho meses.

Lo cual significaba que el crimen anterior había sido cometido entre veintidós y veintisiete años antes. Tenía que investigar esos cinco o seis años de su vida para intentar descubrir una relación entre Rob y un difunto llamado Phil.

Parecía increíble pensar que Rob hubiera podido cometer un asesinato entre los trece y los catorce años. ¿O no? Solo tenía catorce cuando agredió a Christopher Cassidy.

Calculé que, durante aquellos años, había pasado un año y medio en Arbinger, Massachusetts, luego seis meses en la Bath Public School de Inglaterra, dos años en el colegio Carrington de Maine y más o menos un semestre en Willow, una universidad vulgar cercana a Buffalo. Los Westerfield tenían una casa en Vail y otra en Palm Beach. Supuse que Rob Westerfield habría estado en todos esos lugares. Era posible que también hubiera salido al extranjero con su clase.

Demasiado territorio para cubrir. Sabía que necesitaba ayuda.

Marcus Longo había sido detective para la oficina del fiscal del distrito en el condado de Westchester durante veinticinco años. Si alguien podía investigar el homicidio de un hombre únicamente con el nombre de pila como pista, yo habría apostado por él.

Por suerte, cuando telefoneé a Marcus, se puso él, en lugar del contestador automático. Tal como yo sospechaba, había volado a Colorado para recoger a su mujer.

—Nos quedamos unos días más para mirar algunas casas —explicó—. Creo que hemos encontrado una.

Su tono cambió.

—Iba a hablarte del bebé, pero puedo esperar. Tengo entendido que han sucedido muchas cosas durante mi ausencia.

—Debo darte la razón, Marcus. ¿Puedo invitarte a comer? Necesito tu ayuda.

—La ayuda es gratis. Yo te invito a comer.

Nos encontramos en el restaurante de la estación de tren de Cold Spring. Después de tomar unos bocadillos gigantes y café le conté mi fin de semana.

No dejó de hacerme preguntas.

—¿Crees que provocaron el incendio para asustarte o para matarte?

—Yo estaba más que asustada. No estaba segura de salir con vida.

—De acuerdo. ¿Dices que la policía de Oldham cree que tú lo provocaste?

—El agente White estuvo a punto de esposarme.

—Su primo trabajaba en la oficina del fiscal del distrito cuando yo trabajaba allí. Ahora es juez y miembro del mismo club de golf que el padre de Rob. Para ser justo, siempre pensó que Paulie Stroebel era culpable del asesinato de Andrea. Estoy seguro de que ha sido él quien ha puesto a White en contra de ti. Esa página web es muy irritante para los amigos de los Westerfield.

—En ese caso, ha sido un éxito.

Paseé la vista a mi alrededor para comprobar que nadie nos oía.

—Marcus...

—Ellie, ¿no te das cuenta de que no paras de mirar a un lado y a otro? ¿Qué o a quién estás buscando?

Le hablé de la aparición de Rob Westerfield en el hostal.

—Se presentó cuando casi había terminado de cenar —dije—. Alguien debió de avisarle. Estoy segura.

Sabía que Marcus me aconsejaría ser prudente o me pediría que dejara de añadir material provocador a la página web. No le concedí la oportunidad.

—Marcus, alguien que estuvo en la cárcel con Rob me llamó por teléfono.

Le hablé del trato que había cerrado para comprar información, así como de la llamada de la noche antes.

Escuchó en silencio, mientras sus ojos escrutaban mi rostro.

—Crees a ese tipo, ¿verdad? —preguntó a continuación.

—Marcus, sabía que podían estafarme cinco mil dólares, pero esto es diferente. Este hombre teme por su vida. Quería que yo supiera lo de Phil para poder vengarse de Westerfield.

—Dices que se refirió al letrero que exhibiste ante la prisión.

—Sí.

—Supones que era un preso, lo cual significa que debieron de dejarle en libertad aquel día. Solo fuiste una vez, ¿verdad?

—Exacto.

—Ellie, ese tipo también podría ser un funcionario de prisiones que entraba o salía de la cárcel mientras tú estabas montando el número. Con dinero se puede sobornar tanto a funcionarios como a reclusos.

No había pensado en eso.

—Confiaba en que pudieras conseguir una lista de los presos que fueron liberados al día siguiente de Westerfield. Luego, podrías averiguar si le pasó algo a uno de ellos.

—Puedo hacerlo. Supongo que eres consciente de que esto podría llevarte a un callejón sin salida.

—Lo sé, pero no lo creo. —Abrí mi cartera—. He hecho una lista de los colegios a los que fue Rob Westerfield, tanto aquí como en Inglaterra, y de los lugares donde su familia posee casas. Hay bases de datos con listas de los homicidios sin solucionar que ocurrieron entre veintidós y veintisiete años atrás, ¿verdad?

—Por supuesto.

—¿El condado de Westchester tiene una?

—Sí.

—¿Puedes acceder a ella, o pedir a alguien que lo haga por ti?

—Puedo.

—Por tanto, no te costaría mucho averiguar si hay alguna víctima que responda al nombre de Phil, ¿verdad?

—No.

—¿Podrías investigar la base de datos sobre crímenes sin resolver ocurridos en las zonas cercanas a los colegios y casas donde Westerfield pasó cierto tiempo?

Marcus consultó la lista.

—Massachusetts, Maine, Florida, Colorado, Nueva York, Inglaterra. —Lanzó un silbido—. Mucho territorio. Veré qué puedo hacer.

—Una cosa más. Conociendo los métodos de Rob Westerfield, ¿existe una base de datos de crímenes resueltos que incluyera a un tal Phil como víctima y a un condenado que hubiera afirmado en todo momento su inocencia?

—Nueve de cada diez condenados se declaran inocentes, Ellie. Empecemos con los crímenes sin resolver, a ver qué averiguamos.

—Mañana voy a publicar la historia de Christopher Cassidy sobre Rob en la página web. Nadie dudará de la integridad de Cassidy, de modo que su relato puede influir bastante. Nunca he ido al colegio Carrington. Intentaré conseguir una cita para el lunes o el martes.

—Consulta las listas de alumnos que estudiaron con Westerfield durante esos años —dijo Marcus, mientras pedía la cuenta.

—Ya lo he pensado. En uno de esos colegios habría podido estudiar un alumno llamado Phil que se peleó con Westerfield.

—Eso amplía las posibilidades —advirtió Marcus—. Los alumnos de los colegios de secundaria privados proceden de todas las partes del país. Westerfield podría haber seguido a uno de ellos hasta su casa para saldar la deuda.

«Maté a golpes a Phil y fue estupendo.»

¿Quiénes eran las personas que querían a Phil?, me pregunté. ¿Aún lloraban su pérdida? Claro que sí.

La camarera dejó la cuenta delante de Marcus. Esperé a que se alejara para hablar.

—Llamaré a mi contacto de Arbinger. Me ha sido muy útil. Cuando vaya a Carrington y Willow College, haré averiguaciones sobre los alumnos de la época de Westerfield. Philip no es un nombre tan vulgar.

—Ellie, crees que alguien informó a Rob Westerfield de que estabas cenando en el hostal anoche, ¿verdad?

—Sí.

—Me has dicho que tu informador afirmó que temía por su vida, ¿verdad?

—Sí.

—A Rob Westerfield le preocupa que tu página web pueda influir en su abuela para que legue su dinero a obras de caridad. Es posible que esté aterrorizado por el hecho de que puedas descubrir otro crimen que le envíe a la cárcel de por vida. ¿Te das cuenta de lo precaria que es tu situación?

—La verdad es que sí, pero no puedo hacer nada al respecto.

—¡Sí que puedes, Ellie, maldita sea! Tu padre era policía estatal. Se ha jubilado. Podrías vivir en su casa. Él podría ser tu guardaespaldas. Necesitas uno, créeme. Y algo más: si la historia de ese tipo es auténtica, contribuir a encerrar de nuevo a Westerfield contribuiría también a que tu padre diera por concluida su agonía. Creo que no tienes ni idea de lo doloroso que ha sido todo esto para él.

—¿Ha estado en contacto contigo?

—Sí.

—Tus intenciones son buenas, Marcus —dije mientras me levantaba—, pero creo que no entiendes una cosa. Mi padre dio por concluida su agonía cuando nos dejó marchar y no hizo nada por recuperarnos. Mi madre necesitaba y esperaba que lo hiciera, pero él no movió un dedo. La próxima vez que te llame, dile que vea a su hijo jugar a baloncesto y me deje en paz.

Marcus me dio un abrazo cuando nos separamos en el aparcamiento.

—Te llamaré en cuanto empiece a obtener respuestas —prometió.

Volví al hostal. La señora Willis estaba en recepción.

—Su hermano la está esperando en el solario —dijo.

32

Estaba mirando por la ventana, dándome la espalda. Medía casi un metro noventa, más alto de lo que parecía en televisión. Llevaba pantalones cortos caqui, zapatillas deportivas y la chaqueta de su colegio. Tenía las manos en los bolsillos y su pie derecho no cesaba de agitarse. Me dio la impresión de que estaba nervioso.

Debió de oír mis pasos porque giró en redondo. Nos miramos.

«Nunca podrás negar de quién es hija —decía en broma mi abuela a mi madre sobre Andrea—. Es tu viva imagen.»

Si mi madre hubiera estado presente en ese momento, habría dicho lo mismo sobre nosotros dos. En apariencia, al menos, no podíamos negar nuestro mutuo origen.

—Hola, Ellie. Soy tu hermano Teddy.

Se acercó a mí con la mano extendida.

Hice como si no la viera.

—¿Podemos hablar unos minutos?

Su voz aún no era tan profunda como la de mi padre, pero sí modulada. Parecía preocupado, pero decidido.

Negué con la cabeza y di media vuelta para marcharme.

—Eres mi hermana —dijo—. Podrías concederme cinco minutos, al menos. Hasta podría caerte bien si me conocieras.

Me volví hacia él.

—Teddy, me pareces un joven muy agradable, pero estoy segura de que tienes cosas mejores que hacer que perder el tiempo conmigo. Sé que tu padre te ha enviado. Al parecer, no acaba de darse cuenta de que no quiero saber nunca más nada de él.

—También es tu padre. Lo creas o no, nunca dejó de ser tu padre. No me ha enviado él. No sabe que estoy aquí. He venido porque quería conocerte. Siempre he querido conocerte.

Había cierto tono de súplica en su voz.

—¿Por qué no tomamos un refresco o algo por el estilo?

Negué con la cabeza.

—Por favor, Ellie.

Tal vez fue porque sus labios pronunciaron mi nombre, o porque me costaba ser tan grosera. Ese chico no me había hecho nada.

—Hay una máquina de refrescos en el pasillo —me oí decir. Empecé a rebuscar en mi bolso.

—Yo llevo monedas. ¿Qué quieres?

—Agua sin gas.

—Yo también. Vuelvo enseguida.

Su sonrisa expresaba timidez y alivio al mismo tiempo.

Tomé asiento en el confidente de mimbre, mientras intentaba imaginar una forma de sacármelo de encima. No tenía ganas de escuchar un discurso sobre las virtudes de nuestro padre o las ventajas de olvidar el pasado.

Tal vez ha sido un gran padre para dos de sus hijos, Andrea y tú, pero yo me colé entre las rendijas.

Teddy regresó con dos botellines de agua. Leí en su mente cuando echó un vistazo al confidente y la butaca. Tomó la sabia decisión de decantarse por la butaca. No quería que se sentara a mi lado. Carne de mi carne, sangre de mi sangre, pensé. No, eso se refiere a Adán y Eva, no a hermanos.

Hermanastros.

—Ellie, ¿vendrás a verme jugar a baloncesto algún día?

No era lo que yo esperaba.

—Quiero decir, ¿no podríamos ser amigos, al menos? Siempre esperé que vinieras a vernos, pero si no quieres, tú y yo podríamos reunirnos de vez en cuando. Leí tu libro el año pasado, sobre los casos en los que has trabajado. Era estupendo. Me gustaría hablar contigo de ellos.

—Teddy, en este momento estoy muy ocupada y...

Me interrumpió.

—Miro tu página web todos los días. Lo que escribes sobre Westerfield le estará volviendo loco. Eres mi hermana, Ellie, y no quiero que te pase nada.

Tuve ganas de decir: «Haz el favor de no llamarme hermana», pero las palabras murieron en mis labios. Me decanté por:

—Haz el favor de no preocuparte por mí. Sé cuidar de mí misma.

—¿Puedo ayudarte en algo? Esta mañana leí en el periódico lo de tu coche. Imagina que alguien afloja una rueda o sabotea los frenos. Me gustan los coches. Podría echar un vistazo al tuyo, o acompañarte en el mío.

Se mostraba tan entusiasta y preocupado que no pude por menos que sonreír.

—Teddy, tienes que ir al colegio, y entrenar mucho, supongo. Yo tengo mucho trabajo.

Nos levantamos al mismo tiempo.

—Nos parecemos mucho —dijo.

—Lo sé.

—Me alegro, Ellie. Ahora te dejo en paz, pero volveré.

Ojalá tu padre hubiera mostrado la misma insistencia, pensé. Después me di cuenta de que, en ese caso, ese chico nunca habría nacido.

Me dediqué durante un par de horas a preparar la historia de Christopher Cassidy para la página web. Cuando consideré que estaba correcta, se la envié por correo electrónico para que me diera su aprobación.

Marcus Longo me llamó a las cuatro.

—Ellie, los Westerfield te han robado la idea. Tienen una página web: comap-rob.com.

—Déjame que lo adivine: comité de apoyo a Rob.

—Exacto. Tengo entendido que han publicado anuncios en todos los periódicos de Westchester. En esencia, la estrategia consiste en presentar relatos conmovedores de personas inocentes que fueron condenadas por crímenes que no cometieron.

—Relacionándolas con Rob Westerfield, la más inocente de todas.

—En efecto. Pero también te han investigado y sacado a la luz un material comprometedor.

—¿Qué quieres decir?

—El Fromme Center, un manicomio.

—Hice un reportaje clandestino sobre esa institución. Era una estafa. El estado de Georgia pagaba una fortuna y no había psiquiatras o psicólogos titulados en el equipo.

—¿Te ingresaron allí?

—¿Estás loco, Marcus? Claro que no.

—¿Te tomaron una fotografía en el Fromme Center en la que salías tumbada en una cama con los brazos y las piernas sujetos?

—Sí, y se tomó para ilustrar lo que estaba pasando en ese lugar. Después de que el estado clausurara Fromme y trasladara a los pacientes a otras instituciones, hicimos un reportaje de seguimiento sobre la forma en que trataban a los pacientes, a los que mantenían encadenados en ocasiones durante días. ¿Por qué?

—Sale en la página web de Westerfield.

—¿Sin ninguna explicación?

—Insinuando que te ingresaron por la fuerza. —Hizo una pausa—. Ellie, ¿te sorprende que esa gente juegue sucio?

—Me sorprendería que no lo hicieran, la verdad. Publicaré todo el artículo, incluyendo la fotografía y el texto, en mi página web. Lo haré con un nuevo encabezamiento: «La última mentira de Westerfield». Pero ya empiezo a darme cuenta de que hay más gente enganchada a su página web que a la mía.

—Y viceversa. Esa es mi siguiente preocupación. Ellie. ¿Piensas publicar algo en tu página web sobre el otro posible homicidio?

—No estoy segura. Por una parte, alguien que la vea podría facilitar información sobre la víctima del asesinato. Por otra, podría poner sobre aviso a Rob Westerfield y ayudarle a borrar su rastro.

—O desembarazarse de alguien que pudiera prestar un testimonio negativo para él. Has de ir con mucho cuidado.

—Puede que eso ya haya sucedido.

—Exacto. Avísame cuando tomes la decisión.

Me conecté a la red y busqué la nueva página web: «El comité de apoyo a Robson Westerfield».

La habían diseñado muy bien, con una cita de Voltaire debajo del encabezado: «Vale más correr el riesgo de salvar a un culpable que condenar a un inocente».

Bajo la cita estaba la foto de un serio y pensativo Rob Westerfield. A continuación, una serie de artículos sobre personas que habían sido encarceladas injustamente. Los artículos estaban bien escritos y eran muy conmovedores. No me costó imaginar que Jake Bern había sido el autor.

La sección personal de la página web presentaba a los Westerfield como si fueran la realeza estadounidense. Había fotos de Rob cuando era pequeño con su abuelo, el senador de Estados Unidos, a la edad de nueve o diez años con su abuela, ayudándole a cortar la cinta de un nuevo centro infantil fundado por los Westerfield. Había fotos de él con sus padres abordando el *Queen Elizabeth II* y vestido con equipo de tenis en el club Everglades.

Supongo que querían transmitir la idea de que era indigno de aquel joven privilegiado segar una vida humana.

Yo era la estrella de la siguiente ventana. Me plasmaba espatarrada en la cama del Fromme Center, con las piernas y los brazos sujetos con esposas, vestida con uno de los muy inadecuados camisones obligatorios para los pacientes. Apenas me cubría una manta muy fina.

El encabezamiento rezaba: «La testigo cuya declaración condenó a Robson Westerfield».

Desconecté. He heredado una costumbre de mi padre. Cuando estaba muy furioso por algo, se mordisqueaba la comisura derecha del labio.

Yo estaba haciendo lo mismo.

Pasé media hora intentando calmarme, mientras revisaba los

pros y los contras, y trataba de imaginar cómo publicar la presunta confesión de Westerfield de otro asesinato.

Marcus Longo había hablado de un problema territorial a la hora de investigar un homicidio sin resolver que Rob Westerfield pudiera haber cometido.

Internet es internacional.

¿Correría algún riesgo si aireaba el nombre de la supuesta víctima?

Pero mi informador no identificado ya corría peligro, y él lo sabía.

Al final, redacté algo muy sencillo.

Hará entre veintidós y veintisiete años, es posible que Rob Westerfield cometiera otro crimen. Un día que estaba drogado en la cárcel, dijo literalmente: «Maté a golpes a Phil y fue estupendo».

Cualquiera que posea información sobre este crimen, puede enviarme un correo electrónico a ellie1234@mediaone.net. Confidencial y recompensado.

Examiné el escrito. No cabía duda de que Rob Westerfield lo leería. Pero ¿y si conocía la existencia de alguien, además de mi informador anónimo, capaz de perjudicarle con la información que poseía?

Hay dos cosas que no hace un periodista de investigación: revelar fuentes y poner en peligro a gente inocente.

Me abstuve de publicar el escrito.

33

El viernes por la noche, me rendí y llamé a Pete Lawlor.

—Bienvenido al servicio contestador...

—Soy tu ex compañera de trabajo, tan interesada en tu bienestar que quiere preguntarte por tu estado de ánimo, tus perspectivas laborales y la salud —dije—. Se agradecerá una respuesta.

Me llamó media hora después.

—Debe de ser difícil para cualquiera hablar contigo.

—Exacto. Por eso se me ocurrió llamarte.

—Gracias.

—¿Puedo preguntarte dónde estás ahora?

—En Atlanta. Haciendo las maletas.

—Deduzco que has tomado una decisión.

—Sí. Un trabajo ideal. Con base en Nueva York, pero que supone viajar mucho. Reportajes desde todos los puntos calientes del planeta.

—¿Qué periódico?

—Negativo. Voy a ser una estrella de la televisión.

—¿Tuviste que perder cinco kilos para que te contrataran?

—No recuerdo que fueras cruel.

Reí. Hablar con Pete inyectaba un poco de realidad cotidiana, y además divertida, en mi vida cada vez más surrealista.

—¿Estás bromeando, o de veras vas a trabajar en la televisión?

—Va en serio. Para Packard Cable.

—Packard. Eso es fantástico.

—Es una de las cadenas por cable más recientes, pero está creciendo con celeridad. Estaba a punto de aceptar el trabajo de Los Ángeles, aunque no era exactamente lo que yo quería, pero me llamaron.

—¿Cuándo empiezas?

—El miércoles. Me hallo en el proceso de subarrendar el piso y empaquetar cosas para cargar el coche. Iré el domingo por la tarde. ¿Cenamos el martes?

—Claro. Me alegro de oír tu melodiosa voz...

—No cuelgues, Ellie. He estado mirando tu página web.

—Es muy buena, ¿verdad?

—Si ese tipo es lo que tú dices, estás jugando con fuego.

Ya lo he hecho, pensé.

—Prométeme que no dirás que vaya con cuidado.

—Lo prometo. Hablaremos el lunes por la tarde.

Volví al ordenador. Eran casi las ocho y había estado trabajando sin parar. Pedí la cena al servicio de habitaciones y, mientras esperaba, hice unos cuantos estiramientos y pensé mucho.

Al menos de momento, hablar con Pete había ensanchado mis miras. Durante las dos últimas semanas había vivido en un mundo cuya figura central era Rob Westerfield. Entonces, por un momento, pensaba más allá de ese tiempo, de su segundo juicio, de mi capacidad para demostrar al mundo las profundidades de su naturaleza violenta.

Podría desenterrar y publicar todas sus maldades. Quizá podría seguir la pista de un crimen sin resolver que había cometido. Podría contar su sucia historia en mi libro. Después, podría empezar el resto de mi vida.

Enlacé las manos detrás de la cabeza y empecé a moverme de un lado a otro. Tenía muy tensos los músculos del cuello, y me sentó bien intentar estirarlos. Lo que no me sentó tan bien fue darme cuenta de que echaba mucho de menos a Pete Lawlor, y de que no querría regresar a Atlanta a menos que él estuviera allí.

El sábado por la mañana hablé con la señora Stroebel. Me dijo que Paulie había salido de cuidados intensivos y era probable que le dieran el alta después del fin de semana.

Prometí que me pasaría más tarde a verles, a eso de las tres. Cuando llegué, la señora Stroebel estaba sentada junto a la cama de Paulie. En cuanto me vio, comprendí por su expresión preocupada que había problemas.

—Le subió mucho la fiebre a la hora de comer. Tiene una infección en un brazo. El médico ha dicho que se pondrá bien, pero estoy preocupada, Ellie, muy preocupada.

Miré a Paulie. Sus brazos estaban cubiertos de gruesas vendas, sujetos a varios goteros. Estaba muy pálido y movía la cabeza de un lado al otro.

—Le están dando un antibiótico, además de un calmante —dijo la señora Stroebel—. La fiebre le pone nervioso.

Acerqué una silla y me senté a su lado.

Paulie empezó a murmurar. Abrió los ojos de repente.

—Estoy aquí, Paulie —dijo la señora Stroebel—. Ellie Cavanaugh ha venido a hacernos compañía.

—Hola, Paulie.

Me levanté y me incliné sobre la cama para que pudiera verme. Tenía los ojos vidriosos a causa de la fiebre, pero intentó sonreír.

—Mi amiga Ellie.

—No te quepa la menor duda.

Cerró los ojos de nuevo. Un momento después, empezó a murmurar de forma incoherente. Le oí susurrar el nombre de Andrea.

La señora Stroebel no dejaba de enlazar y desenlazar las manos.

—Solo habla de eso. Siempre acecha en su mente. Tiene mucho miedo de volver al tribunal. Nadie sabe hasta qué punto le asustaron la última vez.

Alzó la voz y vi que la agitación de Paulie aumentaba. Apreté su mano y señalé la cama con un cabeceo. La mujer comprendió lo que quería decir.

—Claro, Ellie, gracias a ti todo saldrá bien —dijo en tono optimista—. Paulie lo sabe. La gente entra en la tienda y me dice que ha visto la página web donde demuestras lo mala persona que es Rob Westerfield. Paulie y yo miramos la página la semana pasada. Nos hizo muy felices.

Paulie pareció calmarse un poco, pero luego susurró:

—Pero mamá... Supón que me olvido y...

De pronto, la señora Stroebel dio muestras de agitación.

—No hables más, Paulie —dijo con brusquedad—. Duérmete. Has de recuperarte.

—Mamá...

—Paulie, has de callarte.

Apoyó una mano dulce pero decidida sobre sus labios.

Tuve la clara impresión de que la señora Stroebel estaba inquieta y tenía ganas de que me marchara, así que me levanté.

—Mamá...

La señora Stroebel se puso en pie como impulsada por un resorte y bloqueó el acceso a la cama, como temerosa de que me acercara demasiado a Paulie.

No tenía ni idea de qué la inquietaba tanto.

—Despídame de Paulie, señora Stroebel —me apresuré a decir—. La llamaré mañana para saber cómo se encuentra.

Paulie había empezado a hablar de nuevo, al tiempo que se removía sin cesar y hablaba de manera incoherente.

—Gracias, Ellie. Adiós.

La señora Stroebel empezó a empujarme hacia la puerta.

—¡Andrea... —gritó Paulie—, no salgas con él!

Giré en redondo.

La voz de Paulie aún era clara, pero su tono era de miedo y suplicante.

—Mamá, supón que me olvido y les hablo del medallón que llevaba. Intentaré no decirlo, pero si me olvido, no dejarás que me metan en la cárcel, ¿verdad?

34

—Hay una explicación. Tienes que creerme. No es lo que piensas —sollozó la señora Stroebel cuando salimos de la habitación de Paulie y nos quedamos en el pasillo.

—Tenemos que hablar y ha de ser sincera conmigo —contesté.

Pero no podíamos hacerlo en aquel momento. El médico de Paulie se acercaba por el pasillo.

—Te llamaré mañana por la mañana, Ellie —prometió—. Ahora estoy demasiado preocupada.

La señora Stroebel meneó la cabeza y dio media vuelta, mientras intentaba recuperar la serenidad.

Volví al hostal en piloto automático. ¿Era posible, era remotamente posible, que hubiera estado equivocada durante todo ese tiempo? ¿Había sido Rob Westerfield, y toda su familia, la víctima de una terrible equivocación de la justicia?

«Me retorció el brazo... Llegó por detrás y me golpeó en el cuello...» «Dijo: "Maté a golpes a Phil y fue estupendo".»

La reacción de Paulie al ataque verbal del ama de llaves de la señora Westerfield había sido atentar contra sí mismo, no contra otra persona.

No podía creer que Paulie hubiera sido el asesino de Andrea, pero estaba segura de que, años antes, la señora Stroebel le había prohibido decir algo que sabía.

El medallón.

Cuando entré en el aparcamiento del hostal, la ironía de lo

que estaba ocurriendo casi me abrumó. Nadie, absolutamente nadie creía que Rob Westerfield había regalado a Andrea un medallón que llevaba la noche en que murió.

Pero entonces, la existencia del medallón había sido confirmada por la única persona a la que aterrorizaba admitir en público que conocía su existencia.

Miré a mi alrededor cuando bajé del coche. Eran las cuatro y cuarto, y las sombras ya eran largas y oblicuas. Los jirones de sol aparecían y desaparecían entre las nubes y un leve viento estaba barriendo las hojas supervivientes de los árboles. Emitían una especie de crujido cuando se deslizaban sobre el camino de entrada y mi mente enfebrecida los traducía como pasos.

El aparcamiento estaba casi lleno y entonces recordé que me había fijado cuando salí por la tarde en los preparativos para un banquete de bodas. Para encontrar un hueco tuve que doblar la curva para dirigirme a la parte más alejada de la zona de aparcamiento, con lo cual perdía de vista el hostal. La sensación de que alguien me vigilaba amenazaba con convertirse en un estado mental crónico.

No corrí, pero me moví con celeridad cuando atravesé una fila de coches aparcados en dirección a la seguridad del hostal. Cuando pasé junto a una furgoneta antigua, la puerta se deslizó a un lado de repente y un hombre saltó e intentó agarrarme del brazo.

Me puse a correr y recorrí unos tres metros, pero entonces tropecé con uno de los mocasines demasiado grandes que había comprado para acomodar mis pies vendados.

Mientras uno de los zapatos salía volando, caí hacia delante y traté de recuperar el equilibrio, pero ya era demasiado tarde. Las palmas de las manos y mi cuerpo recibieron la peor parte de la caída y me quedé sin aliento.

El hombre se arrodilló al instante a mi lado.

—No grite —me urgió—. No voy a hacerle daño. No grite, por favor.

No podría haberlo hecho. Tampoco habría podido huir de él en dirección al hostal. Todo mi cuerpo temblaba en reacción al tremendo impacto con la dura superficie del suelo. Abrí la boca e inhalé grandes bocanadas de aire.

—¿Qué... quiere?

Al menos, pude pronunciar aquellas palabras.

—Hablar con usted. Iba a enviarle un e-mail, pero no quería que otros lo vieran. Quiero venderle una información sobre Rob Westerfield.

Le miré. Su cara estaba muy cerca de la mía. Era un hombre de unos cuarenta años, de pelo ralo no muy limpio. Tenía el hábito compulsivo de mirar a su alrededor, como alguien dispuesto a salir huyendo de un momento a otro. Vestía una chaqueta de leñador muy gastada y tejanos.

Mientras me ponía en pie con grandes esfuerzos, recogió mi mocasín y me lo devolvió.

—No voy a hacerle daño —repitió—. Es peligroso que me vean con usted. Escúcheme: si no le interesa lo que he de decirle, me largo.

Tal vez no pensaba con la cabeza en aquel momento, pero por algún motivo le creí. Si hubiera querido matarme, ya había contado con suficientes oportunidades.

—¿Está dispuesta a escuchar? —preguntó con impaciencia.

—Adelante.

—¿Le importa sentarse en mi furgoneta un par de minutos? No quiero que nadie me vea. Hay gente de los Westerfield por todo el pueblo.

Tenía toda la razón, pero no estaba dispuesta a sentarme en su furgoneta.

—Hable aquí.

—Tengo algo que podría relacionar a Westerfield con un delito que cometió hace años.

—¿Cuánto quiere?

—Mil pavos.

—¿Qué tiene?

—¿Sabe que dispararon y dejaron por muerta a la abuela de Westerfield hace unos veinticinco años? Escribió sobre eso en su página web.

—Sí, lo hice.

—Mi hermano, Skip, fue a la cárcel por ese trabajito. Le cayeron veinte años. Murió después de cumplir la mitad de la condena. No pudo soportarlo. Nunca había gozado de buena salud.

—¿Su hermano fue el que disparó contra la señora Westerfield y robó en su casa?

—Sí, pero Westerfield lo planeó; nos contrató a Skip y a mí para hacer el trabajo.

—¿Por qué?

—Westerfield estaba metido en drogas. Por eso dejó la universidad. Debía dinero a mucha gente. Había visto el testamento de su abuela. Le dejaba solo a él cien mil dólares. En cuanto palmara, los tendría en el bolsillo. Nos prometió diez mil dólares por el trabajo.

—¿Él estuvo con ustedes aquella noche?

—¿Bromea? Estaba en Nueva York, cenando con sus padres. Sabía curarse en salud.

—¿Les pagó a su hermano o a usted?

—Antes del trabajo, entregó a mi hermano un Rolex como garantía. Después, denunció su robo.

—¿Por qué?

—Para procurarse una coartada, una vez detuvieron a mi hermano. Westerfield dijo que nos había conocido en una bolera la noche antes de que atentaran contra la vieja. Dijo que Skip no dejaba de mirar su reloj, de modo que lo guardó en su bolsa cuando empezó a jugar. Dijo a la policía que, cuando fue a sacar el reloj de la bolsa, ya no estaba, y nosotros nos habíamos ido. Juró que esa había sido la única vez que nos vio a Skip o a mí.

—¿Cómo habrían podido saber quién era su abuela sin que él se lo dijera?

—Había salido en la primera plana del periódico. Donó dinero para el hospital, o algo por el estilo.

—¿Cómo les detuvieron?

—A mí no. Detuvieron a mi hermano al día siguiente. Tenía antecedentes y estaba nervioso por haber disparado contra la vieja. Ese fue el motivo de que entrara en la casa, pero Westerfield quería que pareciera un robo. Rob no nos dio la combinación de la caja fuerte porque solo la familia la conocía y eso le habría delatado. Dijo a Skip que llevara un escoplo y un cuchillo para rascar la caja como si hubieran intentado forzarla en vano. Pero Skip se hizo un corte en la mano y se quitó el guante para secarla. Debió de tocar la caja, porque encontraron sus huellas en ella.

—Después, subió y disparó contra la señora Westerfield.

—Sí, pero nadie pudo demostrar que yo había estado allí. Yo era quien vigilaba y conducía el coche. Skip me dijo que mantuviera la boca cerrada. Se comió el marrón y Westerfield salió libre.

—Y usted también.

Se encogió de hombros.

—Sí, lo sé.

—¿Cuántos años tenía?

—Dieciséis.

—¿Cuántos tenía Westerfield?

—Diecisiete.

—¿Su hermano no intentó implicar a Westerfield?

—Claro. Nadie le creyó.

—Yo no estoy tan segura. La abuela de Westerfield cambió el testamento. El legado de cien mil dólares desapareció.

—Estupendo. Dejaron que Skip alegara intento de asesinato, con una condena de veinte años. Le habrían podido caer treinta, pero su confesión los redujo a un máximo de veinte. El fiscal del distrito aceptó el trato para que la vieja no tuviera que testificar en el juicio.

El sol había desaparecido por completo tras las nubes. Aún estaba temblorosa a causa de la caída y, además, tenía frío.

—¿Cómo se llama usted? —pregunté.

—Alfie. Alfie Leeds.

—Le creo, Alfie —dije—. Pero no sé por qué me cuenta esto ahora. Nunca ha existido la menor prueba que demostrara la participación de Rob Westerfield en ese delito.

—Yo tengo la prueba de que estuvo implicado.

Alfie introdujo la mano en el bolsillo y extrajo una hoja de papel doblada.

—Esto es una copia del plano que Rob Westerfield nos dio

para que mi hermano pudiera entrar en la casa sin que se disparara la alarma.

Sacó de otro bolsillo un bolígrafo linterna.

El aparcamiento azotado por el viento no era el lugar más
adecuado para estudiar un plano. Examiné al tipo de nuevo. Era
dos centímetros más bajo que yo y no parecía muy fuerte. Decidí arriesgarme.

—Subiré a la furgoneta, pero solo en el asiento del conductor
—le dije.

—Como usted quiera.

Abrí la puerta del conductor y paseé la vista a mi alrededor.
No había nadie más. Habían abatido el asiento trasero y contenía
lo que parecían cubos de pintura, un trapo y una escalerilla. Él se
dirigió al asiento del otro lado. Me puse detrás del volante sin
cerrar del todo la puerta. Sabía que si era una trampa, aún podría
huir.

Debido a mi trabajo de reportera de investigación, había conocido a cierto número de personajes desagradables en lugares
que no habría visitado de otra manera. Como resultado, mi instinto de supervivencia se había hiperdesarrollado. Decidí que,
aceptando el hecho de que estaba encerrada con un tipo que había participado en un intento de asesinato, me encontraba lo más
segura posible.

Cuando ambos estuvimos dentro de la furgoneta, me dio el
papel. El delgado rayo de la linterna bastó para reconocer la casa
y el camino de acceso de la señora Westerfield. Incluso estaba
plasmado el garaje-escondite. Debajo de los edificios había un
esquema detallado del interior de la mansión.

—Como ve, muestra dónde está la alarma y facilita el código
para desactivarla. Rob no estaba preocupado por el hecho de que
desactivar la alarma atrajera la atención hacia él, porque muchos
obreros y otros empleados también conocían el código. Ahí está
el plano de la planta baja, la biblioteca con la caja fuerte, la escalera que sube al dormitorio de la vieja y la sección contigua a la
cocina, que era donde vivía la criada.

Había un nombre impreso al pie de la hoja.

—¿Quién es Jim? —pregunté.

—El tipo que dibujó esto. Westerfield nos dijo a Skip y a mí que había hecho algún trabajo en la casa. Nunca le conocimos.

—¿Su hermano enseñó esto a la policía en algún momento?

—Quiso usarlo, pero el abogado de oficio dijo que lo olvidara. Afirmó que mi hermano carecía de pruebas de que Westerfield se lo hubiera dado, y hasta el hecho de que estuviera en posesión de Skip resultaba negativo para él. Añadió que, al estar la caja fuerte en la planta baja, y el dormitorio de la vieja indicado con total exactitud, todo ello ayudaría a demostrar que Skip pensaba matarla.

—Jim pudo haber corroborado la historia de su hermano. ¿Alguien intentó encontrarle?

—Supongo que no. He guardado el plano todos estos años, y cuando vi su página web, imaginé que también le gustaría investigar esto y acusar a Westerfield. ¿Trato hecho? ¿Me dará mil pavos por él?

—¿Cómo puedo estar segura de que no lo ha dibujado usted para sacarme el dinero?

—No puede. Devuélvamelo.

—Alfie, si el abogado hubiera investigado a ese tal Jim, habría hablado de él al fiscal del distrito y le habría enseñado el plano, con lo cual no habrían tenido otro remedio que investigar en serio dicha información. Tal vez su hermano habría obtenido una sentencia más leve a cambio de su colaboración y Westerfield también habría pagado por este delito.

—Sí, pero había otro problema. Westerfield nos contrató a mi hermano y a mí para hacer el trabajo. El abogado dijo a mi hermano que si la policía acababa deteniendo a Westerfield, él llegaría a un acuerdo y diría al fiscal del distrito que yo estaba implicado. Skip era cinco años mayor que yo y se sentía culpable por haberme metido en el lío.

—Bien, el crimen ha prescrito, tanto para usted como para Rob. Pero espere un momento. Dice que esta es una copia del original. ¿Dónde está el original?

—El abogado lo rompió. Dijo que no quería que cayera en las manos equivocadas.

—¡Lo rompió!

—No sabía que Skip había hecho una copia y me la había dado.

—La quiero —dije—. Le daré el dinero mañana por la mañana.

Nos estrechamos la mano. Su piel parecía un poco sucia, pero también tenía callos, lo cual significaba que debía de trabajar duro.

Mientras el hombre doblaba el papel pulcramente en varios pliegues y lo guardaba en el bolsillo interior, no resistí la tentación de decir:

—Con esta clase de prueba, no entiendo por qué el abogado de su hermano no intentó llegar a un acuerdo con el fiscal del distrito. No habría sido difícil localizar a un empleado llamado Jim, autor de este plano. La policía le habría apretado los tornillos para que delatara a Rob y ustedes habrían sido juzgados en un tribunal de menores. Me pregunto si el abogado de su hermano no le vendió a los Westerfield.

El hombre sonrió y exhibió sus dientes manchados.

—Ahora trabaja para ellos. Es ese tal Hamilton, el que sale en la televisión diciendo que va a conseguir un nuevo juicio y la absolución para Rob.

35

Cuando volví a la habitación, había un mensaje de la señora Hilmer diciendo que la llamara. Había hablado con ella varias veces desde el incendio y se había portado de maravilla conmigo. Solo estaba preocupada por mi bienestar y muy impresionada por el hecho de que me librara por poco de quedar atrapada en el incendio. Casi parecía que le había hecho un favor, al ser la causa de que el garaje y el apartamento hubieran quedado reducidos a escombros. Quedé a comer el domingo con ella.

Apenas había colgado cuando llamó Joan. También había hablado con ella, pero no nos habíamos visto durante la semana, y yo estaba impaciente por devolverle el dinero y la ropa prestada. Había llevado a la lavandería los pantalones, el jersey y la chaqueta, así como la ropa interior, y había comprado una botella de champán para Joan y Leo, y otra para la amiga que era de mi talla.

Pero ese no era el motivo de la llamada de Joan. Ella, Leo y los chicos iban a ir a cenar a Il Palazzo, y querían que les acompañara.

—Estupenda pasta, estupenda pizza, un sitio divertido —prometió—. Creo que te gustará mucho.

—No hace falta que me lo vendas. Iré encantada.

De hecho, necesitaba salir. Después de mi encuentro con Alfie en el aparcamiento, solo podía pensar en toda la gente cuyas vidas habían sido alteradas o destruidas por Rob Westerfield y la fortuna de su familia.

Primero Andrea, por supuesto. Después, mi madre. Después, Paulie, aterrado de que le sonsacaran el hecho de que sabía algo sobre el medallón. Supiera lo que supiera del medallón, apostaría mi vida a que no lo relacionaba con la muerte de Andrea.

La señora Stroebel, trabajadora y honrada, también había quedado atrapada en la telaraña de desdichas de los Westerfield. Debió de significar un tormento para ella que Paulie subiera al estrado de los testigos durante el juicio. En el caso de que alguien me hubiera creído cuando dije que Rob había regalado el medallón a Andrea, y hubieran interrogado a Paulie al respecto, habría podido arrojar la culpa sobre él con toda facilidad.

Creía todo lo que Alfie Leeds me había contado. No me cabía la menor duda de que su hermano había sido un asesino en potencia. Se ofreció a matar a la señora Westerfield y la dejó por muerta. Pese a su maldad, le asignaron un abogado de oficio para defenderle. El abogado le vendió a los Westerfield.

Imaginaba a William Hamilton, *juris doctor*, al comprender que aquel caso podía catapultarle al éxito. Debió de ir a ver al padre de Rob, le enseñó el plano y fue recompensado como merecía.

Alfie también era una víctima. Su hermano mayor le había protegido y sin duda se sentía culpable por no encontrar una forma de crucificar a Rob Westerfield. Había pasado todos esos años sentado sobre una prueba que tenía miedo de enseñar a quien fuera.

Lo que más me costaba aceptar era la certeza de que, si hubieran condenado a Rob Westerfield por el intento de asesinato de su abuela, nunca habría conocido a Andrea.

A esas alturas, había otra persona en mi lista negra: el abogado William Hamilton.

En cualquier caso, esos eran los tristes y furiosos pensamientos que pasaban por mi cabeza cuando Joan llamó. Necesitaba un respiro. Quedamos a las siete en Il Palazzo.

«Arremetiendo contra molinos de viento», me dije mientras recorría en coche la breve distancia que me separaba del centro de la ciudad. Tenía la sensación de que me seguían. Quizá debería llamar al agente White, pensé con sarcasmo. Estaba terriblemente preocupado por mí. Vendría enseguida, con sirenas y todo.

Oh, dale un respiro, me dije a mí misma. Está convencido de que he vuelto a este pueblo para causar problemas, y de que estoy obsesionada porque Rob Westerfield es un hombre libre.

De acuerdo, agente White, soy obsesiva en ese punto, pero yo no me he quemado los pies ni estropeado mi coche para demostrar mi teoría.

Joan, Leo y sus tres hijos estaban sentados a la mesa de un rincón cuando llegué a Il Palazzo. Apenas recordaba a Leo. Iba a último curso del instituto cuando Andrea y yo estábamos en segundo.

Era inevitable que cuando la gente de aquella época me veía de nuevo, lo primero que les viniera a la mente fuera la muerte de Andrea. Después, o emitían algún comentario, o bien realizaban un evidente esfuerzo por pasar de puntillas sobre el tema.

Me gustó la forma en que Leo me recibió.

—Me acuerdo de ti, Ellie, por supuesto —dijo—. Estabas con Andrea en casa de Joan un par de veces que pasé por allí. Eras una niña muy seria.

—Y ahora soy una adulta muy seria —contesté.

Me cayó bien de inmediato. Medía alrededor de metro ochenta, corpulento, de pelo castaño claro e inteligentes ojos oscuros. Su sonrisa era como la de Joan, cálida y sincera. Transmitía la sensación de que podías confiar en él. Sabía que era corredor de bolsa, de modo que tomé nota mental de hablar con él si alguna vez tenía dinero. Estaba segura de que aceptaría su consejo.

Las edades de los chicos eran diez, catorce y diecisiete años. El mayor, Billy, estaba en último curso del instituto y casi de inmediato me dijo que su equipo de baloncesto había jugado contra el de Teddy.

—Teddy y yo hemos hablado de las universidades a las que vamos a optar, Ellie —dijo—. Los dos intentaremos Dartmouth y Brown. Espero que acabemos en la misma. Es un chico estupendo.

—Sí, lo es —admití.

—No me dijiste que le habías conocido —saltó Joan al instante.

—Pasó a verme por el hostal.

Capté un brillo satisfecho en sus ojos. Quise decirle que no reservara una fecha para el gran reencuentro de los Cavanaugh, pero entonces llegaron las cartas y Leo fue lo bastante listo para cambiar de tema.

Había trabajado bastante de canguro en mi adolescencia y me gustaban los críos. Mi trabajo en Atlanta no me permitía frecuentar a muchos, de modo que había pasado un tiempo considerable desde la última vez. Era un placer estar con esos muchachos. Al cabo de poco rato, mientras tomábamos mejillones y pasta, me hablaron de sus actividades y prometí a Sean, el de diez años, que jugaría al ajedrez con él.

—Soy buena —le advertí.

—Yo soy mejor —me aseguró.

—Eso ya lo veremos.

—¿Qué te parece mañana? Es domingo. Estaremos en casa.

—Lo siento, tengo planes para mañana. Pero jugaremos pronto. —Entonces, recordé algo y miré a Joan—. No he metido en el coche la maleta que quería devolverte.

—Tráela mañana y jugaremos una partida de ajedrez —propuso Sean.

—Tienes que comer —dijo Joan—. ¿Almuerzo a las once y media?

—Eso suena estupendo —le dije.

El bar de Il Palazzo consistía en una sección acristalada del comedor, junto al vestíbulo de entrada. Cuando llegué, no me había fijado en nadie del bar, pero había reparado en que, durante la cena, Joan lanzaba miradas preocupadas hacia allí.

Estábamos tomando café cuando descubrí el motivo de su preocupación.

—Ellie, Will Nebels está en el bar desde antes de que llegaras. Alguien le habrá indicado tu presencia. Viene hacia aquí y, a juzgar por su aspecto, yo diría que está borracho.

La advertencia no llegó a tiempo. Sentí unos brazos alrededor de mi cuello, un beso baboso en la mejilla.

—La pequeña Ellie, querida mía, la pequeña Ellie Cavanaugh. ¿Te acuerdas de cuando te arreglé el columpio, cariño? Tu padre nunca sirvió para esas cosas. Tu mamá siempre me llamaba. «Will, haz esto, Will, haz lo otro…»

Me estaba besando la oreja y la nuca.

—Quítale las manos de encima —dijo Leo con voz tensa. Se había puesto en pie.

Yo estaba literalmente paralizada. Nebels apoyaba todo su peso sobre mi cuerpo. Sus brazos descansaban sobre mis hombros. Sus manos se estaban deslizando por debajo de mi jersey.

—Y la pequeña Andrea. Vi con mis propios ojos que aquel subnormal entraba en el garaje con el gato…

Un camarero le estaba tirando de un lado, Leo y Billy del otro. Yo intentaba alejar su rostro, sin éxito. Me estaba besando los ojos. Después, su boca húmeda y maloliente a cerveza se apretó contra mis labios. Mi silla empezó a inclinarse hacia atrás mientras nos debatíamos. Me aterrorizaba la idea de que me golpeara la nuca contra el suelo y él me cayera encima.

Pero los hombres de las mesas cercanas corrieron en mi ayuda y manos fuertes agarraron la silla antes de que cayera al suelo.

Después, se llevaron a Nebels por la fuerza y enderezaron mi silla. Sepulté la cara entre las manos. Por segunda vez en seis horas, temblaba con tal violencia que era incapaz de responder a las preguntas que me ametrallaban desde todas partes. El par de broches que sujetaban mi pelo se habían soltado y en esos momentos me caía sobre los hombros. Noté que Joan lo acariciaba y quise suplicarla que parara: en aquel momento, la compasión no era lo más adecuado para mí. Tal vez intuyó lo que sentía, porque retiró la mano.

Oí que el gerente se deshacía en disculpas. Pues claro que has de disculparte, pensé. Hace mucho rato que tendrías que haber echado a ese borracho.

Aquel arranque de ira fue todo lo que necesitaba para serenarme. Levanté la cabeza y empecé a alisarme el pelo. Después, paseé la vista alrededor de la mesa, observé los rostros preocupados y me encogí de hombros.

—Estoy bien —dije.

Miré a Joan y adiviné sus pensamientos. Era como si los estuviera expresando a gritos.

Ellie, ¿comprendes ahora lo que dije acerca de Will Nebels? Admitió haber entrado en casa de la señora Westerfield aquella noche. Lo más probable es que estuviera borracho. ¿Qué crees que habría hecho si vio entrar a Andrea sola en el garaje?

Media hora más tarde, después de una taza de café, insistí en volver sola a casa, pero de camino me pregunté si había sido una imprudencia. Estaba segura de que me seguían y no pensaba correr el riesgo de entrar sola en el aparcamiento. En consecuencia, no me desvié hacia el hostal, sino que pasé de largo y llamé a la policía por el móvil.

—Enviaremos un coche —dijo el agente de guardia—. ¿Dónde está?

Se lo dije.

—Muy bien. Dé media vuelta y entre por el camino de acceso del hostal. Iremos pisando los talones de su perseguidor. No baje del coche bajo ninguna circunstancia hasta que lleguemos.

Conduje muy despacio y el coche de detrás me imitó. Sabiendo que un coche patrulla estaba al llegar, me alegré de que mi perseguidor perseverara. Quería que la policía averiguara quién era el conductor y por qué me seguía.

Una vez más, me acerqué al hostal. Giré por el camino de entrada, seguida por mi perseguidor. Un momento después, vi el cono de luz y oí la sirena de la policía.

Aparqué a un lado del camino de entrada. Dos minutos después, el coche patrulla, con el cono apagado, paró detrás. Un policía bajó y se acercó a mi coche. Cuando bajé la ventanilla, vi que sonreía.

—La estaban siguiendo, señorita Cavanaugh. El chico dice que es su hermano y que solo quería asegurarse de que regresaba sana y salva.

—¡Oh, por el amor de Dios, dígale que se vaya a casa! —grité—. Después, añadí—: Pero dele las gracias, por favor.

36

Había pensado llamar a Marcus Longo el domingo por la mañana, pero él se me adelantó. Cuando el teléfono sonó a las nueve, yo estaba enfrascada con el ordenador, con mi segunda taza de café sobre la mesa.

—Creo que siempre has sido madrugadora, Ellie —dijo—. Espero estar en lo cierto.

—De hecho, hoy me he levantado tarde —contesté—. A las siete.

—Es lo que esperaba de ti. Me he puesto en contacto con la administración de Sing Sing.

—¿Para saber si se habían enterado de que un preso recién liberado o un guardia de la prisión había sufrido un fatal accidente?

—Exacto.

—¿Sabes algo?

—Tú fuiste a Sin Sing el 1 de noviembre. Herb Coril, un recluso que estuvo un tiempo en el mismo pabellón de celdas de Rob Westerfield, fue excarcelado esa mañana. Se alojaba en una casa de la parte baja de Manhattan. Nadie le ha visto desde el viernes por la noche.

—Recibí la última llamada el viernes por la noche, a eso de las diez y media —dije—. La persona que llamó temía por su vida.

—No podemos estar seguros de que sea la misma persona, ni tampoco de que Coril no violara las condiciones de su libertad condicional y se largara.

—¿Tú qué opinas? —pregunté.

—Nunca he creído en las coincidencias, sobre todo en este caso.

—Ni yo.

Conté a Marcus mi encuentro con Alfie.

—Solo espero que no le pase nada a Alfie antes de que te entregue el plano —dijo Marcus en tono sombrío—. No me sorprende esta noticia. Todos creíamos que Rob Westerfield había planeado el trabajo. Sé lo que debe suponer para ti.

—¿Te refieres al hecho de que Rob habría ido a prisión y nunca hubiera conocido a Andrea? No paro de pensar en eso y me ha estado torturando sin cesar.

—Supongo que eres consciente de que, incluso con la copia del plano y una declaración de Alfie ante el fiscal del distrito, nunca conseguirás una condena. Alfie estuvo implicado en el delito y el plano está firmado por alguien llamado Jim que nadie sabe quién es.

—Lo sé.

—Ese delito ha prescrito para todos, Westerfield, Alfie y Jim, sea quien sea.

—No te olvides de Hamilton. Si pudiera demostrar que destruyó pruebas que hubieran procurado a su cliente una sentencia más leve al implicar a Westerfield, el comité de ética se lanzaría sobre él.

Prometí a Marcus que le dejaría ver el plano cuando Alfie me lo trajera. Después, me despedí y traté de concentrarme en mi trabajo. Iba lenta, no obstante, y al cabo de un rato comprendí que había llegado el momento de ir a casa de Joan.

Esta vez, me acordé de la maleta y la bolsa de plástico de la lavandería con los pantalones, el jersey y la chaqueta.

Incluso antes de acercarme al monasterio de los frailes franciscanos de Graymoor, supe que iba a pararme allí. Durante toda la semana, un recuerdo había ido emergiendo poco a poco de mi subconsciente. Había ido a ese lugar con mi madre después de la muerte de Andrea. Ella había telefoneado al padre Emil, un sacerdote que conocía. Aquel día iba a estar en el asilo de San Cristóbal, y acordaron verse allí.

El asilo de San Cristóbal, situado en los terrenos del monasterio, es el hogar de los frailes destinado a hombres desamparados, alcohólicos o drogadictos. Recordaba vagamente haber estado sentada con una mujer, seguramente una secretaria, mientras mi madre estaba en el despacho. Después, el padre Emil nos llevó a la capilla.

Recordaba que había un libro a un lado de la capilla en que la gente escribía rogativas. Mi madre escribió algo y luego me pasó la pluma.

Quería volver a la capilla.

El fraile que me recibió se presentó como hermano Bob. No rechazó mi petición. La capilla estaba vacía y él se quedó en la puerta mientras yo me arrodillaba unos minutos. Después, paseé la vista a mi alrededor y vi el atril con el enorme libro.

Me acerqué y cogí la pluma.

De repente, recordé lo que había escrito la última vez: «Deja que Andrea vuelva con nosotros, por favor».

Esta vez, no pude reprimir las lágrimas.

—Se han derramado muchas lágrimas en esta capilla.

El hermano Bob estaba a mi lado.

Hablamos durante una hora. Cuando fui a casa de Joan, me había reconciliado con Dios.

Joan y yo no nos pusimos de acuerdo sobre la representación de Will Nebels de la noche anterior.

—Estaba borracho como una cuba, Ellie. ¿Cuánta gente se va de la boca cuando ha bebido demasiado? Yo creo que es en esos momentos cuando más sinceros son, y no lo contrario.

Tuve que admitir que Joan estaba en lo cierto. Había investigado y escrito sobre dos casos en que el asesino nunca habría sido capturado de no haber ido ciego de whisky o vodka, y abierto su corazón a alguien que llamó de inmediato a la policía.

—De todos modos, yo no lo veo así —les expliqué a ella y Leo—. Para mí, Will Nebels es un perdedor puro y duro. Piensa en él como el material que viertes en un molde de gelatina. Tú decides la forma, y así sale. No estaba demasiado borracho para recordar que una vez arregló mi columpio y que mi padre no nació con una herramienta en la mano.

—Estoy de acuerdo con Ellie —dijo Leo—. Nebels es más complicado de lo que parece a primera vista. Eso no significa que Joan ande errada. Si Nebels vio a Paulie Stroebel entrar en el garaje aquella noche, fue lo bastante listo para darse cuenta de que el crimen había prescrito y que podía sacarse unos pavos.

—Solo que no lo pensó él —dije—. Fueron a buscarle. Accedió a contar la historia que necesitaban y le pagaron por ello.

Empujé hacia atrás mi silla.

—El almuerzo ha sido maravilloso —dije—, y ahora me apetece ganar una partida de ajedrez a Sean.

Por un momento, me detuve a mirar por la ventana. Era el segundo mediodía de domingo maravilloso que me hallaba en esa sala a la misma hora. Disfruté de nuevo la vista espectacular del río y la montaña.

En mi mundo, que distaba mucho de ser tan plácido, gozar de esa vista era como estar en un oasis.

Yo gané la primera partida. Sean la segunda. Convinimos en jugar la revancha «muy pronto».

Antes de volver al hostal, telefoneé al hospital y hablé con la señora Stroebel. La fiebre de Paulie había remitido y se encontraba mucho mejor.

—Quiere hablar contigo, Ellie.

Cuarenta minutos después estaba junto a su cama.

—Tienes mucho mejor aspecto que ayer —le dije.

Aún estaba muy pálido, pero sus ojos brillaban y estaba reclinado contra dos almohadas. Sonrió con timidez.

—Ellie, mamá me ha dicho que tú también sabes que vi el medallón.

—¿Cuándo lo viste, Paulie?

—Yo trabajaba en la estación de servicio. Mi primer trabajo fue lavar y limpiar los coches después de repararlos. Un día que limpié el coche de Rob, encontré el medallón encajado en el asiento delantero. La cadena estaba rota.

—¿Quieres decir el día que encontraron el cadáver de Andrea?

Pero era absurdo, pensé. Si Rob volvió en busca del medallón aquella mañana, no lo habría dejado en su coche. ¿Podía haber sido tan estúpido?

Paulie miró a su madre.

—¿Mamá? —preguntó.

—No pasa nada, Paulie —dijo ella con dulzura—. Has tomado muchos medicamentos y cuesta recordarlo todo con claridad. Me dijiste que viste el medallón dos veces.

Miré fijamente a la señora Stroebel, mientras intentaba decidir si le estaba dando pistas, pero Paulie asintió.

—Exacto, mamá. Lo encontré en el coche. La cadena estaba rota. Se lo entregué a Rob y él me dio una propina de diez dólares. Los guardé con el dinero que estaba ahorrando para tu regalo del cincuenta cumpleaños.

—Me acuerdo, Paulie.

—¿Cuándo cumplió cincuenta años, señora Stroebel? —pregunté.

—El primero de mayo, el mayo anterior a la muerte de Andrea.

—¡El mayo anterior a la muerte de Andrea!

Estaba estupefacta. Entonces, él no le compró el medallón, pensé. Era de alguna chica que lo había perdido en el coche, mandó grabar las iniciales y se lo regaló a Andrea.

—¿Te acuerdas bien del medallón, Paulie? —pregunté.

—Sí. Era bonito. Tenía forma de corazón y era dorado, con piedrecitas azules.

Era tal como yo lo había descrito en el estrado de los testigos.

—¿Volviste a ver el medallón? —pregunté.

—Sí. Andrea fue muy amable conmigo. Vino a decirme que jugaba muy bien a rugby y que mi equipo había ganado gracias a mí. Fue entonces cuando decidí pedirle que fuera al baile conmigo.

»Fui a tu casa y la vi atravesando el bosque. La alcancé delante de casa de la señora Westerfield. Llevaba el medallón y comprendí que Rob se lo habría regalado. Él no es amable. Me dio una propina generosa, pero no es amable. Su coche siempre tenía abolladuras porque conducía a demasiada velocidad.

—¿Le viste aquel día?

—Pregunté a Andrea si podía hablar con ella, pero dijo que en aquel momento no, que tenía prisa. Volví al bosque y la vi entrar en el garaje. Unos minutos después, Rob Westerfield entró también.

—Di a Ellie cuándo fue, Paulie.

—Una semana antes de que Andrea muriera en ese garaje. Una semana antes.

—Después, un par de días antes de su muerte, volví a hablar con ella. Le dije que Rob era una persona muy mala, que no debería quedar con él en el garaje y que sabía que su padre se enfadaría mucho si se enteraba.

Paulie me miró sin vacilar.

—Tu padre fue siempre muy amable conmigo, Ellie. Siempre me daba propina por llenarle el depósito y siempre me hablaba de rugby. Era muy amable.

—Cuando advertiste a Andrea sobre Rob, ¿fue la vez en que le pediste que fuera al baile contigo?

—Sí, y aceptó, y me hizo prometer que no hablaría a su padre de Rob.

—¿Nunca volviste a ver el medallón?

—No, Ellie.

—¿Nunca volviste al garaje?

—No, Ellie.

Paulie cerró los ojos y me di cuenta de que estaba muy cansado. Cubrí su mano con la mía.

—No quiero que te preocupes más, Paulie. Te prometo que todo saldrá bien y, antes de que yo haya terminado, todo el mundo sabrá lo bueno que eres. Y también inteligente. Cuando eras un adolescente, te diste cuenta de lo podrido que estaba Rob. Hay mucha gente en el pueblo que aún no lo ha entendido.

—Paulie piensa con el corazón —dijo en voz baja la señora Stroebel.

Paulie abrió los ojos.

—Tengo mucho sueño. ¿Te lo he contado todo acerca del medallón?

—Sí.

La señora Stroebel me acompañó al ascensor.

—Ellie, en aquel juicio intentaron echarle toda la culpa a Paulie. Yo estaba muy asustada. Por eso le dije que nunca debía hablar del medallón.

—Lo comprendo.

—Eso espero. Un niño especial siempre ha de estar protegido, incluso de adulto. Ya oíste al abogado de los Westerfield en la televisión, diciendo a todo el mundo que en un nuevo juicio demostraría que Paulie asesinó a Andrea. ¿Te imaginas a Paulie en el estrado de los testigos, mientras ese hombre le machaca?

Ese hombre. William Hamilton, abogado.

—No, no puedo.

La besé en la mejilla.

—Paulie es afortunado de tenerla, señora Stroebel.

Sus ojos se encontraron con los míos.

—Es afortunado de tenerte a ti, Ellie.

37

A las siete salí para cenar con la señora Hilmer. Eso significaba que debería pasar por delante de nuestra antigua casa. Esa noche estaba muy bien iluminada, y como la luna brillaba sobre el bosque de detrás, podría haber sido la portada de una revista. Era la casa que mi madre había imaginado, el ejemplo perfecto de una granja ampliada y restaurada con cariño.

Las ventanas de mi habitación estaban encima de la puerta principal y vi la silueta de alguien que se movía entre ellas. Los Kelton, actuales propietarios de la casa, eran una pareja de unos cincuenta años. Fueron las únicas personas de la casa que vi la noche del fuego, pero quizá tenían hijos adolescentes a los que no habían despertado las sirenas de la policía y los bomberos. Me pregunté si a la persona que ocupaba mi habitación le gustaba despertarse temprano y ver amanecer desde la cama, como a mí.

La casa de la señora Hilmer también estaba bien iluminada. Giré por el camino de entrada, que ya solo tenía un destino. Mis faros delanteros iluminaron los restos carbonizados del garaje y el apartamento. Por algún motivo absurdo, pensé en los portavelas y el cuenco de fruta decorativo que habían adornado la mesa del comedor del apartamento. Carecían de valor, pero habían sido elegidos con gusto y cariño.

Todo en el apartamento había sido elegido con cariño. Si la señora Hilmer decidía reconstruir el edificio, se trataba de objetos cuya sustitución exigiría tiempo y esfuerzo.

Con esos pensamientos en mente, entré en su casa con disculpas en mis labios, pero ella no quiso saber nada.

—¿Quieres dejar de preocuparte por el garaje? —suspiró, mientras acercaba mi cara para darme un beso—. Ese incendio fue provocado, Ellie.

—Lo sé. No creerá que fui yo la responsable, ¿verdad?

—¡Santo Dios, no! Cuando volví y Brian White entró como una tromba, acusándote prácticamente de ser una pirómana, le dije lo que pensaba. Si eso te hace sentir mejor, llegó a decirme que había imaginado lo de que me habían seguido. Le puse firmes. Pero debo decirte algo, Ellie: es terrible pensar que la persona que entró en el apartamento la noche que viniste a cenar aquí, robó las toallas para que diera la impresión de que tú habías provocado el incendio.

—Cada día cogía toallas del armario de la ropa blanca. Nunca me fijé en que faltaran cinco o seis toallas.

—¿Cómo ibas a fijarte? Los estantes estaban llenos de toallas. Hubo una época en que era incapaz de resistir la tentación de unas rebajas, y ahora tengo toallas suficientes para aguantar hasta el fin de mis días. Bien, la cena está preparada y debes de estar hambrienta. Vamos a la mesa.

La cena consistía en gambas al ajillo, seguidas de una ensalada verde. Todo estaba delicioso.

—Dos buenas comidas en un día —dije—. Me estáis malcriando.

Pregunté por su nieta y me enteré de que su muñeca se estaba curando.

—Fue maravilloso pasar estos días con Janey, y el bebé es adorable, pero voy a confesarte una cosa, Ellie: al cabo de una semana, ya tenía ganas de volver a casa. Estoy por la labor, pero hace mucho tiempo que no tenía que calentar biberones a las cinco de la mañana.

Dijo que había estado mirando mi página web y me di cuenta de que cualquier compasión que hubiera sentido por Rob Westerfield se estaba disipando.

—Cuando leí que había retorcido el brazo de la psicóloga, me quedé estupefacta. Janey trabajaba de camarera cuando iba a la universidad y pensar que alguien hubiera podido maltratarla de esa manera me hizo hervir la sangre en las venas.

—Espere a leer lo siguiente. Agredió a un compañero de clase cuando iba a segundo en el colegio de secundaria privado.

—Cada vez es peor. Lamenté mucho lo de Paulie. ¿Cómo está?

—Se va recuperando. Esta tarde he ido a verle.

Vacilé, sin saber si debía contarle lo que Paulie había revelado sobre el medallón, pero luego decidí sincerarme. La señora Hilmer era de toda confianza, además de un buen barómetro de la opinión local. Sabía que siempre había creído que el medallón era un producto de mi imaginación. Ver su reacción sería interesante y positivo para mí.

Su té se enfrió mientras escuchaba y su rostro adoptó una expresión seria.

—Ellie, no me extraña que la señora Stroebel se negara a que Paulie hablara del medallón. Esa historia habría podido volverse en su contra.

—Lo sé. Paulie admitió que el medallón había pasado por sus manos, se lo había dado a Rob, se disgustó cuando vio que Andrea lo llevaba y la siguió hasta el garaje. —Hice una pausa y la miré—. Señora Hilmer, ¿cree que ocurrió así?

—Lo que creo es que, pese a todo el dinero de los Westerfield, Rob es tan mezquino como malvado. Regaló a Andrea algo que otra chica había perdido en su coche. Imagino que fue a uno de esos centros comerciales, pagó un par de dólares para que grabaran las iniciales y después exhibió su generosidad.

—Pensé en buscar a la persona que lo grabó, pero después de tantos años, es casi imposible. En todos los centros comerciales hay tiendas que graban iniciales.

—¿No sabes cómo utilizar tu información sobre el medallón?

—No. Me alegré tanto de comprobar que mi memoria no me había engañado, que no pensé en eso. El medallón es una espada de doble filo, que podría perjudicar a Paulie en el juicio.

Conté a la señora Hilmer lo de Alfie y el plano.

—Todos pensamos que el ataque contra la señora Westerfield olía a chamusquina —dijo, con una expresión mezcla de compasión y desagrado—. La señora Dorothy Westerfield es amable, elegante y bondadosa. Pensar que su único nieto planeó su asesinato es increíble. A veces, la veía en el pueblo con Rob, antes de que le detuvieran. Él se hacía la mosquita muerta, siempre era muy solícito con ella.

—Esa historia y el plano saldrán en internet si Alfie accede —dije—. Cuando la señora Westerfield vea el plano, tal vez acabe de convencerse.

Cuando describí el asalto de que había sido objeto por parte de Will Nebels en el restaurante, la señora Hilmer se indignó.

—¿Quieres decir que un hombre como ese sería un testigo fiable en un nuevo juicio?

—No del todo fiable, pero podría predisponer a la opinión pública en contra de Paulie.

Pese a sus protestas, despejamos la mesa y ordenamos la cocina.

—¿Piensa reconstruir el garaje y el apartamento? —pregunté.

Mientras colocábamos los platos en el lavavajillas, sonrió.

—Ellie, no me gustaría que la compañía de seguros me oyera, pero ese incendio me ha ido que ni pintado. Estaba bien asegurada y ahora tengo un segundo solar vacío donde estaba el garaje. A Janey le encantaría vivir aquí. Cree que es un lugar maravilloso para criar a un bebé. Si les cedo el solar, construirán una casa y mi familia vivirá al lado.

Reí.

—Ahora me siento mucho mejor. —Doblé el paño de secar los platos—. Y ahora he de irme. Mañana voy al colegio Carrington de Maine, para escarbar más en el glorioso pasado de Rob Westerfield.

—Janey y yo leímos esos periódicos y la transcripción del juicio. Nos recordó lo mucho que habíais sufrido.

La señora Hilmer me acompañó al guardarropa para darme mi chaqueta de cuero. Mientras la abotonaba, me di cuenta de que no había recordado preguntarle si el nombre de Phil significaba algo para ella.

—Señora Hilmer, por lo visto, cuando estaba en la cárcel drogado hasta las cejas, Rob Westerfield confesó que había matado a golpes a alguien llamado Phil. ¿Conoció u oyó hablar de alguien de por aquí que respondiera a ese nombre, que desapareció o fue víctima de un homicidio?

—Phil —repitió la mujer, con el ceño fruncido debido a la concentración—. Había un tal Phil Oliver que tuvo un terrible encontronazo con los Westerfield cuando no le renovaron el alquiler. Pero se marchó.

—¿Sabe qué fue de él?

—No, pero puedo averiguarlo. Su familia y él tenían un par de buenos amigos en el pueblo, con los que aún puede que sigan en contacto.

—¿Me hará el favor de averiguarlo?

—Por supuesto.

Abrió la puerta y luego vaciló.

—Sé algo, o leí algo, sobre un joven llamado Phil que murió hace un tiempo… No recuerdo dónde me enteré, pero fue muy triste.

—Piense, señora Hilmer. Es muy importante.

—Phil… Phil… Oh, Ellie, ahora no me acuerdo.

Tuve que conformarme con eso, por supuesto, pero cuando me despedí de la señora Hilmer unos minutos después, la animé a que dejara de intentar recordar la asociación, para que su inconsciente se pusiera en acción.

Estaba estrechando el cerco alrededor de Rob Westerfield. Lo sentía en mi alma.

El coche que me seguía esa noche era mucho más sutil que el de Teddy. Iba sin luces. Solo reparé en su presencia cuando tuve que parar para dejar pasar el tráfico, antes de doblar por el camino de entrada del hostal, y se vio obligado a frenar justo detrás de mí.

Me volví, con la intención de ver quién era el conductor. El coche era pesado y oscuro, y supe que no era Teddy.

Otro coche se acercaba desde el hostal y los faros delanteros iluminaron la cara del conductor que me seguía.

Esa noche, era mi padre quien quería asegurarse de que llegara al hostal sana y salva. Durante una fracción de segundo, nos miramos; después giré a la izquierda por el camino de acceso y él siguió adelante.

38

Alfie me telefoneó a las siete de la mañana del lunes.

—¿Aún quiere comprarlo?

—Sí. Mi banco es el Oldham-Hudson, de Main Street. Estaré allí a las nueve; podemos encontrarnos en el aparcamiento a las nueve y cinco.

—De acuerdo.

Cuando salía del banco, el hombre llegó en su coche y aparcó al lado del mío. Desde la calle, nadie podía ver lo que estaba pasando.

Bajó la ventanilla.

—Veamos el dinero.

Se lo entregué.

—De acuerdo —dijo, después de contarlo—. Aquí tiene el plano.

Lo examiné con detenimiento. A la luz del día, aún me pareció más aterrador cuando pensé que había sido encargado por el nieto de la presunta víctima, cuando solo tenía diecisiete años. Sabía que pagaría cualquier cosa con tal de que Alfie me diera permiso para publicarlo en mi página web.

—Alfie, ya sabe que el delito ha prescrito. Si la policía se enterara de esto, no le afectaría. Pero si lo exhibo en la página web y escribo lo que usted me ha revelado, podría significar que la señora Westerfield legara su dinero a obras de caridad en lugar de a Rob.

Yo estaba de pie delante de la furgoneta. Él estaba sentado ante el volante. Tenía el aspecto de aquello en que se había convertido: un esforzado trabajador que nunca había gozado de una oportunidad.

—Escuche, prefiero correr el riesgo de que Westerfield me persiga antes que verle forrado de pasta. Adelante.

—¿Está seguro?

—Estoy seguro. Será como hacer las paces con Skip.

Después de la experiencia de ir a Boston en coche y quedar atrapada en el espeso tráfico, decidí permitirme más tiempo y retrasar mi cita con Jane Bostrom, la directora de admisiones del colegio Carrington.

Por eso, me detuve en Rockport el tiempo suficiente para tomar un bocadillo de queso y una Coca-Cola en una cafetería que distaba un par de kilómetros del colegio. Ya me sentía preparada para entrevistarme con ella.

Cuando me acompañaron a su despacho, su recibimiento fue cordial pero reservado y comprendí que no me iba a proporcionar información con tanta facilidad como otros. Estaba sentada a su mesa y me ofreció la silla de enfrente. Como muchos ejecutivos, contaba con una zona para visitas con un sofá y varias butacas, pero no fui invitada a acomodarme allí.

Era más joven de lo que esperaba, unos treinta y cinco años, de cabello oscuro y grandes ojos grises que parecían algo cautelosos. A juzgar por nuestra breve conversación telefónica, era evidente que se sentía orgullosa de su colegio y no iba a permitir que una reportera de investigación lo arrastrara por el barro a causa de un alumno.

—Doctora Bostrom —dije—, pondré mis cartas sobre la mesa. Rob Westerfield pasó su primer y último año en Carrington. Fue expulsado de su anterior escuela preparatoria porque agredió con saña a otro alumno. Tenía catorce años cuando ocurrió ese incidente.

»A los diecisiete años planeó el asesinato de su abuela. Le

dispararon tres veces y sobrevivió de milagro. A los diecinueve, mató a golpes a mi hermana. Ahora, estoy investigando la posibilidad de que haya matado a otra persona.

Observé que componía una expresión de desaliento y aflicción. Tardó un largo momento en hablar.

—Señorita Cavanaugh, esa información sobre Rob Westerfield es horripilante, pero haga el favor de entender algo. Tengo su expediente delante de mí y no hay nada que indique ningún problema grave de comportamiento mientras estuvo aquí.

—Me cuesta creer que, después de descubrir sus antecedentes violentos, fuera capaz de pasar dos años sin caer en una infracción grave. ¿Puedo preguntarle desde cuándo trabaja en Carrington, doctora Bostrom?

—Desde hace cinco años.

—Por tanto, solo puede guiarse por un expediente que tal vez haya sido modificado.

—Me guío por el expediente que tengo delante.

—¿Puedo preguntarle si los Westerfield hicieron algún donativo importante al colegio Carrington?

—En la época en que Rob fue alumno, contribuyeron a renovar y ampliar el centro deportivo.

—Entiendo.

—No sé lo que entiende, señorita Cavanaugh. Intente comprender que muchos de nuestros alumnos han sufrido experiencias penosas, y que necesitan guía y compasión. Algunos han sido utilizados como peones en divorcios muy desagradables. A veces, el padre o la madre les ha abandonado. Le sorprendería saber hasta qué punto puede minar la autoestima de un niño esa circunstancia.

Oh, no, no me sorprendería en absoluto, pensé. De hecho, lo comprendo muy bien.

—Algunos de nuestros alumnos son chicos que no se llevan bien con su grupo de edad, con los adultos, o con ambos a la vez.

—Al parecer, ese habría podido ser el problema de Rob Westerfield —dije—, pero por desgracia para el resto del mundo, su familia siempre ha intentado protegerle o sacarle de líos a golpe de talonario.

—Haga un esfuerzo por comprender que nuestra tarea es muy delicada. Crees que un paso importante en la superación de un problema emocional consiste en ayudar a desarrollar el sentido de autoestima. Se espera de nuestros alumnos que saquen buenas notas, participen en deportes y demás actividades, y que colaboren voluntariamente en los programas de la comunidad que nuestra escuela patrocina.

—¿Y Rob Westerfield alcanzó todos esos objetivos de buena gana y con alegría?

Podría haberme mordido la lengua. Jane Bostrom me había brindado la cortesía de una entrevista y estaba contestando a mis preguntas. Sin embargo, estaba claro que, si habían existido problemas graves con Rob Westerfield en ese colegio, no habían quedado reflejados en su expediente.

—Al parecer, Rob Westerfield alcanzó dichos objetivos a la entera satisfacción de nuestro colegio —replicó la doctora Bostrom, tirante.

—¿Tiene la lista de los alumnos matriculados en el colegio mientras él estuvo aquí?

—Por supuesto.

—¿Puedo verla?

—¿Con qué propósito?

—Doctora Bostrom, un día que estaba drogado en la cárcel, Rob Westerfield confesó algo a otro recluso. Dijo: «Maté a golpes a Phil y fue estupendo». Como agredió a un compañero en su anterior colegio de secundaria privado, no es improbable que hubiera tenido un encontronazo en este con un alumno llamado Phil o Philip.

Sus ojos se oscurecieron, cada vez más preocupada por las implicaciones de lo que yo decía. Después, se levantó.

—Señorita Cavanaugh, el doctor Douglas Dittrick da clases en Carrington desde hace cuarenta años. Voy a invitarle a que se reúna con nosotros. También pediré que traigan la lista de alumnos de esos años. Será mejor que vayamos a la sala de conferencias. Será más fácil distribuir las listas sobre la mesa y examinarlas.

El doctor Dittrick nos avisó de que estaba en mitad de una clase y tardaría un cuarto de hora en reunirse con nosotras.

—Es un gran profesor —dijo Jane Bostrom mientras abríamos las listas de alumnos—. Creo que si el techo se cayera, no se movería hasta haber acabado la clase.

Para entonces, ya parecía más cómoda conmigo y con ganas de colaborar.

—Hemos de buscar «Philip» como nombre de pila, pero también como segundo nombre —advirtió—. Tenemos muchos alumnos a los que se les conoce por su segundo nombre, cuando es el de sus padres y abuelos.

Había unos seiscientos alumnos durante el tiempo que Rob Westerfield pasó en Carrington. Enseguida me di cuenta de que Philip no era un nombre vulgar. Los habituales, James, John y Mark, aparecían de manera regular en las listas.

Además de muchos otros: William, Hugo, Charles, Richard, Henry, Walter, Howard, Lee, Peter, George, Paul, Lester, Ezekiel, Francis, Donald, Alexander...

Y después, un Philip.

—Aquí hay uno —dije—. Estaba en primero cuando Westerfield iba a segundo.

Jane Bostrom alzó la vista y miró por encima de mi hombro.

—Está en nuestra junta directiva —dijo.

Seguí buscando.

El profesor Dittrick se reunió con nosotras, ataviado todavía con su toga.

—¿Qué es eso tan importante, Jane? —preguntó.

La mujer se lo explicó y me presentó. Dittrick tendría unos setenta años, de complexión mediana, rostro intelectual y apretón de manos firme.

—Pues claro que me acuerdo de Westerfield. Se graduó dos años antes de matar a esa chica.

—Ella es la hermana de la señorita Cavanaugh —se apresuró a intervenir la doctora Bostrom.

—Lo siento mucho, señorita Cavanaugh. Fue una tragedia terrible. Y ahora, está investigando si alguien llamado Phil, que estudió en la época de Westerfield, fue víctima de un homicidio.

—Sí. Sé que puede parecer un poco traído por los pelos, pero es una posibilidad que quiero explorar.

—Por supuesto. —Se volvió hacia la doctora Bostrom—. Jane, ve a ver si Corinne está libre y pídele que venga. Hace veinticinco años no era la directora del teatro, pero estaba en la compañía. Pídele que traiga programas de las representaciones en que Westerfield participó. Creo recordar que apareció mencionado en el programa de una forma algo irregular.

Corinne Barsky llegó veinte minutos después. Era una mujer vivaracha y esbelta de unos sesenta años, de ojos oscuros e inteligentes y una voz cálida y profunda. Traía los programas que le habían solicitado.

Para entonces, habíamos localizado a dos antiguos alumnos, uno con el nombre de pila de Philip y el otro con Philip de segundo nombre.

El primero que habíamos encontrado, tal como me había dicho la doctora Bostrom, era en la actualidad miembro de la junta directiva del colegio. La doctora Dittrick recordó que el alumno llamado Philip de segundo nombre había asistido al vigésimo aniversario de su clase, dos años antes.

Solo quedaba uno por investigar. La secretaria de la doctora Bostrom introdujo su nombre en el ordenador. Vivía en Portland, Oregón, y hacía contribuciones anuales al fondo de los alumnos. La última había sido el pasado junio.

—Temo que les he hecho perder el tiempo —me disculpé—. Si puedo echar un vistazo rápido a los programas, me iré.

En cada una de las representaciones, Rob había encarnado al protagonista.

—Me acuerdo de él —dijo Corinne Barsky—. Era muy bueno. Muy pagado de sí mismo, muy arrogante con los demás alumnos, pero un buen actor.

—¿No tuvo problemas con él? —pregunté.

—Recuerdo que se peleó con el director. Quería utilizar lo

que él llamaba su nombre artístico en lugar del propio en el espectáculo. El director se negó.

—¿Cuál era su nombre artístico?

—Concédame un momento. Intentaré recordar.

—Corinne, ¿no hubo cierto alboroto acerca de Westerfield y una peluca? —preguntó el doctor Dittrick—. Estoy seguro de que recuerdo algo al respecto.

—Quería llevar una enorme peluca que había utilizado en una representación de su colegio anterior. El director tampoco se lo permitió. Durante la obra, Rob salía del camerino con su peluca y solo se ponía la adecuada en el último momento. Tengo entendido que también llevaba la peluca por el recinto. Le llamaron la atención varias veces por ello, pero no escarmentó.

La doctora Bostrom me miró.

—Esto no constaba en su expediente —dijo.

—Su expediente fue depurado, por supuesto —dijo el doctor Dittrick, impaciente—. ¿Cómo crees que se renovó por completo el centro deportivo en su momento? Bastó con que el director Egan insinuara al padre de Westerfield que Rob sería más feliz en otro colegio.

La doctora Bostrom me miró, alarmada.

—No se preocupe. No voy a publicar eso —le dije.

Busqué mi bolso y saqué el móvil.

—Voy a dejarles en paz —prometí—, pero antes de marchar quiero hacer una llamada. He estado en contacto con Christopher Cassidy, que estudió en Arbinger con Westerfield. De hecho, fue el alumno al que Westerfield agredió en segundo. El señor Cassidy me dijo que Rob utilizaba a veces el nombre de un personaje que interpretaba en los escenarios. Iba a intentar averiguar cuál era.

Busqué el número y lo marqué.

—Empresa de inversiones Cassidy —dijo la operadora.

Tuve suerte. Christopher Cassidy había regresado de su viaje y me pusieron con él al instante.

—He hecho averiguaciones —dijo en tono triunfal—. Tengo el nombre que Westerfield utilizaba y es de una obra en la que salió.

—Ya me acuerdo del nombre —estaba diciendo Corinne Barsky, muy contenta.

Cassidy estaba en Boston. Barsky a pocos pasos de mí. Pero lo dijeron al mismo tiempo.

—Es Jim Wilding.

Jim, pensé. El autor del plano era el propio Rob.

—Me llaman por otra línea, Ellie —se disculpó Cassidy.

—Adelante. Es todo lo que necesitaba saber.

—Lo que escribiste sobre mí para la página web es estupendo. Publícalo. Te respaldaré al cien por cien.

Colgó.

Corinne Barsky había abierto uno de los programas.

—Tal vez le interese esto, señorita Cavanaugh —dijo—. El director pedía a todos los miembros del reparto que firmaran un programa al lado de su nombre.

Lo alzó y señaló. Con desafiante énfasis, Rob Westerfield no había firmado con su nombre, sino con el de «Jim Wilding».

Lo miré durante un largo minuto.

—Necesito una copia de esto —dije—. Y hagan el favor de cuidar bien del original. Me gustaría que lo guardaran en una caja fuerte.

Veinte minutos después estaba sentada en mi coche, comparando la firma del plano con la del programa.

No soy una experta en caligrafía, pero cuando comparé la firma de «Jim» en ambos documentos, ambas parecían idénticas.

Empecé el largo viaje de regreso a Oldham, exultante por la perspectiva de exhibirlas en internet una al lado de la otra.

La señora Dorothy Westerfield tendría que afrontar la verdad. Su nieto había planeado su asesinato.

Debo confesar que me gustó la sensación de que iba a hacer muy, muy felices a toda una serie de obras de caridad, centros médicos, bibliotecas y universidades.

39

Mi móvil descansaba sobre la otra almohada. El martes por la mañana empezó a sonar y me despertó. Mientras rezongaba un adormilado «hola», consulté el reloj y me quedé asombrada al ver que eran las nueve.

—Menuda noche de juerga te habrás pegado.

Era Pete.

—Vamos a ver —dije—. Conduje desde Maine a Massachusetts, y atravesé el estado de Nueva York. Ha sido la noche más excitante de mi vida.

—Quizá estés demasiado cansada para bajar a Manhattan.

—Quizá estás intentando desentenderte de la invitación de ir a Manhattan —apunté. Ya estaba despierta, y a punto de sentirme decepcionada e irritada.

—Mi propuesta fue que yo me llegaría a Oldham, te recogería y buscaríamos un sitio para ir a cenar.

—Eso es diferente —dije con alegría—. Tengo un lugar maravilloso en mente y solo está a un cuarto de hora del hostal.

—Ahora empiezas a pensar. Indícame cómo ir.

Lo hice y me felicitó.

—Ellie, eres una de las pocas mujeres que conozco capaces de explicar con claridad cómo ir a un sitio. ¿Te lo enseñé yo? No te molestes en contestar. Estaré ahí a eso de las siete.

Clic.

Pedí el desayuno al servicio de habitaciones, me duché, me

lavé el pelo y telefoneé a un salón de manicura cercano para pedir cita a las cuatro. Me había roto varias uñas cuando me caí en el aparcamiento y quería remediarlo.

Hasta me tomé tiempo para examinar mi limitado ropero y decidirme por el traje pantalón marrón de cuello y puños de astracán. El traje había sido una compra impulsiva; era de la temporada anterior, caro incluso a mitad de precio, y aún no lo había estrenado.

Desfilar con él para Pete se me antojó una buena idea.

De hecho, era reconfortante saber que algo aguardaba al final del día. Sabía que no iba a ser fácil pasar la tarde escribiendo la historia del robo en el que había participado Alfie, y relacionar el plano acusador con el hecho de que Rob Westerfield había utilizado el nombre de Jim en la escuela.

Quiero decir que no iba a ser fácil desde el punto de vista emocional, debido a la insoportable certeza de que, si Rob Westerfield hubiera sido condenado por ese delito, Andrea no le habría conocido.

Habría estado en la cárcel. Ella se habría hecho mayor, habría ido a la universidad y, al igual que Joan, probablemente se habría casado y tenido un par de críos. Mamá y papá seguirían viviendo todavía en aquella maravillosa granja. Papá habría llegado a quererla tanto como ella y comprendido que habían hecho una gran adquisición.

Yo habría crecido en el seno de un hogar feliz e ido a la universidad. Decantarme por estudiar periodismo no tuvo nada que ver con la muerte de Andrea, de modo que tendría el mismo tipo de trabajo. Es la carrera que siempre me atrajo. Aún no me habría casado. Creo que siempre deseé desempeñar una profesión antes que un compromiso.

Si Rob hubiera sido condenado, yo no habría pasado la vida llorando la muerte de mi hermana y todo lo que habíamos perdido.

Aunque consiguiese convencer a la abuela de Rob y al resto del mundo de su culpabilidad, se saldría con la suya. Ese delito había prescrito.

Y aunque su abuela cambiara el testamento, su padre tenía un montón de dinero, así que Rob viviría bien.

Pese a ser un repugnante mentiroso, el testimonio de Will Nebels en un segundo juicio podría bastar para plantar la semilla de la duda en la mente de los jurados y tal vez absolverle.

Después, sus antecedentes serían destruidos.

«Maté a golpes a Phil, y fue estupendo.»

Solo había una forma de devolver a Rob Westerfield a la cárcel, y era seguir el rastro de Phil, la otra persona con cuya vida acabó. Por suerte, los asesinatos nunca prescriben.

A las tres y media estaba preparada para trasladar todo a la página web: la historia de la paliza que Rob Westerfield había propinado a Christopher Cassidy en el colegio de secundaria privado; la insistencia de Rob en que le llamaran «Jim», por el personaje que había interpretado en el escenario; la participación de Rob en el intento de asesinato de su abuela.

Escribí que William Hamilton fue el abogado de oficio que destruyó el plano original que implicaba a Westerfield en el delito. Terminé exhibiendo el plano y el programa de la obra de teatro uno al lado de la otra. En pantalla, las firmas del nombre «Jim» eran sorprendentes por su similitud.

Besé mis dedos en forma de saludo al artículo, presioné las teclas apropiadas y un instante después aparecía en mi página web.

40

Eran las cinco y cuarto cuando volví al hostal. La multimillonaria industria cosmética se arruinaría si dependiera de gente como yo. Había perdido en el incendio el poco maquillaje que llevaba. Había comprado polvos y lápiz de labios en una farmacia un par de días después, pero había llegado el momento de dedicar media hora a sustituir elementos como rímel y colorete.

Aunque había dormido hasta las nueve de la mañana, aún tenía sueño y quería echar una siesta antes de vestirme para mi cita con Pete.

Me pregunté si esa era la sensación que se experimenta cuando ves la línea de meta. El atleta corre la maratón y sabe que el final de la carrera está cerca. Me han dicho que hay un intervalo de unos pocos segundos en los que el corredor disminuye la velocidad, hace acopio de fuerzas y se lanza a la aceleración final que le conducirá a la victoria.

Así me sentía yo. Tenía a Rob Westerfield contra las cuerdas y estaba convencida de que faltaba poco para descubrir la verdad de lo ocurrido con Phil y dónde. Si yo estaba en lo cierto, le devolvería a la cárcel.

«Maté a golpes a Phil y fue estupendo.»

Después, cuando se hubiera hecho justicia, cuando el comité de apoyo a Rob Westerfield se hubiera disuelto y hundido en el olvido, entonces y solo entonces, como un polluelo recién nacido, daría mis primeros pasos vacilantes en dirección al futuro.

Esa noche me iba a encontrar con alguien a quien quería ver y que quería verme. ¿Adónde nos conduciría eso? Lo ignoraba y tampoco quería anticipar nada. Pero por primera vez en mi vida empezaba a pensar en un futuro en el que mi deuda con el pasado estuviera casi saldada. Era una sensación esperanzadora y satisfactoria.

Entonces, entré por la puerta del hostal y mi hermanastro Teddy me estaba esperando.

Esta vez no sonreía. Parecía incómodo, aunque decidido, y su recibimiento fue brusco.

—Entra, Ellie. Tenemos que hablar.

—He invitado a su hermano a esperar en el solario, pero tenía miedo de no verla entrar —dijo la señora Willis.

Tienes toda la razón, ya me habría ocupado yo de eso, pensé. De haber sabido que me estaba esperando, habría subido a la habitación como una flecha.

No quería que la mujer escuchara nuestra conversación, de modo que me encaminé hacia el solario. Esta vez, él cerró la puerta y nos quedamos mirándonos.

—Teddy —empecé—, tienes que escucharme. Sé que tus intenciones son buenas. Sé que las intenciones de tu padre son buenas. Pero no podéis continuar siguiéndome. Estoy bien y puedo cuidar de mí.

—¡No, no puedes!

Sus ojos centelleaban, y en aquel momento fue tan grande el parecido con mi padre, que me sentí transportada al comedor de casa; papá le estaba diciendo a Andrea que «tenía terminantemente prohibido seguir viendo a Rob Westerfield».

—Ellie, esta tarde hemos visto lo que has escrito en la página web. Papá está muy preocupado. Dijo que los Westerfield ya no tienen otro remedio que pararte los pies y que lo van a hacer. Dijo que te has convertido en un terrible peligro para ellos y que tú misma corres un gran peligro. No puedes hacerle esto a papá, o a ti, Ellie. Ni a mí.

Estaba tan angustiado, hablaba con tal vehemencia, que sentí pena por él. Apoyé mi mano sobre su brazo.

—Teddy, no quiero disgustaros a ti o a tu padre. Hago lo que debo. No sé cómo decírtelo, pero haz el favor de dejarme en paz. Has salido adelante sin mí toda la vida y tu padre ha salido adelante sin mí desde que era pequeña. ¿Qué pasa ahora? Intenté decírtelo el otro día: no me conoces. No tienes motivos para preocuparte por mí. Eres un buen chico, pero dejémoslo así.

—No soy solo un buen chico. Soy tu hermano. Te guste o no, soy tu hermano. Y deja de decir «tu padre». Piensas que lo sabes todo, pero no es verdad, Ellie. Papá nunca dejó de ser tu padre. Siempre ha hablado de ti y yo siempre quise saber cosas de ti. Me contó lo estupenda que eras. Tú no lo sabes, pero asistió a la ceremonia de tu graduación en la universidad. Se suscribió al *Atlantic News* cuando empezaste a trabajar en el periódico, y ha leído todos los artículos que has escrito. Así que deja ya de decir que no es tu padre.

Yo no quería oírlo. Negaba con la cabeza.

—Tú no lo entiendes, Teddy. Cuando mi madre y yo nos fuimos a Florida, él nos dejó ir.

—Me dijo que pensabas eso, pero no es cierto. No os dejó ir. Quería que volvierais. Intentó recuperarte. Las pocas veces que fuiste a verle después de la separación de tus padres, no le dirigiste la palabra y ni siquiera comiste. ¿Qué debía hacer? Tu madre le dijo que el dolor era demasiado profundo, que solo quería recordar los buenos momentos y empezar una nueva vida. Y lo hizo.

—¿Cómo sabes todo esto?

—Porque le pregunté. Porque pensé que le iba a dar un infarto cuando vio lo último que habías publicado en la página web. Tiene sesenta y siete años, Ellie, y padece hipertensión.

—¿Sabe que estás aquí?

—Le dije que iba a venir. He venido a pedirte que vuelvas a casa conmigo, y si no quieres, al menos cambia de hostal y ve a un lugar donde nadie sepa que estás, excepto nosotros.

Hablaba con tal seriedad, preocupación y cariño, que estuve a punto de abrazarle.

—Teddy, hay cosas que no entiendes. Yo sabía que Andrea iba a encontrarse con Rob Westerfield aquella noche, y no me chivé. He tenido que cargar con esa culpa toda mi vida. Cuando Westerfield consiga el nuevo juicio, va a convencer a mucha gente de que Paulie Stroebel mató a Andrea. Yo no la salvé, pero he de intentar salvar a Paulie.

—Papá me dijo que Andrea murió por su culpa. Llegó tarde a casa. Uno de sus compañeros de trabajo se había prometido en matrimonio y fueron a tomar una cerveza con él para celebrarlo. Empezaba a sospechar que Andrea seguía viéndose a escondidas con Westerfield y eso le preocupaba. Me dijo que si hubiera llegado antes a casa, no le habría dado permiso para ir a casa de Joan, de modo que en lugar de estar en aquel garaje, se habría quedado en casa, sana y salva.

Él creía a pies juntillas en lo que me estaba diciendo. ¿Había tergiversado hasta tal punto mis recuerdos? No tanto. Las cosas no eran tan sencillas. Pero ¿era mi perpetua sensación de culpabilidad («ojalá Ellie nos lo hubiera dicho») solo una parte del conjunto global? Mi madre dejó que Andrea saliera sola después de oscurecer. Mi padre sospechaba que Andrea seguía viéndose con Rob, pero no se lo había preguntado. Mi madre había insistido en mudarse a lo que entonces era una comunidad rural y aislada. Puede que mi padre fuera demasiado estricto con Andrea. Puede que sus intentos de protegerla alimentaran su rebeldía. Yo era la confidente que conocía sus citas secretas.

¿Elegimos los tres albergar culpa y dolor en nuestras almas, o tuvimos otra alternativa?

—Ellie, mi madre es una mujer estupenda. Era viuda cuando conoció a papá. Sabe lo que es perder a alguien. Quiere conocerte. Te caería bien.

—Teddy, te prometo que la conoceré algún día.

—Pronto.

—Cuando esto haya terminado. Ya falta poco.

—¿Hablarás con papá? ¿Le concederás una oportunidad?

—Cuando todo esto haya terminado, comeremos juntos o algo por el estilo. Lo prometo. Y escucha, esta noche voy a salir con Pete Lawlor, una persona con la que trabajaba en Atlanta. No quiero que ninguno de los dos me siga. Él me recogerá aquí y me devolverá sana y salva, lo prometo.

—Papá se tranquilizará cuando lo sepa.

—Tengo que subir, Teddy. Debo hacer un par de llamadas antes de irme.

—He dicho lo que debía decir. No, tal vez no. Deberías saber otra cosa que papá me dijo: «Ya he perdido a una hija. No puedo perder a otra».

41

Si había esperado algo de romanticismo en nuestro encuentro, pronto deseché esa idea. El saludo de Pete fue: «Estás muy guapa», acompañado por un fugaz beso en la mejilla.

—Y tú estás tan efusivo como si hubieras comprado compulsivamente en Bloomingsdale's durante un cuarto de hora.

—Veinte minutos —me corrigió—. Me muero de hambre, ¿y tú?

Había reservado mesa en Cathryn's, y mientras íbamos en el coche, dije:

—Petición importante.

—A ver.

—Esta noche no me gustaría hablar de lo que he estado haciendo durante estas últimas semanas. Tú miras la página web, así que ya sabes de qué va. Necesito olvidarme por unas horas. Así que esta es tu noche. Háblame de todos los sitios en los que has estado desde que me fui de Atlanta. Quiero saber todos los detalles de las entrevistas que has celebrado. Después, dime por qué te gusta tanto el nuevo empleo. Hasta puedes confesarme si te costó mucho decidir entre esa bonita corbata roja, evidentemente nueva, u otra.

Pete tiene una forma especial de enarcar una ceja. Lo hizo.

—¿Hablas en serio?

—Por completo.

—En cuanto vi esta corbata, supe que tenía que comprarla.

—Muy bien —le alenté—. Quiero saber más.

En el restaurante, echamos un vistazo a la carta, pedimos salmón ahumado y pasta a la marinera y accedimos a compartir una botella de Pinot Grigio.

—Es muy útil que nos gusten los mismos entrantes —dijo Pete—. Así es más fácil elegir el vino.

—La última vez que estuve aquí pedí costillar de cordero —dije.

Me miró.

—Me encanta hacerte enfadar —admití.

—Se nota.

Mientras comíamos, se confesó.

—Yo sabía que el periódico se iba a pique, Ellie. Es lo que está ocurriendo con todos los negocios familiares, porque a la generación actual solo le interesa el signo del dólar. La verdad, ya estaba empezando a ponerme nervioso. En este negocio, a menos que tengas buenos motivos para seguir con la empresa, has de estar ojo avizor a otras oportunidades.

—¿Por qué no te fuiste antes?

Me miró.

—Haré como que no te he oído, pero cuando fue inevitable, supe dos cosas con seguridad. Quería entrar en un periódico sólido, como *The New York Times*, el *L. A. Times*, el *Chicago Trib* o el *Houston Chronicle*, o probar algo diferente por completo. Había empleos en otros periódicos, pero cuando surgió ese «algo diferente», allá fui.

—Una nueva cadena de noticias por cable.

—Exacto. Está empezando, pero inversores importantes se han comprometido a llevarla adelante.

—¿Dijiste que supondría viajar con frecuencia?

—El pan nuestro de cada día para los presentadores que cubren reportajes importantes.

—¡No me digas que vas a ser presentador!

—Quizá sea una palabra demasiado ampulosa. Estoy en la redacción de noticias. En estos tiempos que corren hay que ser breve, conciso y certero. Puede que salga bien, puede que no.

Pensé en ello. Pete era inteligente, vehemente y no se andaba por las ramas.

—Creo que serás un buen profesional —dije.

—Tus alabanzas son conmovedoras, Ellie. No exageres, por favor. Se me podría subir a la cabeza.

No hice caso del comentario.

—¿Tendrás como base Nueva York y te mudarás allí?

—Ya lo he hecho. Encontré un piso en el SoHo. No es grande, pero por algo hay que empezar.

—¿No es un cambio muy radical para ti? Toda tu familia vive en Atlanta.

—Mis abuelos eran neoyorquinos. Iba a verles mucho cuando era pequeño.

—Entiendo.

Esperamos en silencio a que despejaran la mesa.

—Muy bien, Ellie —dijo Pete cuando pedimos café—, me he ceñido a tus reglas. Ahora, quiero saber todo lo que has estado haciendo, y me refiero a todo.

A esas alturas de la cena ya estaba preparada para hablar de mis actividades y se lo conté todo, incluyendo la visita de Teddy.

—Tu padre tiene razón, Ellie —dijo Pete cuando hube terminado—. Has de ir a vivir con él, o al menos no dejarte ver por Oldham.

—Puede que esté en lo cierto —admití a regañadientes.

—Tengo que ir a Chicago mañana por la mañana para entrevistarme con la junta directiva de Packard Cable. Me quedaré hasta el sábado. Haz el favor de ir a Nueva York y alojarte en mi piso. Desde allí podrás seguir en contacto con Marcus Longo, la señora Hilmer y la señora Stroebel, así como trabajar en la página web. Al mismo tiempo, estarás a salvo. ¿Lo harás?

Sabía que tenía razón.

—Durante unos días, hasta que sepa adónde ir.

Cuando regresamos al hostal, Pete dejó su coche en el camino de entrada y me acompañó al interior. Estaba de guardia el recepcionista de noche.

—¿Alguien ha preguntado por la señorita Cavanaugh? —se interesó Pete.

—No, señor.

—¿Algún mensaje para ella?

—Han llamado el señor Longo y la señora Hilmer.

—Gracias.

Al pie de la escalera, apoyó las manos sobre mis hombros.

—Ellie, sé que tienes que llegar hasta el final, y lo comprendo, pero ya no puedes seguir adelante sola. Nos necesitas a tu lado.

—¿Nos?

—Tu padre, Teddy, yo.

—Te has puesto en contacto con mi padre, ¿verdad?

Palmeó mi mejilla.

—Por supuesto.

42

Soñé mucho aquella noche. Fue un sueño angustioso. Andrea corría a través del bosque. Yo intentaba convencerla de que volviera, pero no conseguía que oyera mis gritos y veía con desesperación que pasaba ante la casa de la vieja señora Westerfield y entraba en el garaje. Yo trataba de advertirla, pero Rob Westerfield aparecía y me hacía señas de que me fuera.

Me despertó el tenue sonido de mi propia voz, que intentaba pedir ayuda. Estaba amaneciendo y vi que iba a ser uno de esos días grises, nublados y fríos de principios de noviembre.

Ya de pequeña me alteraban las dos primeras semanas de noviembre, pero pasada la primera mitad del mes, la proximidad de Acción de Gracias alegraba el ambiente. Aquellas dos primeras semanas se me antojaban largas y tristes. Después, tras la muerte de Andrea, quedaron vinculadas para siempre con los recuerdos de los últimos días que pasamos juntas. Faltaban muy pocos días para el aniversario de su muerte.

Esos eran los pensamientos que pasaban por mi cabeza mientras seguía tendida en la cama, con el deseo de dormir una o dos horas más. No era difícil analizar el sueño. El inminente aniversario de la muerte de Andrea, así como el hecho de estar convencida de que Rob Westerfield se enfurecería al ver la última información aparecida en mi página web, estaban afectando a mi mente.

Sabía que debía ser muy precavida.

A las siete pedí que me subieran el desayuno. Después, empecé a trabajar en mi libro. A las nueve tomé una ducha, me vestí y telefoneé a la señora Hilmer.

Confiaba contra toda esperanza en que había llamado porque al fin recordaba el motivo de que el nombre Phil le resultara familiar. No obstante, mientras le formulaba la pregunta, comprendí que era muy improbable que hubiera pensado en algo que pudiera relacionar con la baladronada de Rob Westerfield.

—Ellie, solo he podido pensar en ese nombre —suspiró la mujer—. Llamé anoche para decirte que hablé con la amiga que está en contacto con Phil Oliver. Te hablé de él. Phil Oliver es el hombre que perdió su alquiler y tuvo un terrible enfrentamiento con el padre de Rob Westerfield. Mi amiga me dijo que vive en Florida; le gusta mucho aquello, pero aún está amargado por el trato que le dispensaron. Lee tu página web y le encanta. Dice que si quieres abrir otra página web para informar al mundo del tipo de persona que es el padre de Rob, estará muy contento de hablar contigo.

Interesante —pensé—, pero esa información no me resulta útil en este momento.

—No obstante, Ellie, estoy segura de haber leído u oído algo sobre Phil hace poco. Y si te sirve de ayuda, me puso triste.

—¿Triste?

—Ellie, ya sé que parece un poco absurdo, pero estoy en ello. Te llamaré en cuanto me aclare.

La señora Hilmer me había telefoneado al hostal. No quise explicarle que estaba a punto de liquidar la cuenta, ni comentar lo del piso de Pete en Nueva York.

—Tiene el número de mi móvil, ¿verdad, señora Hilmer?

—Sí, me lo diste.

—Estos días voy a estar ilocalizable. ¿Le importa llamarme a ese número, si establece la relación?

—Por supuesto.

Marcus Longo era el siguiente en mi lista de llamadas. Al oír su voz, pensé que estaba desalentado, y tenía razón.

—Ellie, lo que pusiste ayer en la página web es una invitación a que Westerfield y su abogado, William Hamilton, te demanden.

—Estupendo. Que me demanden. Ardo en deseos de que me llamen a declarar.

—Ellie, tener la razón no siempre es una defensa legal garante del éxito. La ley es muy complicada. El dibujo que, según tus afirmaciones, demuestra la participación de Rob Westerfield en el intento de asesinato de su abuela te lo proporcionó el hermano del hombre que disparó contra ella. Además, admite que fue el conductor del coche en el que huyeron. No se trata de un testigo estelar. ¿Cuánto le pagaste por esa información?

—Mil dólares.

—¿Sabes la impresión que daría en el tribunal? Si no, yo te lo explicaré. Exhibiste un letrero delante de Sing Sing. Apareces en internet. En pocas palabras dices: «Cualquiera enterado de un crimen cometido por Rob Westerfield puede ganar un montón de pasta». Ese tipo podría ser un mentiroso redomado.

—¿Crees que lo es?

—Lo que yo piense carece de importancia.

—Sí que importa, Marcus. ¿Crees que Rob Westerfield planeó ese delito?

—Sí, pero siempre lo había pensado. Eso no tiene nada que ver con la demanda multimillonaria a la que puedes enfrentarte.

—Que me demanden. Ojalá lo hagan. Tengo un par de miles de dólares en el banco y un coche con el depósito de gasolina lleno de arena, que tal vez necesite un motor nuevo, y es muy posible que gane bastante dinero con mi libro. Que lo intenten.

—Allá tú, Ellie.

—Dos cosas, Marcus. Dejo el hostal y voy a alojarme en el piso de un amigo.

—Espero que no viva por aquí.

—No, en Manhattan.

—Eso me tranquiliza. ¿Tu padre lo sabe?

Si no, apuesto a que se lo dirás, pensé. Me pregunté cuántos amigos de Oldham estaban en contacto con mi padre.

—No estoy muy segura —admití. Por lo que yo sabía, era posible que Pete le hubiera llamado en cuanto me dejó en el hostal.

Iba a preguntar a Marcus si había conseguido averiguar algo acerca del homicidio de alguien llamado Phil, pero se anticipó a la pregunta.

—Hasta el momento, no he encontrado nada que relacione a Westerfield con otro asesinato —dijo—, pero aún he de investigar mucho más. También estamos investigando el nombre que Rob utilizaba en el colegio.

—¿Jim Wilding?

—Sí.

Quedamos que seguiríamos en contacto.

No había hablado con la señora Stroebel desde el domingo por la tarde. Llamé al hospital, confiada en que hubieran dado el alta a Paulie, pero aún seguía ingresado.

La señora Stroebel estaba con él.

—Se encuentra mucho mejor, Ellie. Cada día paso a verle a esta hora, luego voy a la tienda y vuelvo a eso del mediodía. Gracias a Dios que tengo a Greta. La conociste el día que ingresaron a Paulie. Es muy buena. Se ocupa de que todo salga adelante.

—¿Cuándo volverá Paulie a casa?

—Creo que mañana, pero quiere verte otra vez. Intenta recordar algo que tú le dijiste, aunque cree que no es correcto. Quiere saber qué es y no se acuerda. Ya sabes, le han administrado muchos medicamentos.

Mi corazón dio un vuelco. ¿Algo que yo había dicho? Santo Dios, ¿Paulie se sentía confuso de nuevo, o iba a retractarse de lo que me había dicho? Me alegré de no haber publicado todavía en la página web la historia que relacionaba a Rob con el medallón.

—Iré a verle —dije.

—¿Te va bien a eso de la una? Yo también estaré y creo que mi compañía le tranquiliza más.

Le tranquiliza más, pensé, ¿o quieres decir que así estarás segura de que no dice nada susceptible de incriminarle? No, no me lo creía.

—Ahí estaré, señora Stroebel —dije—. Si llego antes que usted, la esperaré.

—Gracias, Ellie.

Parecía tan agradecida que me avergoncé de haber pensado que intentaba impedir que Paulie se sincerara conmigo. Había sido ella quien me había llamado; su vida estaba dividida entre dirigir la tienda y visitar a su hijo convaleciente. Dios aprieta pero no ahoga. Sobre todo cuando envía a alguien como Paulie una madre como Anja Stroebel.

Logré trabajar dos horas de un tirón y luego consulté la página web de Rob Westerfield. Aún exhibía mi foto esposada a la cama y más nombres se habían sumado al comité de apoyo a Rob Westerfield. Sin embargo, no habían añadido nada que negara mi teoría acerca de su implicación en el intento de asesinato de su abuela.

Lo tomé como una señal de consternación entre sus filas. Aún estaban discutiendo lo que debían hacer.

El teléfono sonó a las once. Era Joan.

—¿Te apetece una comida rápida a la una? —preguntó—. He de hacer unos recados y acabo de darme cuenta de que pasaré por delante de tu hostal.

—No puedo. Prometí que iría a ver a Paulie al hospital a la una. —Luego, vacilé—. Pero Joan…

—¿Qué pasa, Ellie? ¿Te encuentras bien?

—Sí, estoy bien. Joan, me dijiste que tenías una fotocopia de la esquela de mi madre que mi padre publicó en el periódico.

—Sí. Me ofrecí a buscarla.

—¿La tienes a mano?

—Sí.

—Si pasas por el hostal, ¿podrías dejarla en recepción? Me gustaría mucho verla.

—Hecho.

Cuando llegué al hospital, había mucha actividad en el vestíbulo. Vi un grupo de reporteros y cámaras aglomerados al final de la sala y volví la espalda al instante.

La mujer que tenía delante en la cola para conseguir un pase de visitante contó lo que había sucedido. La señora Dorothy Westerfield, la abuela de Rob, había sido ingresada en urgencias, víctima de un infarto.

Su abogado había leído una declaración a los medios de comunicación la noche anterior. En memoria de su difunto marido, el senador Pearson Westerfield, la señora Westerfield había cambiado su testamento y legaba su fortuna a una fundación de caridad que se encargaría de administrarla durante los diez años siguientes.

La declaración decía que las únicas excepciones eran pequeñas cantidades para su hijo, sus amigos y criados. A su nieto solo le dejaba un dólar.

—Era muy lista —me confió la mujer—. Oí hablar a algunos periodistas. Además de a sus abogados, llamó a su pastor, a un juez amigo suyo y a un psiquiatra como testigos de que estaba en plena posesión de sus facultades mentales.

Estaba segura de que mi charlatana informante ignoraba que había debido de ser mi página web la desencadenante del cambio de testamento y del infarto. Era una victoria vana para mí. Recordé a la mujer elegante y majestuosa que acudió a dar el pésame el día del entierro de Andrea.

Me alegré de escapar en el ascensor antes de que un reportero me reconociera y relacionara con la noticia.

La señora Stroebel ya me estaba esperando en el pasillo. Entramos juntas en la habitación de Paulie. El volumen de sus vendajes había disminuido. Sus ojos brillaban más y su sonrisa era cálida y dulce.

—Ellie, amiga mía —dijo—. Puedo contar contigo.

—Ni lo dudes.

—Quiero volver a casa. Estoy harto de estar aquí.

—Eso es una buena señal, Paulie.

—Quiero volver al trabajo. ¿Había muchos clientes comiendo cuando te fuiste, mamá?

—Bastantes —dijo la mujer, con una sonrisa de satisfacción.

—No deberías venir tanto, mamá.

—Ya no será necesario, Paulie. Pronto volverás a casa. —La señora Stroebel me miró—. En la tienda, tenemos una pequeña habitación contigua a la cocina. Greta ha puesto un sofá y un televisor. Paulie podrá estar con nosotras, hacer lo que le plazca en la cocina y descansar entretanto.

—Eso es estupendo —dije.

—Bien, Paulie, explica qué es lo que te preocupa acerca del medallón que encontraste en el coche de Rob Westerfield —le alentó su madre.

Yo no sabía qué esperar.

—Encontré el medallón y se lo di a Rob —dijo Paulie poco a poco—. Ya te lo dije, Ellie.

—Sí, es verdad.

—La cadena estaba rota.

—También me dijiste eso, Paulie.

—Rob me dio una propina de diez dólares y yo los guardé con el dinero que había ahorrado para tu regalo de los cincuenta años, mamá.

—Exacto, Paulie. Eso fue en mayo, seis meses antes de que Andrea muriera.

—Sí, y el medallón tenía forma de corazón, era dorado y tenía unas piedras azules muy bonitas en el centro.

—Sí —dije, con la esperanza de darle ánimos.

—Vi que Andrea lo llevaba, la seguí hasta el garaje y vi que Rob entraba detrás de ella. Luego, le dije que su padre se enfadaría y después le pedí que fuera al baile conmigo.

—Es lo mismo que dijiste el otro día, Paulie. Sucedió así, ¿verdad?

—Sí, pero algo no encaja. Tú dijiste algo, Ellie, que no encaja.

—Déjame pensar. —Intenté reconstruir la conversación—. Te has acordado de todo, excepto que yo dije que Rob no había comprado a Andrea un medallón nuevo. Había mandado grabar las iniciales de sus nombres, Rob y Andrea, en un medallón que otra chica debía de haber perdido en su coche.

Paulie sonrió.

—Es eso, Ellie. Es lo que necesitaba recordar. Rob no encargó grabar las iniciales en el medallón. Ya estaban grabadas cuando encontré el medallón.

—Eso es imposible, Paulie. Sé que Andrea no conoció a Rob Westerfield hasta octubre. Tú encontraste el medallón en mayo.

Adoptó una expresión testaruda.

—Me acuerdo, Ellie. Estoy seguro. Las vi. Las iniciales ya estaban en el medallón. No eran «R» y «A». Eran «A» y «R». «A» y «R», grabadas con una letra muy bonita.

43

Me fui del hospital con la sensación de que los acontecimientos se me estaban escapando de las manos. La historia de Alfie y el plano que había aireado en mi página web habían obrado el efecto deseado: Rob Westerfield se había quedado sin la herencia de su abuela. Era como si la señora Westerfield hubiera exhibido un cartel que rezara: «Creo que mi único nieto planeó el atentado contra mi vida».

Aquella dolorosa certeza y la penosa decisión tomada le habrían causado el infarto. A los noventa y dos años, era improbable que se sobrepusiera.

Recordé una vez más la serena dignidad con la que había salido de casa después de que mi padre le ordenara marcharse. Fue el primero en humillarla por culpa de su nieto. ¿O no? Arbinger había sido el colegio en el que su marido, el senador, había estudiado. Era difícil que la mujer ignorara las causas de su expulsión.

El hecho de que hubiera cambiado el testamento y tomado medidas para impedir que pudiera ser anulado significaba que no solo creía que Rob había sido el instigador del atentado contra su vida, sino que quizá también se había convencido de que era el responsable de la muerte de Andrea.

Lo cual me llevó al medallón, por supuesto.

El medallón ya llevaba grabadas las iniciales «A» y «R» antes de que Rob conociera a Andrea.

El hecho era tan sorprendente, tan ajeno a todo lo que yo había pensado, que me costó unos minutos asumirlo y acostumbrarme a él.

La mañana gris había dado paso a una tarde igualmente gris. El coche estaba al final del aparcamiento de los visitantes del hospital y caminé a buen paso en su dirección, con el cuello alzado para protegerme del viento frío y húmedo.

Salí del recinto del hospital y comprendí que mi incipiente jaqueca era fruto de que no había comido nada desde las siete y cuarto de la mañana, y ya era la una y media.

Mientras conducía, me puse a buscar una cafetería o restaurante, y vi algunos que tenían buen aspecto. Pasé de largo porque no me apetecía dejarme ver en Oldham, pues me sentía vulnerable.

Me dirigí al hostal, contenta de regresar y de la perspectiva de perderme en el anonimato de Manhattan. La señora Willis estaba en recepción y me dio un sobre. Sabía que era la esquela que Joan me había dejado.

Subí a mi cuarto, telefoneé al servicio de habitaciones, pedí un emparedado vegetal y té, y me senté en la silla encarada al Hudson. Era la clase de vista que habría encantado a mi madre, con los acantilados que se alzaban entre la niebla, el agua gris y revuelta.

El sobre estaba cerrado. Lo abrí.

Joan había recortado la esquela del *Westchester News*. Decía:

> Cavanaugh: Genine (nacida Reid) en Los Ángeles, Ca., 51 años de edad. Amada ex esposa de Edward y madre amante de Gabrielle (Ellie) y la fallecida Andrea. Participó activamente en su iglesia y en su comunidad, y creó un hogar hermoso y feliz para su familia. Siempre la echaremos de menos, siempre la querremos, siempre la recordaremos.

Así que mi madre no era la única que recordaba los buenos tiempos, pensé. Yo había escrito a mi padre una grosera nota para informarle de la muerte de mi madre y para pedirle asimismo que enterraran sus cenizas en la tumba de Andrea.

Estaba tan sumida en mi dolor que jamás me pasó por la cabeza que su muerte le afectara hasta tal punto.

Decidí que la comida con mi padre que había prometido a Teddy se celebraría más pronto de lo que había pensado. Guardé el recorte en mi maleta. Quería hacer el equipaje enseguida y marcharme cuanto antes. Entonces, sonó el teléfono.

Era la señora Hilmer.

—Ellie, no sé si esto te servirá de ayuda, pero he recordado dónde leí una referencia a alguien llamado Phil.

—¿Dónde, señora Hilmer? ¿Dónde la vio?

—En uno de los periódicos que me entregaste.

—¿Está segura?

—Segurísima. Lo recuerdo porque lo leí en casa de mi nieta. El bebé estaba dormido y estaba buscando en esos periódicos los nombres de personas que aún vivían por aquí, por si querías entrevistarlas. Como ya te dije en la cena, leer las crónicas del juicio me trajo muchos recuerdos y empecé a llorar. Entonces, leí algo sobre Phil, que también era muy triste.

—Pero ¿no está segura de lo que decían sobre él?

—Es que me parece que, aunque encuentre el artículo, debo equivocarme de persona.

—¿Por qué dice eso?

—Porque tú estás buscando a un hombre llamado Phil. Yo leí algo sobre una chica que murió, a quien la familia llamaba Phil.

«Maté a golpes a Phil y fue estupendo.»

Santo Dios, pensé, ¿estaba hablando de una chica?

Una joven que fue la víctima de un homicidio.

—Señora Hilmer, voy a leer todos los periódicos línea por línea.

—Yo ya lo estoy haciendo, Ellie. Te avisaré cuando lo encuentre.

—Y yo también.

Colgué, dejé el teléfono sobre la mesita de noche y agarré la bolsa de lona. Abrí la cremallera y volqué su contenido sobre la cama.

Cogí el primer periódico que tenía a mano, me senté en la silla encarada al río y empecé a leer.

Transcurrieron las horas. De vez en cuando, me levantaba y estiraba. A las cuatro, pedí que me subieran té. El té estimula. ¿No decía eso la publicidad de una marca?

Sí que estimula. Y me ayudó a mantener la concentración.

Leí todos los periódicos de cabo a rabo, reviviendo una vez más la horripilante historia de la muerte de Andrea y el juicio de Rob Westerfield.

«A. R.» ¿Era tan poco importante el medallón, al fin y al cabo? No. De ninguna manera. Si careciera de importancia, Rob no habría vuelto a por él.

¿Era «A. R.» la propietaria del bonito medallón dorado y otra víctima de su rabia homicida?

A las seis, me concedí otro descanso y puse las noticias. La señora Dorothy Westerfield había fallecido a las tres y media. Ni su hijo ni su nieto se encontraban junto a su lecho de muerte.

Reanudé la lectura de los periódicos. A las siete lo encontré. Estaba en las páginas necrológicas del mismo día del entierro de Andrea. Rezaba:

> Rayburn, Amy P.
> Te recordamos hoy y todos los días. Feliz 18 aniversario en el cielo, querida Phil.
> Mamá y papá.

«A. R.» ¿Las iniciales del medallón correspondían a las de Amy Rayburn? Su segundo nombre era P. ¿Podía ser Phil la abreviatura de Phyllis o Philomena?

Paulie había encontrado el medallón a principios de mayo. Andrea había muerto veintitrés años antes. Si Amy Rayburn era la propietaria del medallón, ¿había muerto veintitrés años y medio antes?

Llamé a Marcus Longo, pero nadie contestó en su casa. Necesitaba con desesperación que buscara el nombre de Amy Rayburn en los informes sobre homicidios de aquel año.

Sabía que había un listín telefónico completo de Westchester en el cajón de la mesita de noche. Lo saqué, lo abrí y fui a la sección de los apellidos cuya inicial era la «R».

Solo había dos Rayburn listados. Uno vivía en Larchmont, el otro en Rye Brook.

Marqué el de Larchmont. La voz modulada de un anciano contestó. No podía irme por las ramas.

—Me llamo Ellie Cavanaugh —dije—. Necesito hablar con la familia de Amy Rayburn, la joven que murió hace veintitrés años.

—¿Por qué motivo?

La voz había adoptado de repente un tono frío y supe que había establecido contacto con alguien que, al menos, era pariente de la chica muerta.

—Le ruego que conteste a mi pregunta —dije—, y luego contestaré a las de usted. ¿Fue Amy víctima de un homicidio?

—Si no lo sabe a estas alturas, es inútil que llame a nuestra familia.

Colgó el teléfono.

Volví a llamar y esta vez saltó el contestador automático.

—Me llamo Ellie Cavanaugh —dije—. Hace casi veintitrés años, mi hermana de quince años fue asesinada a golpes. Creo tener pruebas de que el hombre que la mató también es responsable de la muerte de Phil. Haga el favor de llamarme.

Empecé a recitar mi móvil, pero alguien descolgó el teléfono al otro extremo.

—Soy el tío de Amy Rayburn —dijo—. El hombre que la asesinó cumplió una condena de dieciocho años. ¿De qué cree que está hablando?

44

El hombre al que había llamado, David Rayburn, era el tío de Amy Rayburn, asesinada a los diecisiete años, seis meses antes que Andrea. Le hablé de Andrea, de la confesión de Rob Westerfield a otro recluso de la cárcel, de que Paulie había encontrado el medallón en el coche de Rob y de que lo habían robado del cadáver de Andrea.

Escuchó, hizo preguntas.

—Mi hermano era el padre de Phil —dijo a continuación—. Era el mote por el que la familia y los amigos íntimos llamaban a Amy. Le llamaré ahora para darle su número. Querrá hablar con usted. Phil estaba a punto de graduarse en el instituto —añadió—. La habían aceptado en Brown. Su novio, Dan Mayotte, siempre juró que era inocente. En lugar de ir a Yale, pasó dieciocho años en prisión.

Mi teléfono sonó un cuarto de hora después. Era Michael Rayburn, el padre de Phil.

—Mi hermano me ha hablado de su llamada —dijo—. No intentaré describir mis sentimientos o los de mi mujer en este momento. Dan Mayotte siempre había frecuentado nuestra casa desde que estaba en la guardería. Confiábamos en él como en un hijo. Tuvimos que aceptar la muerte de nuestra única hija, pero pensar que Dan haya sido condenado injustamente por su asesinato es casi insoportable. Soy abogado, señorita Cavanaugh. ¿Qué clase de pruebas obran en su poder? Mi hermano habló de un medallón.

—Señor Rayburn, ¿su hija tenía un medallón dorado en forma de corazón con piedras azules delante y sus iniciales grabadas detrás?

—Le paso a mi mujer.

Desde el momento en que habló, admiré la serenidad de la madre de Phil.

—Ellie, recuerdo la muerte de su hermana. Ocurrió tan solo medio año después de la muerte de Phil.

Le describí el medallón.

—Tiene que ser el medallón de Phil. Era una de esas piezas de bisutería baratas que se compran en galerías comerciales. Le encantaban esa clase de baratijas; tenía varias cadenas y colgantes que iba alternando. Se ponía dos o tres a la vez. No sé si llevaba el medallón la noche que la asesinaron. Nunca lo eché de menos.

—¿Podría tener una foto de Phil en que lo llevara?

—Era hija única, de modo que siempre le estábamos haciendo fotografías —dijo la señora Rayburn y percibí que se le quebraba la voz—. Le gustaba mucho el medallón. Por eso mandó que lo grabaran. Estoy segura de que encontraré una foto con el medallón puesto.

Su marido se puso al teléfono.

—Ellie, a juzgar por lo que dijo a mi hermano, tengo entendido que el preso al que Westerfield se confesó ha desaparecido.

—Sí.

—En el fondo de mi corazón, nunca creí que Dan pudiera atacar a Phil con tanta violencia. No era una persona agresiva y sé que la quería. Pero por lo que tengo entendido, no existen pruebas tangibles que relacionen a Westerfield con la muerte de Phil.

—No, al menos de momento. Quizá es demasiado pronto para ir al fiscal del distrito con lo que sé, pero si me cuenta las circunstancias de la muerte de su hija, y de por qué Dan Mayotte fue condenado, lo airearé en la página web para ver si alguien me proporciona más información. ¿Puede hacerlo?

—Ellie, hemos vivido esa pesadilla durante veintitrés años. Puedo contarle todo al respecto.

—Le comprendo, créame. La pesadilla que mi familia padeció rompió el matrimonio de mis padres, mató a la larga a mi madre y me ha torturado durante más de veinte años. Así que le comprendo muy bien.

—Estoy seguro. Dan y Phil se habían peleado y hacía una semana que no se veían. Él era bastante celoso y Phil nos había dicho que la semana anterior, cuando estaban comprando refrescos y dulces en el vestíbulo de un cine, un chico se puso a hablar con ella y Dan se encolerizó. Ella nunca describió al chico ni nos dijo su nombre.

»Después de eso, Dan y ella estuvieron una semana sin hablarse. Un día, ella fue a la pizzería del pueblo con unas amigas. Dan entró con sus amigos y se acercó a Phil. Hablaron y yo diría que empezaron a hacer las paces. Esos chicos estaban locos el uno por el otro.

»Después, Dan vio al chico que había estado flirteando con Phil en el cine. Estaba de pie en la barra.

—¿Le describió Dan?

—Sí. Guapo, de unos veinte años, cabello rubio oscuro. Dan dijo que en el bar del cine le oyó decir a Phil que se llamaba Jim.

¡Jim!, pensé. Tuvo que ser una de las veces en que Rob Westerfield llevaba su peluca rubio oscuro y se hacía llamar Jim.

—Al ver al chico ese en la pizzería, Dan volvió a sufrir un ataque de celos. Dijo que acusó a Phil de haber quedado con Jim en el restaurante. Ella lo negó y afirmó que ni siquiera había reparado en su presencia. Después, se levantó y salió. Todo el mundo fue testigo de que Dan y ella habían regañado de nuevo.

»Phil llevaba una chaqueta nueva aquella noche. Cuando la encontraron, había rastros de pelos de perro en ella, que pertenecían al terrier irlandés de Dan. Ella había estado en su coche muchas veces, pero como la chaqueta era nueva, los pelos fueron la prueba de que había estado en su coche después de salir de la pizzería.

—¿Negó Dan que Phil subiera a su coche?

—Nunca. Dijo que la había convencido de subir y hablar, pero cuando él le dijo que no consideraba casual la presencia de Jim en el restaurante, ella se enfadó con él y bajó del coche. Le dijo que iba a volver con sus amigas y que no quería saber nada más de él. Según Dan, dio un portazo y se alejó del aparcamiento en dirección a la pizzería. Dan admitió que estaba furioso y se marchó al instante.

»Phil nunca llegó al restaurante. Cuando empezó a hacerse tarde sin que apareciera por casa, llamamos a las amigas con las que había salido.

Mamá y papá llamaron a las amigas de Andrea…

—Nos dijeron que estaba con Dan. Al principio, eso nos tranquilizó, por supuesto. Pero transcurrieron las horas y cuando llegó a casa por fin, Dan afirmó que había dejado a Phil en el aparcamiento y que ella volvía al restaurante. Al día siguiente, encontraron su cadáver.

La voz de Michael Rayburn se quebró.

—Murió a consecuencia de múltiples fracturas en el cráneo. Su rostro estaba irreconocible.

«Maté a golpes a Phil y fue estupendo.»

—Dan admitió que se quedó muy disgustado cuando ella bajó del coche. Dijo que estuvo conduciendo durante más o menos una hora, luego aparcó cerca del lago y se quedó allí mucho rato. Pero nadie corroboró su historia. Nadie le había visto y el cadáver de Phil fue descubierto en una zona boscosa que distaba un kilómetro del lago.

—¿Nadie vio a Jim en la pizzería?

—Algunas personas dijeron que recordaban a un chico de pelo rubio oscuro, pero al parecer no habló con nadie y nadie se fijó en él cuando salió. Dan fue condenado y enviado a la cárcel. Su madre sufrió mucho. Le había criado sola, y por desgracia, murió demasiado joven y no vivió para verle en libertad condicional.

Mi madre también murió demasiado joven, pensé.

—¿Dónde está Dan ahora? —pregunté.

—Se licenció en la cárcel en lugar de en Yale. Me han dicho que trabaja de abogado para ex reclusos. Nunca creí que matara a Phil. Si su teoría es correcta, le debo una profunda disculpa.

Rob Westerfield le debe mucho más que una disculpa, pensé.

Le debe dieciocho años, además de la vida que podría haber disfrutado.

—¿Cuándo va a publicar esto en la página web, Ellie? —preguntó Michael Rayburn.

—En cuanto termine de escribirlo. Tardaré una hora, más o menos.

—Entonces, no la retendré más. Estaremos a la espera. Avíseme si consigue reunir más información.

Sabía que los Westerfield me tenían en el punto de mira y que publicar la nueva información era una temeridad. Me daba igual.

Cuando pensé en todas las víctimas de Rob Westerfield, me enfurecí.

Phil, hija única.

Dan, su vida destruida.

Los Rayburn.

La madre de Dan.

La abuela de Rob.

Nuestra familia.

Inicié la historia de Phil con el encabezamiento: «¡Tome nota, fiscal del distrito de Westchester!».

Mi dedos volaron sobre el teclado. A las nueve, había terminado. Leí el escrito una vez más y lo envié a la web con sombría satisfacción.

Sabía que debía abandonar el hostal. Cerré el ordenador, hice el equipaje en cinco minutos y bajé.

Estaba pagando la cuenta en recepción, cuando sonó mi móvil.

Pensé que sería Marcus Longo, pero era una mujer de acento hispano que respondió a mi veloz saludo.

—¿Señorita Cavanaugh?

—Sí.

—He estado visitando su página web. Me llamo Rosita Juárez. Fui ama de llaves de los padres de Rob Westerfield desde que tenía diez años hasta que ingresó en la cárcel. Es una persona muy mala.

Aferré el teléfono y lo apreté contra mi oído. ¡Esa mujer había sido el ama de llaves en la época en que Rob Westerfield cometió ambos asesinatos! ¿Qué sabía? Parecía asustada. Que no cuelgue, recé.

Intenté que mi voz sonara serena.

—Sí, Rob es una persona muy mala, Rosita.

—Me despreciaba. Se burlaba de mi forma de hablar. Siempre era grosero y desagradable conmigo. Por eso quiero ayudarla.

—¿Cómo puedes ayudarme, Rosita?

—Tiene razón. Rob utilizaba una peluca rubia. Cuando se la ponía, me decía: «Me llamo Jim, Rosita. No debería costarte mucho recordarlo».

—¿Le viste con la peluca?

—Tengo la peluca. —Percibí una nota de triunfo en la voz de la mujer—. Su madre se enfadaba mucho cuando llevaba la peluca y se hacía llamar Jim, y un día la tiró a la basura. No sé por qué lo hice, pero la recuperé y me la llevé a casa. Sabía que era cara y pensé que tal vez podría venderla, pero la guardé en una caja dentro del ropero y me olvidé de ella, hasta que usted la mencionó en su página web.

—Me gustaría tener esa peluca, Rosita. Te la compraré con mucho gusto.

—No hace falta que la compre. ¿Ayudará a convencer a la gente de que mató a esa tal Phil?

—Yo creo que sí. ¿Dónde vives, Rosita?

—En Phillipstown.

Phillipstown pertenecía al término municipal de Cold Spring, a unos quince kilómetros de distancia.

—Rosita, ¿puedo ir a buscar la peluca ahora?

—No estoy segura.

Su tono era de profunda preocupación.

—¿Por qué, Rosita?

—Porque mi piso está en una casa de dos plantas y mi casera siempre está fisgoneando. No quiero que nadie la vea por aquí. Tengo miedo de Rob Westerfield.

De momento, lo único que me interesaba era apoderarme de

la peluca. Más adelante, si juzgaban a Rob por la muerte de Phil, procuraría convencer a Rosita de que se presentara como testigo.

Antes de que intentara convencerla, cedió.

—Vivo a muy pocos minutos del hotel Phillipstown. Si quiere, podríamos quedar en la entrada de atrás.

—Puedo estar ahí en veinte minutos —dije—. No, mejor media hora.

—Allí estaré. ¿La peluca servirá para encarcelar a Rob?

—Estoy segura.

—¡Estupendo!

Percibí satisfacción en la voz de Rosita. Había encontrado una forma de desquitarse del desagradable adolescente cuyos insultos había soportado durante casi una década.

Me apresuré a pagar la cuenta y guardar mis maletas en el coche.

Seis minutos después me dirigía a obtener la prueba tangible de que Rob Westerfield había poseído y utilizado una peluca de color rubio oscuro.

Confiaba en que todavía conservaría muestras del ADN de Rob. Sería la prueba definitiva de que había sido el propietario de la peluca.

45

Poco después de oscurecer, la niebla se había convertido en una lluvia fría y torrencial. Era preciso cambiar los limpiaparabrisas del coche que había alquilado y, al cabo de un kilómetro, me costó ver la carretera.

Cuanto más avanzaba hacia el norte por la Carretera 9, más disminuía el tráfico. El termómetro del tablero de mandos me informó de que la temperatura exterior estaba cayendo en picado; pasados unos minutos vi que la lluvia se convertía en nieve. Cuando el hielo empezó a acumularse en el parabrisas, apenas veía a unos metros de distancia, lo cual me obligó a ceñirme al carril derecho y a conducir despacio.

A medida que transcurrían los minutos, empecé a temer que Rosita me dejara plantada. Teniendo en cuenta su estado de nervios, estaba segura de que no esperaría si yo me retrasaba.

Concentré todas mis energías en clavar la vista en la carretera y me di cuenta poco a poco de que estaba empezando a subir una colina. También reparé en que había pasado un rato desde que había visto luces de coches en dirección contraria.

Eché un vistazo al cuentakilómetros. El hotel Phillipstown no distaba más de quince kilómetros del Hudson Valley Inn, pero yo había recorrido dieciocho kilómetros y aún no había llegado. Era evidente que me había salido de la Carretera 9. La carretera por la que circulaba no era la autovía y se iba estrechando cada vez más.

Miré por el retrovisor si se veían luces de coches. No había ninguna. Frustrada y furiosa conmigo mismo, pisé el freno, una estupidez, porque empecé a patinar. Conseguí enderezar el coche y me dispuse a dar media vuelta con mucha precaución. En aquel instante, un cono rojo apareció detrás de mí y unos faros me cegaron. Detuve el coche y lo que parecía una furgoneta de la policía frenó a mi lado.

¡Gracias a Dios!, pensé. Bajé la ventanilla para preguntar al policía cómo se iba al hotel Phillipstown.

Aunque ninguna luz iluminaba directamente su cara, vi al instante que era Rob Westerfield y llevaba la peluca rubia.

—Era desagradable conmigo —dijo, con un inconfundible acento hispano y la voz aguda de una mujer—. Se burlaba de mi manera de hablar. Me ordenó que le llamara Jim.

Mi corazón casi se paralizó. Horrorizada, comprendí que Rob, fingiendo ser Rosita, había hecho la llamada telefónica para atraerme a su trampa. A su lado, distinguí la cara del conductor: era el hombre que me había amenazado en el aparcamiento de la estación ferroviaria de Sing Sing.

Miré a mi alrededor desesperada, en busca de una vía de escape. No podía dar la vuelta. Mi única esperanza residía en enderezar el coche, pisar el acelerador y seguir conduciendo a ciegas. No tenía ni idea de adónde conducía la carretera. Cuando aceleré, vi que estaba rodeada de bosque y que la carretera seguía estrechándose. Los neumáticos patinaron y la parte posterior del coche coleó.

Sabía que no podía dejarles atrás. Solo podía rezar para no acabar en un callejón sin salida, para que esa carretera me condujera a una especie de autovía.

Habían apagado la luz del techo, pero sus faros delanteros seguían brillando en mi retrovisor. Entonces, empezaron a juguetear conmigo.

Se colocaron a mi izquierda y la furgoneta golpeó el costado del coche. La puerta situada detrás del asiento del conductor recibió el impacto; oí que el acero chirriaba cuando el coche dio un bandazo y mi cabeza golpeó contra el volante.

Se mantuvieron a distancia mientras yo patinaba de un lado

a otro, al tiempo que intentaba mantenerme en mitad de la carretera. Sabía que estaba sangrando a consecuencia de un corte en la frente, pero conseguí aferrarme al volante y evitar que el coche se saliera de la carretera.

De pronto, pasaron como un rayo a mi lado, se cruzaron ante mí y arrancaron el guardabarros con un nuevo golpe. Oí que arrastraba el guardabarros mientras luchaba por no salirme de la carretera y recé para llegar pronto a un cruce o ver un coche en dirección contraria.

Pero no había más coches y presentí que se avecinaba un tercer ataque. Su intención era que fuera el último y definitivo. En una curva cerrada, aminoraron la velocidad y se internaron en el carril de la izquierda. Vacilé un segundo, después aceleré, con la esperanza de dejarles atrás. Sin embargo, volvieron a alcanzarme.

Les miré durante una fracción de segundo. La luz interior de la furgoneta estaba encendida y vi que Rob agitaba algo en mi dirección.

Era un gato.

Con un acelerón final, la furgoneta se desvió a la derecha para interponerse en mi camino y empujó mi coche fuera de la carretera. Intenté girar el volante en vano, pero noté que los neumáticos perdían tracción. El coche giró sobre sí mismo y cayó por el terraplén, en dirección a un muro de árboles que se alzaban a unos nueve metros de distancia.

Conseguí agarrarme al volante mientras el coche daba varias vueltas de campana. Me cubrí la cara con las manos cuando el vehículo, enderezado de nuevo, se estrelló contra un árbol y el parabrisas se partió en pedazos.

El sonido del metal y el cristal al romperse había sido aterrador y el repentino silencio que siguió fue siniestro.

Me dolía el hombro. Mis manos sangraban. La cabeza me daba vueltas. Pero me di cuenta de que, por milagro, no había sufrido heridas graves.

El impacto final había provocado que la puerta del conductor se abriera y entraba nieve por todas partes. Tal vez los gélidos aguijonazos impidieron que perdiera el conocimiento y de repente mi mente recuperó toda su lucidez. La oscuridad era absoluta y, por un momento, experimenté un alivio extraordinario. Pensé que, al ver mi coche rodar pendiente abajo, habían decidido que no había esperanza para mí y siguieron su camino.

Pero entonces, tomé conciencia de que no estaba sola. Oí muy cerca una respiración ronca y laboriosa, seguida por el sonido agudo y estrangulado que de niña había descrito como una risita.

Rob Westerfield estaba acechando en la oscuridad, tal como había acechado a Andrea casi veintitrés años antes en la oscuridad del garaje.

El primer golpe del gato falló su objetivo y alcanzó el reposacabezas. Conseguí liberarme del cinturón de seguridad.

Mientras pasaba al asiento del pasajero, el segundo golpe me rozó el pelo.

Andrea, Andrea, a ti te pasó lo mismo. Oh, Dios, por favor… Ayúdame, por favor…

Creo que los dos lo oímos al mismo tiempo, un coche que doblaba la última curva de la carretera a toda velocidad. Sus faros delanteros debieron de iluminar mi automóvil siniestrado, porque bajó por la pendiente hacia el lugar donde yo estaba atrapada.

Los faros iluminaron a Rob Westerfield, con el gato en la mano. Y a mí también, de forma que vi dónde me encontraba.

Giró en redondo hacia mí con una sonrisa. Se agachó para entrar en el coche, hasta que su cara estuvo a escasos centímetros de la mía. Intenté rechazarle cuando alzó el gato, a punto de descargarlo sobre mi cabeza.

Oí un chillido de sirenas que vibraban en el aire, mientras me protegía la cabeza con las manos y aguardaba el golpe mortal. Quise cerrar los ojos, pero no pude.

Oí el ruido sordo antes de ver la expresión de sorpresa y dolor en el rostro de Westerfield. El gato cayó de su mano sobre el asiento de al lado, al tiempo que Rob salía disparado hacia delante y desaparecía. Abrí los ojos de par en par con incredulidad.

El coche que había bajado por la pendiente ocupaba el espacio donde había estado Rob. El conductor había visto lo que estaba pasando y tomado la única decisión posible para salvar mi vida: había lanzado su coche contra Rob Westerfield.

Mientras las luces cegadoras de los coches de policía iluminaban la zona como si fuera de día, vi las caras de mis rescatadores.

Mi padre conducía el coche que había colisionado contra Rob Westerfield. Mi hermano iba a su lado. Vi una vez más en el rostro de papá la expresión dolorida que recordaba de cuando supo que había perdido a su otra niña.

UN AÑO DESPUÉS

Rememoro los acontecimientos con frecuencia y pienso en lo cerca que estuve de compartir el terrible destino de mi hermana. Desde el momento en que salí del hostal, papá y Teddy me habían seguido desde lejos. Habían visto lo que creyeron una furgoneta de la policía detrás de mí y supusieron que al final había solicitado protección.

Sin embargo, me perdieron de vista cuando me desvié de la autovía y papá llamó a la policía de Phillipstown para asegurarse de que la furgoneta me escoltaba.

Fue entonces cuando averiguó que yo carecía de escolta oficial. La policía dijo a papá que seguramente me había desviado sin querer y prometieron actuar al instante.

Papá me dijo que, cuando dobló la curva, el conductor de la furgoneta de Westerfield se dio a la fuga. Estuvo a punto de seguirle, pero entonces Teddy vio mi coche siniestrado. Teddy, el hermano que nunca habría nacido si Andrea hubiera vivido, salvó mi vida. Reflexiono a menudo sobre esa ironía.

El impacto del coche de papá contra Rob Westerfield le rompió las dos piernas, pero se curaron a tiempo para que entrara por su propio pie en la sala del tribunal, donde sería juzgado por dos causas diferentes.

El fiscal del distrito del condado de Westchester reabrió de inmediato la investigación de la muerte de Phil. Consiguió una orden de registro del nuevo piso de Rob y descubrió su colección de trofeos, recuerdos de sus inmundos crímenes. Dios sabe dónde los habría guardado mientras estaba en la cárcel.

Rob tenía un álbum en el que guardaba recortes de periódicos sobre Andrea y Phil, desde el momento en que sus cadáveres fueron encontrados. Los recortes estaban colocados en orden cronológico; a su lado había fotografías de Andrea y Phil, fotografías del lugar del crimen, de los entierros y de las demás personas víctimas de las tragedias, entre ellas Paulie Stroebel y Dan Mayotte.

Rob había escrito comentarios en cada página, comentarios sarcásticos y crueles sobre sus actos y la gente a la que perjudicaba. Había una foto de Dan Mayotte en el estrado de los testigos, jurando que un chico llamado Jim de pelo rubio oscuro había estado flirteando con Phil en el vestíbulo de un cine. Al lado, Rob había escrito: «Sabía que estaba loca por mí. Jim seduce a todas las chicas».

Rob se había puesto la peluca rubia cuando me persiguió, pero la prueba más reveladora de su culpabilidad en la muerte de Phil era que había guardado el medallón. Estaba pegado a la última página del álbum. El epígrafe rezaba: «Gracias, Phil. A Andrea le encantaba».

El fiscal del distrito solicitó al juez del tribunal penal que revocara la condena de Dan Mayotte y fijara la fecha de un juicio diferente: El pueblo contra Robson Westerfield. La acusación era de asesinato.

Vi el medallón exhibido en el juicio y mi mente se retrotrajo a la última noche en la habitación de Andrea, cuando anegada en lágrimas lo había ceñido alrededor de su cuello.

Papá estuvo sentado a mi lado en la sala y cerró su mano sobre la mía.

—Siempre estuviste en lo cierto respecto al medallón, Ellie —susurró.

Sí, en efecto, y por fin he hecho las paces con el hecho de que, porque la vi ponérselo y creí que había ido al escondite para encontrarse con Rob, no se lo dije de inmediato a mis padres cuando desapareció. Puede que ya hubiera sido demasiado tarde para salvarla, pero ha llegado el momento de rechazar la posibilidad de que tal vez no hubiera sido demasiado tarde y sacarme ese peso de encima de una vez por todas.

Robson Westerfield fue condenado por el asesinato de Amy Phyllis Rayburn.

En el segundo juicio, Rob y su conductor fueron condenados por mi intento de asesinato.

Las condenas de Rob Westerfield son consecutivas. Si vive 113 años más, podrá solicitar la libertad condicional. Cuando le sacaban de la sala, después de la segunda sentencia, se detuvo un momento a ver si su reloj marcaba la misma hora que el de la sala. Después, la ajustó.

No te molestes, dije para mis adentros. Para ti, el tiempo ya no tiene sentido.

Will Nebels, enfrentado a la evidencia de la culpabilidad de Westerfield, admitió que Hamilton le había abordado y sobornado para mentir y declarar que había visto a Paulie entrar en el garaje aquella noche. William Hamilton, expulsado del colegio de abogados, cumple actualmente su condena.

Aceleraron la publicación de mi libro para que saliera en primavera y se vendió muy bien. El otro libro, la versión edulcorada de la triste vida de Rob Westerfield, fue retirado. Pete me presentó a los ejecutivos de Packard Cable y me ofrecieron un empleo de reportera de investigación. Me pareció una buena oportunidad. Algunas cosas nunca cambian. Me refiero a Pete.

Pero así está bien. Nos casamos hace tres meses en la capilla de San Cristóbal de Graymoor. Mi padre fue mi padrino.

Pete y yo compramos una casa en Cold Spring que da al Hudson. La utilizamos los fines de semana. Nunca me canso de la vista, ese río majestuoso flanqueado por acantilados. Mi corazón ha encontrado por fin su hogar, el hogar que estuve buscando todos estos años.

Veo a papá con regularidad. Ambos sentimos la necesidad de recuperar el tiempo perdido. La madre de Teddy y yo nos hemos hecho buenas amigas. A veces, vamos todos a ver a Teddy a la universidad. Está en el equipo de baloncesto de primer curso en Darmouth. Estoy muy orgullosa de él.

El círculo ha tardado mucho tiempo en cerrarse. Pero se ha cerrado y me siento muy agradecida por ello.

ESTE LIBRO HA SIDO IMPRESO
EN LOS TALLERES DE
A&M GRÀFIC, S. L.
SANTA PERPÈTUA DE MOGODA (BARCELONA)